夢伝い

宇佐美まこと

集英社文庫

目次

夢伝い

夢伝い

駅前で乗り換えたバスは海沿いの道を走り、岬の先へと進む。

空は陰鬱な雲に覆われている。荒れた海も濁った色だ。海から吹き付けてくる風がバスの窓に当たる。雨なのか、潮なのか、水滴がガラスを伝っていく。

バスの中は暖房が効いているのに、増元はぶるっと身震いし、コートの襟を掻き合わせた。そう度々来ることはないが、この旅程はいつも気が滅入る。どうして猿橋はこんな田舎で書いているのだろう。毎回頭の中で思いめぐらすことを、また考えてしまう。

昨今、地方で執筆をする作家は多いが、北陸にある猿橋ヒデヲの住まいは、人里離れた寂しい場所にあって交通の便も悪い。猿橋本人は独り者だし、人付き合いが悪いから、そんな生活の方が都合がいいのだろう。編集者が訪問するのに難渋することなどには、気が回らないのだ。辺鄙な場所だから、気軽に近所のカフェやレストランで打ち合わせをするということもできない。どうしても直接彼の家に訪ねていかねばならない。

荒れた草地の中にぽつんと建つ猿橋の家は木造の平屋で、中年にさしかかった男が一人で住むには充分な広さがあった。彼はその家にこもって小説を書いている。たくさんの蔵書とパソコンと。それだけあれば事足りる生活だ。美味しいものを食べようとか、いいものを身に着けようなどとこれっぽっちも考えていない。今どきにしては珍しい作家だ。前時代的な人種だと言えるかもしれない。

しかし作品さえもらえれば、担当編集者としては文句を言う筋合いはない。

猿橋ヒデヲは、三年半前に増元が勤める出版社、創燕社が主催する大衆文学の新人賞で佳作を受賞してデビューした。やや癖のある作品だったが、読者には受けて大賞を受賞した作品よりも売れた。

彼が書くのは、現代社会を舞台にしたダークファンタジーともいえるものだった。人の心の暗い部分を突いて、どろどろしたものを吐き出させるような作風だ。読み手は居心地の悪い思いをするに違いないのに、その味わいの虜になるというか、つい次の作品、その次の作品と読んでしまう。まるで猿橋が蒔いた暗い話の種が根付いていくようだった。

たぶん、誰の心にもある共通した闇の部分をえぐり出すような描き方をするからだろう。しかし、なぜか読後感は悪くない。一種の爽快感のようなものさえ覚える。人が隠し持ってきたものをさらけ出したいという欲求に、呼応しているのかもしれない。そんな不思議な味わいを表現するために、この前の作品の帯に増元が書いたキャッチコピーは「この毒、薬になる」だった。

そのせいかどうか、猿橋作品には、根強いファンが存在した。初めに取った新人賞以外の賞からは嫌われているし、ベストセラーまではいかないが、常に一定の読者層はついていた。よその出版社からも何本か出しているから、彼の作品に魅力を見出している編集者もいるということだろう。もしかしたら、彼らも密かに猿橋作品の虜になっているのかもしれない。

増元自身も猿橋の書くものが好きだった。発想が独創的だし、ストーリー展開も面白いと思う。ラストのひねりも効いている。文芸部の編集長も今までにない才能の持ち主だと認めている。創燕社からデビューした作家だから、なるべくいい作品をもらいたい。そのためには、彼と親密にしておく必要がある。あの偏屈な猿橋と昵懇になるということは難しいが、他社よりは近しい関係にあると自負している。

孤独が苦にならない猿橋自身も、誰かと親しくしようなどとは露ほども思っていないだろうから、今のような距離感で満足すべきだろう。

だが、看過できないことが起こった。

猿橋が「書けない」とメールを送ってきたのだ。この三年半、特に急かすということをせずとも、彼は定期的に作品を生み出してきた。人付き合いが悪かろうが、偏屈な性格だろうが、面白いものさえ書いてくれればそれでいい。猿橋が東京に出てくることはないから、たいていはメールや電話でやり取りをしてきた。どうしても会って打ち合わせをする必要が出てくれば、増元がこうして彼を訪ねた。

スムーズに執筆が進んでいれば、三月には創燕社から新作が出る予定だった。いつものようにメールでテーマやざっとした内容を尋ね、プロットを送ってもらい、だいたいの中身が決まれば資料を増元が集め、という過程を経るはずだった。だが、秋口から始まったそういうやり取りはいつになく滞っていた。

秋も深まり、どうもおかしいと思い始めた矢先、そんな素っ気ないメールが届いた。驚いて電話をしたが、どうにも要領を得ない。ただ「もう書けないんだ」と繰り返すばかりで理由も解決策も口にしない。編集長とも相談して、増元が直接会って話をすることになったのだ。

冬の入り口の日本海は、荒れて白波が立っている。海鳥が風に流されていく。

話し合いがスムーズにいって、日帰りできることを、増元は切に祈った。こんな暗い町に一泊することになるのは避けたかった。猿橋のところで話が長引き、最寄りのビジネスホテルに泊まったことが二回ほどあった。食事をする場所を見つけるのも苦労するような寂れた場所にある古いビジネスホテルだ。

ただでさえむしゃくしゃして気が立っているのに、あんな寒々しいホテルに泊まったら、一晩中眠れそうになかった。猿橋がこんなことにならなかったら、自分の部屋でじっくり対策を立てられるところだったのだ。あのとんでもない言いがかりに対する対策を。

増元は曇った窓ガラスに額をくっつけて、爪を噛んだ。

二年以上も前に別れた元恋人の莉音が増元を訪ねて来たのは、二週間前のことだった。出先にいきなり電話してきて、「会いたい」と言う。仕事中だからと一度は断った。もう莉音に未練はなかった。元カノとよりを戻そうなどとはまったく考えなかった。もともと莉音には、そう思い入れはなかった。彼女と知り合った時、ちょうど決まった恋人がいなかっただけだ。それでも二年近くも続いたのは、体の相性がよかったからだろう。

莉音とは知り合ってすぐに深い関係になった。子どもっぽくあどけない顔をしているのに、体は熟れていた。そのギャップが増元を惹きつけた。少女のような莉音が、ぽっと顔を赤らめて喘ぐ姿が、彼を妙に欲情させるのだった。純情な振りをしているが、かなり男性経験はあると踏んだ。そんなことは気にならなかった。莉音は、増元が求める通りに体を開き、どんな要求にも応じた。

ある意味、莉音は増元にとって理想のセックスパートナーだった。別の女性と関係ができて、莉音をぽいと捨てるまでは。もちろん、すったもんだはあった。莉音は別れないと言い張った。しまいには、泣いてすがる彼女にさんざん暴力を振るい、痛めつけて無理やり別れた。後味の悪い別れ方ではあった。

そういう軽薄な女性関係を、増元は三十六歳になる今まで持ち続けてきたのだ。結婚して身を固めようなどとは、これっぽっちも思わなかった。

「会った方がいいと思うけど」

いつになく嵩高(かさだか)にそんなことを言う莉音が気になった。

「次の約束があるから二十分だけ」と念を押して会った莉音は、男の子を連れていた。一歳になったばかりだというその子の名前は、翼(つばさ)だと言った。

「あなたの子よ」

莉音の言葉に、増元はぷっと噴き出した。

「おい、嘘をつくならもっとうまくやれ。俺たちが別れたのは、おととしの――」頭の中で素早く計算する。「おととしの夏前だ。もう二年半も前だ。どうしてこの子が俺の子なんだ？　どう考えたって無理がある」

莉音は動じなかった。

「別れた後も、あなた、何度か私の部屋に忍び込んできたじゃない」

澄ましてそんなことを言う。

「何だって？」

「あなた、前によくやったみたいに合鍵を使って――」翼という子がむずかって泣いた。莉音が子どもを抱き上げる。「私の部屋にそっと忍び込んで来て、それで私を――」

そうだ。付き合っている時は、たまにそういうことをした。莉音の部屋の合鍵を持っていたから、深夜にこっそり忍び込んで、ぐっすり寝入っている莉音と交わった。莉音も途中で目が覚める。相手が増元だとわかっているのに、わざと見知らぬ男に犯されている演技をした。面白い趣向に、二人ともが昂ったものだ。汗まみれになって絡み合い、そのままベッドで寝込んでしまう時もあれば、最後までレイプ犯の振りをして、ぐったりした莉音を置いて去ることもあった。あれは刺激的で楽しい遊びだった。

「俺が別れた後、お前の部屋に行ったたっていうのか？」

気を取り直して尋ねた。莉音は大きく頷いた。

「だって、合鍵、あなたに渡したままでしょ？　誰が私の部屋に入って来られるっていうのよ」

「ばかばかしい。別の男にも鍵を渡してたんだろ？　いったい何人の男を誘い込んでたんだよ」

別れる時に、合鍵を返さなかったことを増元は後悔した。そんなスマートな別れ方はできなかった。だがそのせいで、こんな濡れ衣を着せられるのだ。もうあの鍵はどこにいったかわからない。

「とにかく俺はお前の部屋には行っていない。よってその子は俺の子じゃない。以上」

増元は立ち上がった。

「ちょっと待ってよ。絶対にあなたの子なんだから、この子。ねえ、翼君、パパに会いに来たんだもんね」

莉音も立って、子どもをぐいと増元の方に差し出した。身を引きながら、翼の顔を初めてじっくりと見た。一番に目を引くのは、右頬にある大きなほくろだ。くっきりした二重瞼は莉音譲りか。髪の毛は茶色っぽいくせ毛で、顔の周りでくるくる躍っている。一見、女の子に見えないでもない。どこをどう取っても自分に似たところはない。当たり前じゃないか。ついそんなことを考えた自分を笑った。

「本当の父親を探してやるんだな。もう俺のとこに来たって無駄だから、来ないでくれ」

きっぱりとそう言い放ったのに、莉音は自信たっぷりに微笑んだ。

「いいえ。嘘をついているのはあなたよ。あんなことをするのはあなたしかいないもの。あのどれかの晩で私はこの子を身ごもったの」

「どう考えても、おかしいだろ、それ」

捨てゼリフを残してコーヒーショップを出た。二十分もかからなかった。

歩道に足を踏み出すと、ガラス越しに二人が見えた。翼はじっと増元を見ていた。

不愉快なことを思い出したものだ。あれから数回、莉音から電話があったが出なかった。その後、着信拒否にした。どうも嫌な予感がした。莉音があれで諦めるとは思えなかった。あの女は案外執念深いのだ。ＤＮＡ鑑定とか、面倒なことにならなければいいが。

体が窓に押し付けられた。大きなカーブを曲がるところだった。この先の停留所で降りなければならない。増元は小さなボストンバッグを手に立ち上がった。

猿橋は、憔悴しきっていた。

もともときちんと整えられていない家の中は、さらに荒れていた。

「いったいどうしたっていうんです？」

極力穏やかな口調で話しかけた。

「スランプなんですか？　それなら少し休んで――」

「いや」

猿橋は喉の奥から声を絞り出した。前に会ったのはいつだったか。どちらにしてもこんなひどいあり様ではなかった。頬はこけ、顔半分は無精ひげに覆われている。伸び放題の髪の毛には、白いものが交じっている。まだ四十をいくつか出た年齢のはずだと、増元は作家を見やった。ハイバックチェアに座った猿橋は、ひと回り小さくなったような気がする。落ちくぼんだ目には異様な光が宿っていて、やって来た担当編集者を見返している。

デスクの上に置かれたノートパソコンに、うっすらと埃が積もっているのを見て、増元は小さくため息をついた。

「スランプなんかじゃないんだ」猿橋はよろりと立ち上がった。「そんなんじゃない」

そのまま、玄関に向かっていく。目で追っていると、振り返って「少し外を歩こう」と言った。散策には適さない日だ。だが、増元は黙って靴を履いた。

猿橋が玄関で羽織ったロングコートが、風にバタバタと煽られている。そのまま風に飛ばされるんじゃないかと、猿橋の薄い体が心配になる。それでも足取りは案外確かで、さっさと先を歩いていく。草地が途切れて海が見えた。その先は、断崖絶壁だ。崖に沿って、細い道が続いている。その道を、二人は並んで歩いた。年中強い風が吹くのだろう。生えている樹木はどれも奇妙に曲がりくねっている。

「君に言っておかなければならないことがある」作家はようやく口を開いた。「もっと早くに言うべきだったんだが――」

どうやらいい話ではなさそうだ。増元は、風の音に掻き消されそうな猿橋の言葉に、一心に耳を傾けた。

「僕が児童養護施設で育ったことは、前に話したろう」

「ええ」

猿橋は両親の離婚後、引き取った父親にも捨てられて、児童養護施設に入った。そこで高校卒業まで過ごしたことは、聞いていた。

「その頃から本だけはよく読んだよ。他にすることがなかったから。児童養護施設にやっぱり本好きの奴がいて、そいつが唯一の友人だった。よく本の話をした。自分の頭に浮かんだ妄想を披露し合ったり。もし自分が書くとしたら、こんな話を書くと片っ方が言えば、いや、そこはこうした方が面白いだろ、とか」

相澤知宏（あいざわともひろ）というその友人とは、児童養護施設を出た後は、ずっと会うことはなかったと猿橋は言った。

「僕が賞をとってデビューした小説は、その頃、相澤としゃべっていた話を元にして書いたんだ」

「そうでしたか」

この話はいったいどこに向かうのだろう。海を背にした猿橋は、無表情に言葉を継いだ。

「デビュー作は、まあまあうまくいった。僕は次の作品を書く必要に迫られた。二作目のアイデアなんて、考えてもいなかった。僕は行き詰まった」

その辺の事情は、増元もよく承知していた。猿橋の第一作から、ずっと彼が担当していたから。新人作家にはよくあることだった。渾身（こんしん）の作品が世に出た。世間にも受け入れられた。言葉で言うのは簡単だが、そこまで漕（こ）ぎつけられるのは、稀（まれ）なことだ。作家を目指していた者は有頂天になるはずだ。だが、たいていはそこまでしか想定していない。肝心なのはそこから先だ。

華々しくデビューしても、二作目が駄作で消えていく作家は多い。だが猿橋の第二作は、また違った世界を切り開くような作品だった。苦しみながらも、あそこまでのレベルのものを生み出せたのだ。第一の難関は突破したと言っていい。増元はほっと胸を撫(な)で下ろした。その後も彼は斬新な作品を書き続けた。他社から出したものも含めると、六作に上る。次に創燕社で出す予定のものが、七作目になるはずだった。増元も編集長も相当に期待していたのだ。

　そのことをやんわりと口にしてみた。猿橋は弱々しく首を振った。

「あれは僕が書いたものじゃないんだ。二作目からは」

「え？」

　まさかそんな告白が飛び出すとは思いもしなかった。増元はその場で固まってしまった。冷たい海風に嬲(なぶ)られる。

「正確に言うと、書いたのは僕だ。だが、アイデアは他人からもらったものだった」

　デビュー作が刊行されると、猿橋の許(もと)に相澤が訪ねて来たのだという。この北陸の地へ。

「すぐにお前が書いたものだとわかったよ」彼は言った。「だってあれはあの頃、さんざん妄想をたくましくして僕らが作り上げた物語だったから」

　猿橋ヒデヲの本名は、猿橋秀一朗(しゅういちろう)という。そこからも、昔の友人だと容易に推察できたのだろう。

「相澤は、僕が作家デビューしたことを、自分のことのように喜んでくれたよ。僕は、次作について悩んでいることを打ち明けた。彼は、いろいろとアドバイスをくれたんだ。僕らはこの道を歩きながら、プロットを練った。かつてそうしたように」

「それを基に第二作を書いたんですね？」

猿橋は頷いた。

「あいつは素晴らしい才能の持ち主だった。観察力、洞察力が鋭く、知識も豊富だった。溢れんばかりの想像力も持ち合わせていたよ。僕は作品を依頼されるたびに相澤に頼った」

それが問題になるだろうかと増元は考えた。作家がどこかからヒントを得て、物語を紡ぐということはよくある話だ。アイデアの素は、どこからでも拾い上げられる。たとえば昔の友人との会話からでも。それが感性というものだ。

もし今までの作品に友人が深く関わっているとして、これが表面化すると猿橋作品の瑕疵になるだろうか？　そうならないために、どうすべきか。金で解決するべきか？

一瞬の間に、様々な思惑が交錯した。

「相澤さんは、猿橋さんにアイデアを提供することに関して、どう思っているんです？」

「すごく喜んでいたよ。自分が考えた通りのストーリーが形になることに、ぞくぞくするほどの喜びを感じるって」

「で？　デビュー作も含めてすべての作品は、相澤さんが絡んでいるんですね？」

「絡んでいるなんていうもんじゃない。僕が創作した部分なんてほとんどない。依頼が来る度に、僕は彼に頼った。向こうも心得ていて、ここに来る時にストーリー展開の詳細をプリントアウトして持って来てくれたんだ。僕はそれに沿って書いているだけだった」

「しかし、それは――」

増元は絶句した。かまわず猿橋は続ける。

「当然、僕は言ったよ。こんなに素晴らしい話を思いつくんだから、お前が書いたらいいじゃないかって」

だけど相澤は、そんなつもりはさらさらないと答えたそうだ。お前が書く作品を読めるだけでいいんだ。自分は小説を書く気はないと。

それなら、このままの形で執筆を続けてもいいんじゃないか？　増元の気持ちを読んだみたいに、猿橋は言った。

「僕は苦しくなってきた。こんなに他人に頼って書いていくことに。僕が書くものは僕の作品じゃない」

猿橋は寂しげに微笑んだ。

「それ以上に、僕は嫉妬した。あんなに優れた物語を思いつく相澤の才能に。思いつくくせに、いとも簡単に書かないと言い切る態度に」

うなりを上げて海風が吹き付けてきた。背中を押されて、猿橋はよろめいた。近くにある木に手をついて体を支える。

「それでもあいつは僕のところに来るんだ。僕がこんなに苦しんでいるのに。僕の前で見せびらかすんだ。自分の才能を。僕は耐えられなくなった。もうこれ以上——」

「相澤さんを拒絶したんですか？」

増元は恐る恐る尋ねた。猿橋は手をやった木の幹に、額を押し付けた。

「いや、そうじゃない。僕は——」風に流されていく声を聞こうと、増元は一歩二歩、作家に近寄った。

「僕はあいつを殺したんだ」振り返って崖を見る。「ここから突き落として」

「そんな……」

増元は、道からはずれて崖に寄っていった。風に逆らい、体を斜めにするようにして見下ろした崖下では、荒れ狂う波が岩場に打ち寄せていた。ここから落ちたらひとたまりもないだろう。振り返ると、猿橋と目が合った。射貫くような視線をこちらに向けていた。

それをすっと逸らしたかと思うと、足早にもと来た道を引き返しだした。自分が殺した友人の魂から逃れようとするように、大急ぎで家に向かって歩いていく。増元はその後を追った。

駆け込むように家に入ると、猿橋は仕事部屋とも居間ともつかぬいつもの部屋に戻った。ハイバックチェアには座らず、本棚の前の床に直に座っている。

「本当なんですか？　今の話」

部屋の入り口に立って増元は尋ねた。

「本当だ。本当にあいつを殺したんだ」

膝を抱えた猿橋は、小刻みに震えている。

「いつです？」

「九月三十日。あいつがまたやって来たから。僕が困っているだろうと、知恵を授けに来たのさ」

「それで、あの——崖から突き落とした？」

猿橋はカクカクと首を縦に振った。

「あれ以来、眠れないんだ」すがるような視線を、離れたところに突っ立っている編集者に向けてくる。

「眠ると夢を見る。夢は危険だ。夢を伝って何かがやって来るから」

まともじゃない。この男は小説が書けないだけではない。もう完全に喪心(そうしん)してしまっている。

増元は踵(きびす)を返して、その陰鬱な家を後にした。

「それは本当のことなのか?」編集長の土居(どい)も、増元と同じことを訊(き)いた。

「本人は本当だと言っています」

「妄想じゃないのか? 書けないストレスで精神をやられてしまって」

相澤が海に落ちたとして、その後はどうなったんだと問う。あの辺りの海で人の死体が上がったという話はない。それは増元も調べた。もう二か月近く経(た)っているのだ。そんなことがあるだろうか?

「まあいい。それは置いておこう」

土居は小さく咳払(せきばら)いをした。北陸から戻った増元は、土居のところに直行したのだった。創燕社の小会議室で二人は向かい合っていた。

「もし猿橋ヒデヲの作品のすべてが、別の人物が考えたものだったとしたらどうなる?」

「まずいですね、それは」

「共作ということにならないか?」

「今からですか？」

土居は唸った。今までの六作は、すべて猿橋一人の名前で発表してきたのだ。今さら原作者が別にいましたとは言えない。そんなことをしたら、順調に名を揚げてきた猿橋にとって、大きなダメージになる。

「相澤なる人物が本当にいるかどうかだ」土居は考え込んだ。「いるなら、どこにいる？　生きているのか死んでしまったのか」

猿橋が言う通り彼が殺したのなら、原作者云々の話どころではない。猿橋は殺人者ということになる。

「猿橋の身元を調べてみよう。それで彼の話の真偽がわかるだろう」

土居は、知り合いの興信所に頼んでみると言った。

興信所は手早く仕事をこなした。報告書が届いたのは、十日後のことだった。

「これ」

土居はぽいと報告書の入った封筒を渡してきた。

「相澤知宏は実在する」

「ほんとですか？」

「ああ。猿橋と一緒の施設で育った。それは事実だ」

同級生の彼らは、高校卒業とともにその施設を出たという。

「相澤はその後結婚したようだ。そこに現住所も書いてある」

増元は報告書を開いてざっと目を通した。相澤知宏は、山梨県に住んでいるとある。山梨から北陸まで、片道五、六時間というところだろう。そうやって彼は、かつての親友に自分が思いついた小説の筋を伝え続けてきたというわけか。猿橋に語ったように、それだけで満足していたのか。まさか自分が殺されるとも知らずに。

いや、先走るのはよそう。増元は自分を戒めた。これは精神のバランスを崩してしまった作家が語っただけの話だ。もしかしたら、相澤はピンピンしていて、次の小説の構想を練っているかもしれない。

「会って来てくれ。相澤に」

土居は予想通りのことを口にした。猿橋の話が真実なのか、それとも彼の妄想なのかを密かに確認しなければならない。もし本人が生きていて(その公算は大きい)会えたら、彼の意向を探り出す。直截に話ができるようなら、今後について話し合わねばならない。そういうことは興信所には頼めない。

報告書には電話番号も記されていた。だが土居は、これは電話で済ます用件ではないと断じた。相澤がどんな人物かも見当がつかないし、直接会って相手の反応を見ながら交渉すべきだと言う。なるべく穏便に収めたいという意図が伝わってきた。

やはり会いに行くべきだろうと増元も思った。

「わかりました」

「早急にな」

土居は短く言うと、デスクの上の書類に目を落とした。


山梨県甲府市は雪だった。

どうしてこんなに寒い時期に寒い土地にばかり行かなければならないのだろう。こういう時は、社でぬくぬくと仕事をしていたかった。ついてない。気分も悪い。増元は舌を鳴らした。いや、気分転換にはちょうどいいのかもしれないと思い直す。

昨日、創燕社の文芸部に莉音から電話があった。増元に直接連絡がつかないものだから、仕事場にまでかけてきたのだ。同僚の手前穏やかに話したが、腹の中は煮えくり返るようだった。もう一回会ってくれという莉音の懇願を、無下に断った。

「なら、電話には出てよ。そうでないと、何度でもここにかけるからね」

怒鳴りつけたい思いを抑えて「わかった」とだけ答えた。近くに翼がいるらしく、幼児のはしゃぐ声がした。頬にほくろのある子の顔が浮かんだ。可愛くもなんともない。あんな子の父親にされたのではたまったものではない。莉音は、自分と関係を結んだ男に片っ端から連絡を取り、適当な男に認知させようと躍起になっているのだ。早急に片付けなければならないのは、猿橋の問題ではなくて、こっちの方だろう。

また痛めつけて黙らせるか。ああいう女は理屈ではなく、体に言い聞かせた方がいいのだ。

甲府駅からタクシーに乗り、相澤の住所を告げた。タクシーは郊外に向けて走った。窓の外を斜めに雪が流れていく。灰色の景色を見ているうちに、ついうとうととしてしまった。夢の中に翼が出てきた。くるんと丸まった髪の毛を揺らして走り寄って来る。「パパ」と拙い言葉で呼びかけられる。

どうしたことか、自分は満面の笑みでその子を抱き上げるのだ。翼は増元の肩に顔を埋める。頬と頬がくっつく。幼児が吐く湿った息は、甘い匂いだ。その時、翼は増元に囁くのだ。低い大人の声で。

「俺を殺すなよな」

はっとして、腕を伸ばして翼を体から離す。体は幼児なのに、顔は大人になっている。短い巻き毛に囲われた顔と頬のほくろはそのままで、大人になった翼がにやりと笑う。叫び声を上げて、増元は翼を投げ捨てようとする。だが小さな体は重さを増し、どうにも離れない。逆に増元の腕をつかんでくる。小さな指が彼の腕に食い込む。

「お客さん、着きましたよ」

運転手の声で目が覚めた。目を開けても、激しい鼓動が収まらない。嫌な汗が背中を流れていく。深く息を吸い込んで気を落ち着け、何とか料金を払った。

もう雪はやんでいた。タクシーを降りた増元は、寒さに身震いした。運転手が指さす方に、小ぢんまりした住宅が建っていた。礼を言って歩き出す。表札には「相澤」と出ていた。呼び鈴を鳴らしながら、緊張で体が強張っているのを意識した。予告なく訪ねた方が、かまえられなくていいという思惑からいきなり訪問したのだが、嫌な夢を見たせいか、気が重かった。

「はい」ドアの向こうから女性の声がした。

風雨にさらされて色褪せたドアが、細めに開いた。四十年配のくたびれた感じの女性が立っていた。相澤の妻だろう。増元は名乗って、相澤知宏さんはいらっしゃいますかと尋ねた。女性は答えず、顔をちょっと歪めた。陰気な女だ、と増元は思った。

向こうも増元がどういう人物なのか測りかねているのだろう。急いで社名を言い、猿橋ヒデヲの担当編集者だと説明した。猿橋の名前が出た途端、妻の表情がいくぶん明るく変わった。覚えがあるのだろう。ドアが大きく開かれた。

「まあ、猿橋さんの。猿橋さんのことは主人から聞いています」

家の中に招き入れられた。夫の古い友人に、いい印象を持っているということか。差し出されたスリッパを履く。安易に家の中に案内されるから、相澤がいるかと思った。が、応接間らしき場所には、誰もいなかった。夫を呼んで来る素振りも見せない。盆に載せた茶菓子を持って来たきり、一人増元の前に座る。

「あの、相澤さんは?」

今度はすっと顔が曇る。

「主人は亡くなりました」

「え?」

まさか殺されたのでは? 口をついて出てきかけた言葉を呑み込む。いや、そんなはずはない。猿橋の話では、海に突き落とした相澤の死体は上がっていないのだから。千恵子と名乗った妻は、相澤は長く寝たきりだったのだと言った。若い頃に交通事故に遭い、頸椎を損傷して、立つことはおろか、自分の意思で体を動かすことも難しかったのだと。

「寝たきり――ですか? それはいつから?」

仰天した増元は急き込むように尋ねた。

「十二年前に事故に遭いました。歩道を歩いていて、よそ見運転の車に突っ込まれて。その後九か月間の入院とリハビリを経て、自宅療養ということになりましたが、大変でした。介護ヘルパーさんの助けを借りて、私が家で看ていましたけれども」

「そんな」増元は絶句した。「その間、旅行とかは?」

千恵子は弱々しく微笑んだ。

「まさか。重度の四肢麻痺だったんです。病院に行くのも大変でしたから、お医者様には訪問診療に来てもらっていました。一年に一度、検査を受けに病院に行く時は、介護ステーションの職員さんの手を煩わせていました」

同じスタッフの手によって花見や紅葉狩りに連れ出してもらうこともありましたけれど、と千恵子は言った。

「ここ二年ほどはそれも嫌がって。体の機能がだんだん衰えてきたんです。それにつれて気難しく、陰気になってしまい、外にも出たがらなくなりました」

寝たきりによる多臓器不全が進行し、最後は心不全で亡くなったのだという。

これは何を意味するのだろう。増元は考え込んだ。ベッドに縛り付けられて外出もままならなかった相澤が、北陸まで一人でやって来るなどということは不可能だ。相澤が小説のアイデアを持って訪ねて来たというのは、猿橋の妄想だったのだ。

「それでは、猿橋さんとはどのようにして交流されていたんですか？」

猿橋の名前が出ると、千恵子はまた明るい表情になった。

「猿橋さんと自分とは、子どもの時に児童養護施設で一緒に育った仲だと言っていました。猿橋さんの小説を楽しみに読んでいました。でもそれだけです。あの人から連絡を取ることはありませんでした。おそらく猿橋さんも、今の主人のことはご存じなかったと思いますよ」

「えっ？　連絡を取り合っていなかった？」

「ええ。三年半ほど前でしたかしら。猿橋さんが小説家デビューされたでしょ？　主人はすぐに幼馴染だと気がついて、私に本を買ってくるように言いました。それを夢中で読んで、嬉しそうにしていました。このストーリーは、子どもの頃にもう原型ができていたんだ。猿橋と僕とで想像を膨らませて似たような物語を作っていたんだと言いました。私はそんなこと言ったら、プロの小説家さんに失礼よ、と笑いましたが」

相澤は、猿橋の小説をひとつも漏らさず読んでいたのだそうだ。

「かつて親しかった友人が、有名な作家になったのが自慢のようでした。猿橋さんの小説が出ると、一気に読んでしまって。体に障るからといくら注意しても無駄でした。まるで体に力が漲ってくるようで――」

千恵子は遠い目をしてそんなことを言った。

「本当に相澤さんは、猿橋さんと一度も連絡を取らなかったんでしょうか。たとえばパソコンのメールとかなら、寝たきりでも操作できたのでは？」

妻の知らないところでこっそりやり取りをしていたということは考えられる。千恵子はまた笑みを浮かべて立ち上がった。隣の部屋へ続く引き戸をがらりと開ける。彼女が点けた照明に、マットだけの電動ベッドが照らし出された。

「主人はこの部屋で療養していました。まだ片付けられなくって、そのままに」

釣られて増元もその部屋に足を踏み入れた。ベッドの足下付近に、パソコンのディスプレイがあった。ベッドの背もたれを起こすと向かい合える位置に、取り付けられている。

「パソコンですね？　これをご主人が操作していたんですね？」

「ええ。手足が動きませんから、これをくわえて呼気で操作するんです」

パソコンにはマウスではなくて、ストローのようなものが付いた機器がつながっていた。

「これで文章を？」

「ええ。熱心に書いていましたね。きっと猿橋さんの創作活動に刺激を受けたんでしょうね。自分もものを書く真似事をしたかったんでしょうか。でもこのパソコン、介護ボランティアの方が古くなったのをくださったものなんです。ワードで文章を作るだけ。ネットにはつながっていません」

増元は、ベッドのそばで茫然と立ちすくんでいた。千恵子に促されて応接間に戻る時に、足がもつれてよろめいた。千恵子は、療養室のキャビネットから、一束の紙を持って戻ってきた。

「これ、主人が書きためていたものです。支離滅裂で読みにくいのですが」

増元は千恵子に断って、それらに目を通した。読み進めるにつれて、愕然とした。それは、猿橋が書いた小説のアイデアとも言えるものだった。ちょっとした思い付きから、物語としての体裁を備えていく過程が如実に表れていた。書き散らされたようにしか見えない言葉の断片や、何度も考察されたストーリー展開。最後の落とし込み。伏線とその回収。他人が見たら意味不明だろうが、これらは猿橋が増元に提案してきたものと同じだ。やはり相澤は、このメモを何らかの方法で猿橋に渡したのではないだろうか。増元は再びその疑念を千恵子にぶつけてみた。

「いいえ。メールなんかできるわけありません。うちはネット環境が整っていないんですから」

ならば、郵送したのかもしれない。妻に内緒で、介護ヘルパーとかボランティアスタッフとかに頼んで。それにも千恵子は首を振った。

「それもあり得ませんね。第一、うちにはプリンターもないんです。この文章は、主人の死後、スタッフさんがパソコンの中に保存されていたものを見つけて、プリントアウトしてくれたもので」

千恵子の話を聞いているうちに、喉がカラカラになった。冷めてしまった茶を飲み干す。頭の中を整理しようと努めた。相澤は、猿橋が小説家になったことを知った。彼のデビュー作が、かつて二人で紡いだ物語を下敷きにしたものだったことにも気づいた。それに触発されて、相澤も小説らしきものを手掛けようとした。ベッドの上で想像力を働かせた。彼の生きる励みにもなったことだろう。驚いたことに、それは猿橋が増元に送ってきた小説の素案に酷似していた。

思うように体を動かせず、外出もままならず、通信の手段も持たない男と、その幼馴染の男との間に介在したものは何だったのだろう。

――夢を伝って何かがやって来る。

猿橋の言葉が頭をよぎった。増元は首を振って、バカげた考えを振り払った。

千恵子は増元の湯呑に茶を注ぎ足した。さっきよりも穏やかな表情になったようだ。夫の死後、誰とも話すことがなかったのに、ふいに猿橋の知り合いという人物が現れ、夫のことを忌憚なく話せて気が晴れたのかもしれない。

だが、増元の方は緊張がますます高まった。

「あの――ご主人が亡くなられたのはいつなんですか？」

「この九月です。九月三十日のことでした」

危うく叫んでしまうところだった。猿橋が、相澤を崖から突き落としたと言った日と同じだった。慄く増元の様子には気づかず、千恵子は言葉を継ぐ。

「だいぶ体の具合が悪くなっていて、主治医からは入院を勧められていました。それを主人は頑なに断っていました。私が気がついた時には、息をしていなくて、心臓も止まっていて」

「死因は心不全でしたね」

かすれた声を出す。千恵子は頷いた。

「私、気が動転したんですけど、すぐに救急車を呼んで心臓マッサージを始めました。そういう時のために講習会にも行ってましたから」

増元は、空っぽになったベッドをちらりと見やった。ぐったりした夫の体にまたがって、必死に心臓マッサージをする千恵子の姿が浮かんだ。

「そしたら主人は、口からごぼっと水を吐き出したんです」

ゆっくりと首を回らせて千恵子を見る。

「おかしいでしょう？　何ででしょうね。その後、救急車が来て、救急隊員が代わってくれました。急いで病院に運ばれましたけど、蘇生することはありませんでした」

すでに覚悟していたのか、それともこの二か月で気持ちの整理がついていたのか、さばさばした様子で千恵子は言った。

「私一人で家に帰って、ぼんやりとベッドのそばに座っていたんですけど、お通夜やらお葬式やらをしなくちゃいけないと思い至って、片付けを始めました。そしたら――」

千恵子はそこで曖昧に笑った。

「そしたら、濡れたシーツに気がつきました。主人が吐き出した水のことを思い出しました。あの水、海水だったんです。本当です。不思議でしょう？　海なんかに行けるはずもないのに、死ぬ間際に海水を吐き出すなんて」

増元は口元を押さえて、漏れた呻き声を悟られないようにした。どこかでつながっている。この狭い家と、北陸の海端は。

千恵子は湯吞を持ち上げて茶を一口飲んだ。ふうっと息を吐く。

「猿橋さんには感謝しているんです」

だいぶ打ち解けてきたのか、口が滑らかになってきた。夫の思い出を、誰かとこうして話したかったのだろうか。

「体の自由がきかないということは、それはもどかしくて苦痛だったと思いますよ。そばで見ている私も辛くて。でも猿橋さんの小説を読んでいる時は機嫌がよかった。随分助かりました」

何と答えていいかわからなかった。千恵子は手のひらの中で湯吞をくるくると回した。

「だんだんできないこと、体が辛いことが増えてくるでしょう？　そうなると、苛立って私に当たったって、もう大変でした」

少しだけ迷ったような素振りをした後、千恵子は口を開いた。

「私、主人よりも四歳年上なんです。彼が事故に遭った時は三十一歳で、私は三十五歳でした。もうそろそろ子どもが欲しいねって話していた矢先でした」

「それは――」やはり言葉が続かない。

「あんな体になって、子どものことはすっかり諦めていました。それがこの数年、子どもが欲しいと言い出して――」千恵子は急いで「夢想ですよ、あの人の」と付け加えた。

「きっと子どもは欲しかったんだろうなとは思いますが、彼のそんな話を真面目に取るということはしませんでした。そうしたらあの人、そのことだけを思い詰めるようになってしまって」

相澤は、千恵子に子どもを産んでくれと懇願するようになった。それまでも言い出したらきかない夫に手を焼いていたらしい。適当にあしらっていたら、さらにおかしくなった。

「もうまともではなくなってしまったんですね。自分はこんな体だから、子どもは作れない。だから、他の男の子どもでもいいから、産んでくれって、そう言うんですよ」

夫婦間の立ち入った話になって、増元は困惑した。だが千恵子は、笑い話でもするように、気軽に続ける。

「私は言いました。私はもう子どもなんか産めないわ。こんな年になってしまったからって」

寝たきりの状態が長くなり、死を予感した相澤は、次から次へと妄想を抱くようになり、思いつくそばから口にして妻を困らせたのか。それこそ子どもが駄々をこねるみたいに。いったいこの男はどういう男なのだろう。

「しばらくはそのバカげた願望を忘れていたようでした。でもある日、晴れ晴れとした顔でこう言ったんです。『もうお前を煩わすことはないよ。お前には悪いけど、若い女の人に僕の子どもを産んでもらうことにした』って」

それを聞いて千恵子は泣いたという。そんなこと、できるはずもないのに、かなうことのない願いを口にする夫がかわいそうでたまらなかった。早くに子どもをもうけていればよかったとも思った。自分たち夫婦に降りかかった残酷な運命を呪った。とうに吹っ切れたと思っていたのに。

「つい私、主人にすがって揺さぶってしまったんです。そんなこと、自分に禁じていたのに。『しっかりしてよ。そんなこと、できるはずないじゃない。よその女の人を妊娠させるなんて。あなたはこのベッドから一歩も動けないのよ』って。それでもあの人、動じないんです。ゆったりと笑っていました」

千恵子の痛々しい思いが伝わってくる。

「そしてこう言いました。『簡単だよ。僕はどこにでも行けるんだ。猿橋のところにもしょっちゅう行ってるよ。行って、小説に関していろいろとアドバイスをしてやってる。あいつは僕に感謝してるはずだ』」

千恵子は悲し気な目で増元を見た。

「私もどうかしていたんでしょうね。自分を見失っていました。病人の妄想だと思ってあげればいいのに、ついいきり立って『どうやって？　どうやって猿橋さんのところに行くの？』って言い募りました」

増元はまた湯吞を持ち上げた。指が震えて中身がこぼれた。ズボンについた小さな染みに、増元は目を凝らした。

「あの人は朗らかに、ほんとに朗らかに言ったんです。『夢伝いに行くんだ』」

——夢を伝って何かがやって来る。

「『だから、女の人のところにだって忍び込める。僕の子どもを産んでもらえる。僕は自由だ。夢を通してなら』」

千恵子の言葉は容赦なく続く。増元の震えはだんだん大きくなってくる。

「私もそこまで聞いて、やっと冷静になれました。もうこの人の思いに逆らうのはやめようと決心しました。これは妄想なんかじゃない。ベッドに縛り付けられた不幸な人生を送る病人の、小さな希望、最後のきらめきなんだって」

「その先をご主人は語られましたか？」

「ええ」

嬉しそうに千恵子は微笑んだ。そのあどけない笑みにぞっとする。この人の精神も蝕（むしば）まれているのではないか。夢を伝ってきたものに。

「あの人は夢を伝って、ある女性の部屋に忍び込んだんですって」

いかにも楽し気に千恵子は言った。

「そして眠っている女の人と何度か交わって――」

すんでのところで湯呑を落とすところだった。ゆっくりとテーブルの上に戻す。そして大きく息を吸い込んだ。心臓が狂ったように打っている。

「自分の子どもを産んでもらえるようにして来たって」

「あなたは――」ひりついた喉からは、うまく言葉が出てこない。「あなたは、それを信じているんですか？」

千恵子は真っすぐに増元を見据えた。

「あなたは？」

「え？」

「あなたはどうなの？　信じる？　こんな話」

信じられるわけがない。そう言おうとしたのに、舌が動かなかった。

千恵子は、また立って行って、隣の部屋から写真立てを持ってきた。

「これが主人なの。あの人、きっと今は自由ね。あの人の魂は、行きたいところへ行っていると思うの」

増元は、差し出されるまま写真立てを受け取った。さっきは気づかなかった。こんな写真には。

その写真を見た途端、今度は本当に叫び声を上げげた。写真立ては、増元の手から床の上に音を立てて落ちた。ベッドに寝た相澤が、こちらを向いてかすかに笑っていた。やや長めの彼の髪の毛は天然のカールがかかって丸まっていた。右頬には、目立つほくろがあった。その顔は、ここに来るまでのタクシーの中で見た夢に出てきた翼の顔にそっくりだった。幼児の顔ではなく、抱き上げた時に見た顔だけが大人になった翼の顔に。

増元は、悲鳴を上げ続けていた。

土居は、エレベーターから降りた。

「何号室だ？」

後ろをついて来る若い編集員に尋ねた。

「ええと、六一〇号室です」川田（かわた）という編集員が答えた。

増元が会社に出て来なくなって四日が経った。電話にも出ない。山梨への出張からはもう帰っているはずだ。早く首尾を聞きたいのに、連絡がつかない。業を煮やして彼のマンションを訪ねて来たというわけだ。

六一〇号室の前に来た。チャイムを押すが、反応はない。

「いったいどうなってるんだ」

土居はいらいらと言った。川田がノブを回す。

「あれ？　開いてますよ」

「じゃあ、中にいるんじゃないか？」

部屋の中は暗い。

「おい、増元。いるのか？」三和土に立って声をかけても返答はない。

部屋の奥で人の気配がした。

「やっぱりいるんじゃないか。上がるぞ」

土居は靴を脱いで部屋に上がった。川田もそれに続く。短い廊下。両側にあるドアはトイレと浴室だろう。

突き当たりの部屋に入った。単身者向けのマンションによくある造りの部屋だ。

壁にくっつけてベッドが置いてあるのがぼんやりとわかった。昼間だというのに、カーテンをぴっちりと閉めている。横になっているのか。

手を伸ばして照明のスイッチを押す。

「具合でも悪いのか。それならそうと──」

後の言葉が途切れた。

川田が背後で「グッ」とくぐもった声を出す。

増元は、ベッドにもたれて床に座り込んでいた。一瞬別人かと思った。着ている服がぶかぶかに見えるほど、痩せ衰えていた。膝の上に伏せていた顔を上げた増元は、目を見開いて瞬いた。ぎょろりと動かした目に生気はなかった。節くれだった指を口に持っていって、カリカリと神経質に爪を嚙む。

「いったいどうしたっていうんだ?」

土居はようやくそれだけを口にした。

「眠れないんです」増元は答えた。

「眠ると夢を見るんです。夢は危険だ。夢を伝って何かがやって来るから」

水族

『友(とも)が浜(はま)水族館』は、入江沿いの道路をぐるっと回っていった先に建っている。入館者は、自分で運転して来るか、最寄りの駅からバスを利用する。交通の便がいいとは言えない立地だ。開館したのは三十六年も前で、ずっと県が運営してきたのだが、五年前に第三セクターに経営が移行された。

目玉の展示生物といえばシロイルカくらいのもので、イルカやアシカのショーといった派手なパフォーマンスもない。よって観光客を呼び込むまでには至らず、地元民に愛される地味な水族館の域を出ない。

「そこがいいんだよなあ」と卓哉(たくや)はよく言っていた。

第三セクターに任された時、少しだけ改装をしたが、円筒形の外観は変わらない。名前も、客受けがいいように「シーパラダイス」とか「マリンパーク」とかのカタカナ名に変えず、入場料金も三百円値上げしただけだったことを卓哉は高く評価していた。友が浜水族館へドライブするのは、私たちのデートのお決まりのコースだった。

「水族館っていう響きがいい」車を運転しながら卓哉は私に言った。

「水族って面白い言葉だろ？　だって水族って独立した言葉はないんだから。水族は、水族館と続いてこそ、意味をなすんだ」

「水族って水の中で生活する生き物の総称じゃないの？」

助手席に座った私は言った。

「まあそうだ。でも展示されているのは魚やカニやエビ、水辺で暮らす鳥類や海の哺乳類だ。それらを総称して水族なんて誰も言わないよ」

動物を見るのは動物園、植物を見るのは植物園、と卓哉は続けた。確かに水族を見に水族館へ行こうとは言わない。

「誰が最初にこの言葉を使い始めたのかなあ。麻里（まり）は不思議に思ったことない？」

開け放った車の窓から気持ちのいい風が吹き込み、私は笑った。不思議なのは、卓哉のそんな思考回路だよ、と言おうとしてやめた。

駐車場からひんやりと薄暗い館内へ足を踏み入れた時、卓哉は言った。

「でもここに来ると、すごく納得するな。水族って言葉がしっくりくる。水のせいだな。ここに度々来たいと思うのは、水に呼ばれるからなんだ」

人もまばらな館内に、卓哉の声が反響した。あれはどういう意味だったのだろう。今はもう知る術（すべ）がない。私たちは永遠に分かたれてしまったから。

あれからも私は一人でこの水族館に来る。入館者は、緩やかにカーブした通路を回遊するように各水槽を見ていく仕組みだ。中央には、水量五百トンの大水槽がある。水槽の中では巨大なハタが悠然と泳ぎ、その上をシマアジの群れが通る。ハンマーヘッドのアカシュモクザメが水槽の前に立つ人をぎょろ目で睨みつけていく。

　私は水槽から少し離れた場所にあるベンチに腰を下ろした。五月の連休や夏休みには、それでも賑やかになるのだが、冬の今、水槽の前に立っているのは、初老の夫婦一組きりだ。長年連れ添ってきたらしい夫婦は、小声で何かを囁き合っている。明るく照らし出された水槽の前で、黒いシルエットになった二人が、頭を寄せ合う姿を、私はぼんやりと眺めた。

　この四か月間を、私はどうやって過ごしてきたのだろう。記憶は飛び飛びにしか残っていない。まるで時間の流れが変わってしまった。
秋には、卓哉と私は結婚するはずだった。今頃は新しい生活が始まっていたはずだ。

　卓哉の実家は、市内でレストランやホテルを経営する実業家だった。卓哉の二人の兄も結婚して、実家の近くにそれぞれの家を構えていた。二人ともが父親の事業を受け継ぐ形で経営に関わっていた。卓哉はそれに倣わず、あえて別の企業に就職した。結婚に際しても、兄たちのように若くして家を持つのを嫌い、賃貸しのマンションに入居する予定にしていた。

　築十五年だけれど、一階で庭付きのマンションの部屋を選んでいた。あそこにはもう別の家族が住んでいるに違いない。一階にしたのは、卓哉のピアノを持ってくるためだった。卓哉は五歳の時からピアノを習っていた。母親は彼をピアニストにしたかったらしい。

「三人も男の子がいると、一人くらい毛色の変わった子がいてもかまわないと思ったんじゃないかな」卓哉はそう言って笑った。

実際卓哉のピアノの腕前はたいしたもので、東京の音大に進んだ。けれどもそこでジャズピアノに傾倒し、大学を休学してアメリカに渡った。そこで二年間、修業とも息抜きともつかぬ期間を過ごした後、日本に帰ってきて、音大をすっぱりとやめた。今度は音響の勉強をするために専門学校に入った。

今は地元の放送局で、音響の仕事に携わっている。

私と知り合ったのは、卓哉がボランティアで障害児のためのコンサートで音響を担当した時だった。私はそのコンサートで、宮沢賢治(みやざわけんじ)の詩を朗読したのだった。付き合いだした頃、卓哉はローカル放送局の音響の仕事では飽き足らなくなっていた。彼はプロのミュージシャンのコンサートの音響を扱うような中央の大手の会社に入りたいという夢を私に語った。

もしかしたら、卓哉の夢がかなう方向にことが進んでいたかもしれない。なにせ、彼の両親は結局のところ、卓哉の好きなようにやらせるのだから。

「このまま落ち着いてくれたらいいんだけどねえ」結婚が決まった時、卓哉の母親は言ったものだ。「麻里さん、一応覚悟しておいた方がいいわよ。この子、何をやらかすかわからないわよ」

そんなふうに言いながら、彼女は嬉しそうに笑った。まるで末っ子が型破りでいてくれることを楽しんでいるみたいだった。そんなことになったって一向にかまわないと思うゆとりが、両親にはあった。気持ちの上でも経済的な面でも。

卓哉には才能があった。ピアノの才能ではない（卓哉自身、アメリカで己のピアニストとしての将来には見切りをつけていた）。音を聴き分ける才能だ。

初めて卓哉と二人きりで会った時、彼は私の声が好きだと言った。

「コンサートの時、ブースの中でヘッドフォンを通して君の声を聴いた時、あ、この人と話してみたいと思ったんだ。君の顔なんか一度も見ないうちにね」

卓哉は、私の声を「渓谷を水が伸びやかに流れていくような声だ」と言った。ここでも水だ。水と音。たまらなく卓哉に会いたかった。

友が浜水族館の前庭の片隅には、供養塔が建っている。石を粗く削って三日月を象ったシンプルなものだ。ヤマモモの植え込みの下にひっそりと建っているので、気づかない人も多い。供養塔の向こうは、崖になっている。海が荒れている時は、潮をたっぷり含んだ風が吹き上げてきて、供養塔を濡らす。供養されている水族たちは喜んでいるだろう。

ヤマモモの植え込みの後ろにあるベンチから見る夕陽は格別だ。今日は水族館へは入らず、ベンチに腰を下ろした。つい端っこに座ってしまう。隣に卓哉の存在を感じた。海の上にまだらに浮かぶ雲の隙間から、無数の光の矢が差している。波の窪みには、こぼれ落ちてきた光が溜まってゆらゆらと揺れていた。

私はちらりと供養塔に目をやってから閉じた。瞼の裏に、いつも浮かぶ光景――。

卓哉が運転してきたドイツ車の前部がぐしゃりと潰れている。フロントガラスの向こうに、ぼんやりと卓哉の姿が見えた。雨が降っているせいでよく見えない。私は手のひらでガラスを拭う。意識を失っている卓哉が見えた。白いエアバッグが膨らんではいるが、それがうまく作用したとは言い難い。卓哉の頭部からは大量の血が流れている。

「卓哉！」

私はフロントガラスを力任せに叩いた。それでもぴくりとも動かない。血の気を失った顔は、いつも見慣れていた卓哉とは別人のようだった。

事故直前、私はドラッグストアの前の歩道に立って、卓哉の車が来るのを待っていた。その場所で卓哉に拾ってもらうつもりだった。交差点を曲がってきた卓哉は、確かに歩道に立つ私を認めた。いつものように、右の眉をちょっと持ち上げて微笑んだから。

その時、暗い空から大粒の雨が落ちてきた。私が手にした傘を広げる暇もないくらい一気に大降りになってしまった。フロントガラスの向こうの卓哉の顔が、ふいに歪んで泣いているように見えた。

車は突然車道を外れた。そして歩道を突っ切り、ドラッグストアの広告塔のコンクリートの基礎部分にまともに衝突したのだった。車が突っ込んできた直後、グシャッという嫌な音を聞いた気がする。でもあの辺の細かい経過はよく憶えていない。あの泣き笑いのような卓哉の顔と、車が衝突する音と、私がフロントガラスを叩いたこと以外の記憶は曖昧だ。

そこから私は違った世界に足を踏み入れたのだ。卓哉と分かたれた世界に。

目を開けた。赤く熟れた太陽が、雲の間から姿を現した。水平線に向かって落ちていく太陽を、私はじっと見つめた。私一人のために繰り広げられる夕景は、美しいだけに残酷でせつない。あの日卓哉は、一人で長距離を運転して、隣県の放送局まで打ち合わせに行く予定だった。その仕事が向こうの都合でキャンセルになり、ぽっかり空いた時間を利用して、私たちは結婚式場との打ち合わせに行こうとしたのだった。

あの場所で落ち合おうと提案したのは私だ。もし場所を別のところにしていたら、事故は起こらなかったのだろうか。卓哉の仕事が予定通り行われていたら、彼は何事もなく目的地に着いていたのだろうか。それとも運命はどのみち私たちを搦めとっていたのか。また堂々巡りの思考に陥ってしまう。

入江を巡る幹線道路に出て、大股で歩き続けた。自分自身を、不明瞭な時間の感覚を取り戻すつもりで。汗ばむほどに無我夢中で歩いた。

とうとうあの場所が見えてきた。事故以来、怖くて近づけなかったドラッグストアの前に。広告塔の下のコンクリートは、いくぶん形が変わり、白く擦(こす)れた傷がついているのが遠目にもわかった。けれどもそれだけだ。人々は歩道を行き交い、ドラッグストアは繁盛している。歩道の脇の植え込みの寒椿(かんつばき)には赤い花がポツポツと咲いていた。

あの寒椿を一本もなぎ倒すことなく、卓哉の車は、切れ目をうまくすり抜けて突っ込んできたのだ。近づくにつれ、通行人の中で、一人たたずんでいる人影を見つけた。

「亮(りょう)ちゃん……」

彼は、植え込みのそばに小さな花束を置くところだった。長身を折り曲げるようにしてそれを置くと、亮ちゃんは数歩下がって歩道を見つめていた。でもすぐに身を翻(ひるがえ)して行ってしまった。私は声をかけそびれた。

亮ちゃんは何度もここを訪れて、花を供えてくれていたのかもしれない。黄色いバラを包んだセロハン紙が風に揺れている。黄色いバラは、結婚式の会場を飾るはずだった。その話を亮ちゃんの前でしたことがあっただろうか。卓哉が特別に式場に頼んでくれたということを。

黄色いバラは私の大好きな花だったからだ。今はよくわからない。私の中の感覚という感覚が麻痺してしまっている。花束を持ち上げて香りを嗅ぎたい気持ちに駆られたが、それを抑えつけた。香りさえ感じられなくなっていることを自覚するのが怖い。背中を伸ばして、その場を後にした。少なくともここへは来られたわけだ。これが進歩なのかどうかはわからないが。

亮ちゃんは、友が浜水族館に勤めている。卓哉とは幼馴染だ。卓哉が水族館に魅了されていたのは、亮ちゃんの存在が大きいと思う。卓哉は、兄たちが私立の小、中、高校に進んだのに対して、地元の公立の学校に通った。腕白な子どもは、近所に遊び友だちが必要だろうという両親の判断からだった。

卓哉の家は高台にあったが、決して一等地というわけではない。そもそもこの街は起伏の多い土地なのだ。だから五十メートルも坂を下れば、気取りのない商店街に行き当たる。亮ちゃんの家は、校区内のはずれの町工場の多い一角にあった。実家は自動車修理工場を営んでいたが、彼が工業高校を卒業して、自動車修理の専門学校に進もうとしたまさにその時、経営に行き詰まったという。その時、亮ちゃんの父親は、自分の工場に見切りをつけ、よその修理工場に働きに出た。廃車や部品置き場として使っていた隣接地を売ったので、一階が工場になっている自宅家屋は手放さないで済んだ。

車好きな卓哉は、免許もないうちからここの工場に入り浸っては、亮ちゃんと車いじりをしていたらしい。法に触れない限りは、子どものすることに一向にかまわない卓哉の両親は、好きにさせていた。高校は別々になったが、卓哉と亮ちゃんは、車いじりや釣りを通じて、ずっと仲良しだった。

卓哉が紆余曲折（うよきょくせつ）を経てこの街に戻って来た時、亮ちゃんは水族館のキーパーとして働いていた。五年前にリニューアルした時に新しく採用されたのだ。

水族館員の仕事は、ただ生き物の飼育というだけにとどまらず、魚の採取、海洋調査、水槽のメンテナンスや取水ポンプを始めとする機械類の保守管理、潜水掃除、展示の工夫など、多岐にわたる。私が思うに、亮ちゃんは機械類の扱いに明るいというところが買われたのではないか。亮ちゃんは無口だけれど、几帳面（きちょうめん）で根気強い。そういう性格の人物は、飼育係としても向いているらしい。これは亮ちゃんの上司である日野（ひの）さんという人が言った言葉だ。

獣医師の資格も持つ日野さんは、水族館の広報員的な存在で、卓哉の勤めている放送局で、水族館や、そこで飼われている生物を紹介する時は、必ず登場するのだった。そんな関係もあって、卓哉は日野さんとも親しくしていた。亮ちゃんと三人で飲みに行くこともあった。たまに私も同席することがあったが、がっちりむっくりした体形の日野さんが、大げさな身振りで話してくれる水族館や海の話には惹（ひ）き込まれた。日野さんと卓哉が会話を弾(はず)ませているのを、亮ちゃんがにこにこ聞き入っているのだ。

そんな時、卓哉はたいてい「いいなあ、亮は」と言った。言われた亮ちゃんは、曖昧に笑った。そういう場面はよく目にした。卓哉はしょっちゅうその言葉を口にしたから。

亮ちゃんの家には、卓哉にくっついて何度か足を運んだ。一階の修理工場は、営業をやめてもそのままにしてあるし、亮ちゃんも彼の父親も修理工だから、卓哉はそこで気のすむまで車いじりをさせてもらっていた。彼は子どもの頃からそこに出入りしているので、誰もいなくても勝手に入り込んで工具を使っていた。

今は駐車場になってしまった隣接地には、当時廃車が積み上げられていて、卓哉に言わせると「宝の山」だったらしい。工場で好きなだけ車をいじり、飽きたら港に釣りに行く。卓哉と亮ちゃんはそんな少年時代を過ごした。

おそらくその頃から、「いいなあ、亮は」が卓哉の口から出ていたのだろう。亮ちゃんとの遊びを切り上げて、ピアノのレッスンに帰るのが嫌だったのかもしれない。母親は、卓哉が油で真っ黒な手をして帰って来ると、大仰に体をのけ反らせていたそうだ。そんなエピソードを話しながら、卓哉は自分の車のちょっとした修理をしたり仕様を変えたりしていた。

工場からの物音に気づき、鉄製の外階段を亮ちゃんの父親が下りて来て手伝ってくれることもあった。彼は胃癌(いがん)をわずらって、胃の三分の二を摘出してから仕事にも思うように行けない様子だった。階段の下段に腰をかけて、煙草(たばこ)をくゆらせながら、ただ見ているだけの時もあった。卓哉の手に負えない故障だと、そのまま車を預けて帰る。すると水族館から帰ってきた亮ちゃんが、うまく直してくれた。

亮ちゃんに母親はいない。彼が小学生の時に、修理工場の工員と駆け落ちしてしまったのだという。その時に運転資金を持ち逃げしたので、工場の経営が傾いたらしい。亮ちゃんにとっては苛酷な人生だ。亮ちゃんは、母親のことは一言も話さない。母親は駆け落ちする時、彼の三歳になる弟だけを連れていった。

そんな事情を父親が語った。もうその辺のことを知っているらしい卓哉は、車の下に潜ったきり、何も言わない。私はどうにも適当な言葉が見つからず、困ってしまった。

父親の方も、誰に言うともない繰り言を口にしているというふうだ。

「亮もほんとは母親と一緒に行きたかったんだろうよ」

煙を吐き出して、父親は力なく笑った。

水族館のエントランスを抜けたところで、亮ちゃんが大きな道具箱を提げて通路の先を歩いているのが見えた。彼は私に気がつかずに、キーパー通路へ入ってしまった。亮ちゃんと向き合うことにまだ躊躇(ちゅうちょ)している私は、少しほっとした。

ぶらぶらとクラゲの展示室の中を歩く。水族館は、水槽を際立たせるために、水槽を明るく照らし、通路の照明を落としてある。ブルージェリーフィッシュやアマクサクラゲが暗闇の中にふわりと浮かび上がる水槽に囲まれていると、海の中というより、宇宙空間にいるような錯覚に襲われる。私の前を、一組のカップルが歩いている。女の子の方が少し背が高いようだが、何か言うたびに、男の子の腕にすがって低い声で笑った。

彼らはシロイルカの水槽の前で長いこと語り合っていたが、やがて行ってしまった。二人の足音が遠ざかるまで待って、私はシロイルカに近づいた。シロイルカは、私の姿を認めたように、すっと水面から下りてきた。真っ黒な目をくりくりと動かして、頭をアクリルガラスに擦りつけてくる。

「ベガ、元気だった？」そっと声をかける。

五年前に新しくなった水族館の目玉として、このシロイルカはカナダからやって来た。公募されて名前は「ベガ」に決まった。たぶん、シロイルカの英名であるベルーガから取った名前だと思うけれど、メスなので、織姫（おりひめ）という意味も込められているのかもしれない。私は厚いアクリルガラスに耳を付けた。シロイルカは北極圏（ほっきょくけん）から寒帯にかけて生息しているので、水槽の水温も下げてある。頬がひんやりと冷たくなった。

ベガは心得たように、ガラスの前をくるくる回るように泳ぐ。耳を澄ましていると、「キュルッ、キュルッ」とも「クチュクチュ」とも取れるベガの鳴き声が聞こえてくる。歯を噛み合わせているような「カチッ、カチッ」という音も交じる。シロイルカは海のカナリアと呼ばれるほど、おしゃべりなイルカだ。

　おしまいに「キューン」と甘えるような声が聞こえた。水槽を見ると、立ち泳ぎをするベガの顔が、びっくりするほど近くにあった。私は思わず小さな笑い声を上げた。ベガは口をすぼめて話しかけるような仕草をしている。この子は、卓哉と私を憶えているのだろうか。ここへ来るといつも卓哉は、人がいなくなるのを見計らって、こうやってシロイルカの鳴き声を聴いた。

「ほら、まるでオーケストラが演奏の前にチューニングをしているみたいな音だ。ね？そう思わない？」卓哉は幸せそうな顔をしていた。

　シロイルカには声帯がない。鼻の中にあるヒダを振動させて音を出すのだ。その振動は水の中を伝わる。

「だから僕らも、こうやって耳骨に直接振動を受けるのが、正しいイルカとの会話の方法なんだ」

　音、水、生き物——卓哉を夢中にさせる珠玉の諸々。

　卓哉は無垢で無欲で天性の明るさを持っていた。裕福な家庭で育てられた天空海闊な人だった。だから下町育ちの苦労人である亮ちゃんとも気さくに付き合っていた。亮ちゃんの方も、そんな育ちの違いを気にすることなく、二人は親友であり続けた。

　子どものままの親しさで、卓哉は言うのだ。「いいなあ、亮は」と。

あの言葉をどんな気持ちで亮ちゃんは聞いていたのか。初めてそんなことを思った。

亮ちゃんには以前恋人がいた。彩菜さんは卓哉のテレビ局でアルバイトをしていた子で、卓哉が亮ちゃんに紹介して付き合いが始まった。私たちはたまにダブルデートをしたりしていた。彩菜さんは、子どもっぽくて甘えん坊で、亮ちゃんとはお似合いだと思っていた。

だけど彩菜さんは、亮ちゃんに内緒でテレビ局の若いディレクターとも付き合っていた。彩菜さんのワンルームマンションを訪ねた亮ちゃんは、恋人の浮気現場に遭遇してしまったのだ。逆上した亮ちゃんは、浮気相手を殴って怪我をさせた。顚末を聞いた卓哉が中に入って、うまく話をつけた。ディレクターは自分の経歴に傷がつくのを恐れて、亮ちゃんを訴えなかった。彩菜さんとの関係も切った。初めから遊びのつもりだったのだろう。

彩菜さんは泣いて謝ったけれど、亮ちゃんは許さなかった。卓哉も説得したのに、耳を貸さなかった。彩菜さんは結局アルバイトを辞めて私たちの前から姿を消した。どうして亮ちゃんがそんなに頑なだったのか、卓哉は知らない。亮ちゃんは、私だけに打ち明けたのだ。子どもの頃、母親が工員と肉体関係を結んでいる現場を、何度か見たことがあるのだと。

修理工場の薄暗い物陰で、廃車の中で、母親と若い工員は、醜い姿で絡み合っていた。

子どもだった亮ちゃんの脳裏には、その光景が染みついてしまった。彩菜さんの浮気現場を見た時、その時のことがフラッシュバックのように浮かんできた。だから激高してしまった。

「お袋はこの家を出る時、俺も連れて行くつもりだったんだ。だけど俺はそれを拒んだ。どうしてもついて行けなかった。それなのに、お袋がずっと恋しかったんだ。あんなお袋でも」

そんなふうに亮ちゃんは告白した。

そのことを卓哉には言えなかった。卓哉には、亮ちゃんの複雑な心境を真には理解できないのではないか。ことあるごとに、亮ちゃんが彩菜さんと別れたことを残念がる卓哉には。そんなふうに思ったのだ。亮ちゃんも同じ気持ちだったからこそ、私にだけ打ち明けたのだと思う。卓哉には内緒にした亮ちゃんの告白は、私の中にいつまでも小さな違和感として留(とど)まっていた。

卓哉の両親の飾り気がなくあっけらかんとした性格は、卓哉にも受け継がれているのだが、時に私は居心地の悪さを覚えることがあった。度量が大きいといえば聞こえはいいけれど、何ものにもこだわらず、たいていのものを受け入れる鷹揚(おうよう)さの裏には、金銭的なゆとりに支えられた優越感がありはしないか。自分たちは幸福な島に住み、そこに軸足を置いているがゆえに、周囲の海を豪華客船が通ろうが、ボロ船が通ろうが頓着しないのだ。

卓哉と亮ちゃんは純粋な友情で結ばれていた。それは揺るぎないことだ。だが、それを維持していく上で、亮ちゃんは苦しんでいたのかもしれない。そしてそんな亮ちゃんの苦労に気づかないでいるのが、卓哉だった。あの家庭で育ったがゆえの罪のない無神経さ——。

ガラスのように繊細な心を持った亮ちゃんとは、卓哉の事故の後、まともに向き合っていない。お互いが負った深い傷を見せ合うのが怖くて、私はぐずぐずとそれを引きのばしている。私は亮ちゃんの近くをうろうろしながら、迷い続けているのだ。今日もまた遠くから彼を見ている。卓哉の一番の親友を。

港の岸壁。亮ちゃんは背中を丸めて釣り糸を垂らしている。首をちょっと前に出す格好の亮ちゃんは、遠くからでもよくわかった。

今は何が釣れるのだろう。他に釣り人の姿はない。湾の中は静かだ。だが外海には、白い三角波が立っていた。港の向こうの山の上をトンビが二羽、弧を描いて飛んでいる。

亮ちゃんから少し離れた場所に、漁網が干してあった。竿(さお)に掛けられた漁網の陰に、私は立った。海の水は澄んでいて小魚が群れているのに、浮きはぴくりとも動かない。

亮ちゃんは眉間に皺(しわ)を寄せてそんな海中を見下ろしている。とても釣りを楽しんでいるようには見えない。すぐ目の前を、小さな漁船が通り過ぎていった。

「亮！　今どき何も釣れねえだろ？」

真っ黒に日焼けした若い漁師が怒鳴った。たぶん、卓哉や亮ちゃんの同級生だろう。水族館に展示する魚の採集には、地元の漁師の協力が必要だ。だから日頃から亮ちゃんは親しくしている。なのに今日は、おざなりに片方の手を挙げたきりだ。私が代わりに手を振ってあげる。漁船はエンジン音を響かせて行ってしまった。

「亮！」

背後から誰かの呼ぶ声がした。亮ちゃんと私は同時に振り返った。

遠くの方から亮ちゃんの父親が来るのが見えた。杖(つえ)をついて、息せき切ってやって来るのだが、気持ちほどに足の方がついてこない。近づいてくるにしたがい、私は息を呑んだ。この人を最後に見たのはいつだっただろう。ひどく痩せ細り、弱々しく見えた。ようやく近くまでやって来ると、父親は一度立ち止まって息を整えた。言葉を発するわけではないのに、口元は常にもぞもぞと動いている。

彼は亮ちゃんがいるところまでの数メートルを、杖をつきつき歩いてきた。

「亮、何で卓哉から金を借りなかった？」

はっとした。亮ちゃんはまた海に向き直った。

「あいつは都合をつけてやるって言っただろう？　なのにお前は——」

思い出した。亮ちゃんの工場には、まだ大きな借金が残っていたのだ。父親は胃癌の治療が長引いて働けず、借金を返せなくなって困っていると卓哉から聞いた。亮ちゃんの給料ではとても返していけない。医療費もかさんだ。見かねた卓哉が、いくらか融通してやろうとしたのだ。そうしないと、あの修理工場が人手に渡ってしまうのだと言っていた。だけど、亮ちゃんはそれを断った。自分でどうにかすると言ったらしい。固辞する亮ちゃんをもどかしがり、卓哉は何とか説得しようと躍起になった。そして言ったのだ。

「気にすることなんかないんだ。亮がうちのディレクターと傷害沙汰を起こした時、あのいけすかない奴にも示談金をいくらか渡したんだから」

亮ちゃんが息を呑むのがわかった。卓哉は、あれが優しさだと勘違いしていた。それを正す人は、彼の家族にはいなかった。

その後、あの事故が起こって——。

私を取り巻く世界はがらりと変わってしまったのだ。だから、亮ちゃんの家がどうなったかなんて気にもしなかった。

父親は両手で杖にすがって、亮ちゃんの後ろに立っている。近くで見ると、ますますやつれて小さくなったように見える。顔色も悪いし、身なりもみすぼらしい。だけど、目には尋常でない光が宿っていた。

「卓哉に助けてもらったってよかったろうが。ちょっとの間だけ――」

「もう帰れよ」

亮ちゃんは海に向かったまま言った。父親はいきなり激高した。

「親に向かってそんな口のきき方をするな!」

杖から手を離したので、よろめいた。思わず駆け寄ろうとしたが、私が一歩を踏み出す前に病み衰えた男は何とか踏みとどまった。

「そんなだから、お前は母ちゃんに捨てられたんだ」

亮ちゃんは、はっと顔を上げたが、すぐに恥じたように下唇を噛んだ。

父親は唐突に踵を返すと、来た時と同じくらい急いでその場を離れた。私は亮ちゃんと父親の背中を見比べた。そして父親の後を追った。彼は不器用な人形遣いに操られるマリオネットみたいにぎくしゃくした動きで歩を進める。すぐに追いついた。

「ねえ、おじさん、いったい何があったの?　修理工場はどうなったの?」

何も答えない。涙か鼻水かわからない透明な筋が顔面から垂れている。それを拭いもしないで、口の中で意味のない言葉を呟いている。

「待ってよ、おじさん」

私は父親の肩に手をかけた。彼は、びくんと体を震わせて自分の肩を見た。

「あっちへ行け!　あっちへ行け!」

いきなり杖を振り回し始めた。私は後ろへ飛び退り、すんでのところで杖の一撃から逃れた。すぐ近くの漁師小屋から、太った中年の女の人が飛び出してきた。

「何やってんのよ。危ないじゃないか」

女の人はぶんぶん振り回される杖を、難なく押さえた。ゴムのエプロンを着けた別の女性が小屋から出てきた。

「どうもこうもないよ。修理工場のじいさんだよ。いや、もう修理工場はなくなったんだった。すっかりボケちまって手に負えないよ」「どうしたのさ」

それでも女性は父親の腕を取り、杖を握らせてやった。父親は、しゅんとなってされるがままだ。

「アパートへ移ったんだっけ。帰れる？　一人で」

父親は返事をせず、うなだれたまま歩き始めた。女性二人は顔を見合わせたのち、また小屋に戻っていった。振り返ると、岸壁にまだ亮ちゃんの姿が見えた。日が翳り始めていた。夕方の漁に出ていく船が、今度は無言のまま亮ちゃんの前を通り過ぎていった。

私は亮ちゃんの家に続く道をたどった。

そこにはもう修理工場はなかった。黒い土が剝き出しになった更地になっていた。ところどころ寂しく雑草が生えていた。気をつけて見なければ隣の駐車場が少し広がったようにしか見えなかった。

こんなに小さな敷地だったのか。私は言葉もなく、そこに立ち尽くしていた。卓哉がしょっちゅう出入りしていた馴染みの工場。あの事故の前も、確かエンジンの調子をみてもらうために車を預けてあった作業場。亮ちゃんのお父さんが座っていた急な外階段。何もかも跡形もなく消えていた。

ここが人手に渡ることを嫌って、卓哉は救済の手を差し伸べようとしたのか。それを亮ちゃんは断った。こうなることがわかっていて、卓哉の申し出を蹴った。

卓哉にとっては、好きな車いじりの場が失われることだった。でも亮ちゃんにとっては、生活の根底が覆ることだった。生活の糧を生み出していた場所、母親との思い出の場所が失われるということの意味が、卓哉には本当にはわかっていなかった。

卓哉が差し出すお金は、亮ちゃんの父親には喉から手が出るほど欲しかったものだった。だけど卓哉の家からすれば、たいした額ではなかったろう。そのギャップに気がつかないほど、卓哉は善良で明朗で無邪気だった。

あの後も彼は親友に言い続けた。「いいなあ、亮は」と。

そうやって卓哉と、そして私も、亮ちゃんを傷つけ続けていたのだ。

ベガと話ができたら。今まで何度か思ったことがある。今日は特にそう思う。

シロイルカは海面の九十五パーセントが氷に覆われた海域でも、氷の隙間を見つけて呼吸をすることができるという。イルカ類が持つ反響定位（エコロケーション）の能力によるものだ。以前、日野さんから聞いた。鼻腔（びこう）の奥から発した音波を、頭部のメロン体で収束させて得られる能力らしい。シロイルカは、他のイルカ類よりもメロン体が発達していて、おでこが大きくせり出している。その優れた能力で、彼らは海の中を探索し、互いに会話する。

だけど一頭きりで飼育されているベガは、誰とも会話できない。あれだけ鳴き声を出すのに、誰とも交信できない。あの能力をちょっとの間だけ、私に貸してくれないものか。

ベガは、ガラスの前に立つ私の前で、体をくねらせるように泳いでいる。訳知り顔で、私の鼻先を短い吻（ふん）でつついたりしている。黒い瞳は知的で、深い洞察力を持っているようにさえ感じる。

「ベガ、私はどうしたらいいんだろう」

私の唇の動きを注意深く読むように、ベガは私を見返してくる。やがて首を二、三度振った。私の気持ちが伝わったのだろうか。シロイルカは固定されない七つの頸椎を持っているので、首を前後左右に振ることができるのだ。

私はアクリルガラスに指で大きくマルを描いた。水温が低く保たれているせいで、ガラスの表面はうっすらと結露しており、丸い円の跡が残った。ベガはそれをじっと見つめていたが、口から空気の輪っかをぽわんと吐き出した。透明なリングは水中を漂って、やがてゆらゆらと上昇し始めた。ベガはそれをもっと私に見えるように、吻の先でつついて下げようとしている。私は思わず笑い声を上げた。

「ありがとう」

ほんとに言葉が通じたらいいのに。私は振り返りながらシロイルカの水槽を後にした。ベガは立ち泳ぎをしながら、きょとんと首を傾げて私を見送っていた。

緩いスロープを下って、小さな森を表現したような水草水槽の前を通る。擬岩の間に植え付けられたリシアやハイグロフィラ、パールグラスが、太陽光線に近い波長のランプに照らし出されて美しく輝いていた。

目の前を黄色い帽子を被った小学生の一団が通り過ぎていく。学外授業の一環で水族館を訪れたのだろう。一番後ろには、担任の先生。先頭を歩くのは日野さんだ。一行はヤリイカやスルメイカの展示水槽の前で止まった。

「はーい、みんな、集まってー」日野さんはガラガラ声を張り上げる。

「ここにいるのは、何という生き物でしょう」

「イカ！」

「そんぐらい知ってるよ」

「刺身にしたらおいしいよね」子どもたちが口々に言う。

「そうだ。こっちがスルメイカ。そしてこれがヤリイカだ。イカみたいに体の表面が弱くて傷つきやすい生物は、飼うのが難しいんだ。今日は水族館の水槽と魚について勉強しまーす」

　私は子どもたちのずっと後ろの暗がりに立って、日野さんの講義を聞いていた。日野さんの話を聞くのは久しぶりだ。日野さんは、魚が水槽のガラスにぶつかって傷つかないようにする水族館の工夫について話している。人を惹きつける話術は健在だ。

　子どもたちも一心に耳を傾けている。おおむね魚というのは皮膚が弱いものだが、魚類には側線という感覚器官があって、それでガラスを認識して避けているらしい。だけど繁殖中の幼魚やイカ類は、水槽のガラスにぶつかって死んでしまうことがよくあると日野さんは説明した。

「魚はほんとに傷つきやすいんだ。おじさんはハートが傷つきやすいんだけどね」

　子どもたちも先生もゲラゲラと笑った。

「そこで水族館では、水槽の中に柔らかい材質のカーテン状のフェンスを張って、魚を保護したりしている。それぞれの水族館でいろいろと工夫しているけどなかなか難しい」

　日野さんは、ワゴンの周りに子どもたちを集めた。ワゴンの上には、小さな空の水槽が載っていた。

「うちの水族館では——」日野さんは、プラスチックの容器をもったいぶって取り出した。「こういうものを地元の食品会社と一緒に開発した」

　彼は筆に容器の中身をふくませると、水槽の内側の上部にぐるっと塗布した。子どもたちは興味津々といった様子で、水族館員のすることを見つめている。

「ここに水をかけると――」別の飼育員が、ジョウロで水をかけた。子どもたちは、押し合いへし合いして水槽の中を覗き込む。「ほら、内側をちょっと触ってごらん」

　日野さんは、前の男の子の手を取って、水槽のガラス面の内側を触らせた。男の子は「うわーっ」と声を上げた。その声に釣られて、小さな手がいっぱい伸びてきて、水槽の中に突っ込まれた。

「あれー、何？　これ」

「何かぬるぬるしてる」

「ううん、ふわふわ柔らかいよ」

「さっき上のとこだけに塗った薬品が、水で膨らんで下りてきて、ガラス面全体に薄い膜を作ったんだ」日野さんが芝居がかった咳をしたのち、言った。「この技術は、友が浜水族館が開発したんだ。これがクッションになって、イカや魚の赤ちゃんがぶつかっても安心なんだ」

「へーえ」

「でも何で食品会社と一緒にやったの？」

最初に触った男の子が疑問を口にした。すると日野さんは「おおーっ」と大仰に驚いてみせた。「よくそれに気がついたなあ。実はな、これ、成分は寒天なんだ」

「寒天？」

「そう。お料理なんかに使う寒天な。あれはもともと海藻を原料にしているから、魚たちにも無害だろ？」

そこまで言うと、日野さんはわざとらしく口に手を当てた。

「おっと。これ以上は言えんな。ま、企業秘密ってやつだ」

「あ、わかった！　おじちゃん、トッキョとか取ろうとしてるんだ」

「すごいな！　友が浜水族館、大儲け！」

やんちゃな男の子たちがはやし立てると、日野さんは慌てて否定した。

「違う、違う。そんなんじゃないよ。これはまだ試験段階なんだ。これ、展示用の水槽には利用できないんだ。バックヤードの予備水槽にしか。ガラスに膜ができると、透明度が落ちてしまうからね」

そのことを見せようと用意していたのか、人の顔の写真を切り抜いて細い棒の先につけたものを、水槽の内側に入れた。私は背伸びして、その様子を見た。水槽の中に入れられた人の顔は、泣いているみたいに歪んで見えた。

「ほんとだー、よく見えないね」

「まだまだ改良の余地があるなあ」
腕組みして大人っぽい物言いをする男の子を、日野さんが苦笑しながら見下ろした。水槽の中の顔は、最後に見た卓哉の顔とダブって見えた。事故を起こした車の運転席で血塗(ちまみ)れになっていた卓哉の顔に。気持ちの悪い冷たい汗が、手のひらに広がってくる。

日野さんともう一人の飼育員は、ワゴンごと水槽を通路の片隅に寄せると、子どもたちを連れていってしまった。子どもたちのざわめく声が遠ざかるのを待って、私は水槽に近づいた。恐る恐る水槽の中に手を入れる。ガラスの内側を覆った膜に指をつけると、弾力性のある半透明の膜に触れた。指先に力を入れて膜をすくい取ると、ぷるんと固まった寒天のような一片がくっついてきた。

私は自分の指先についたその塊をまじまじと見つめた。

あの時――。

卓哉が運転する車は、植え込みの間をすり抜けて歩道に乗り上げた。車体は激しくバウンドしたが、スピードが落ちることはなかった。私は凍り付き、その光景を呆然(ぼうぜん)と見ているしかなかった。

事故直後、私はフロントガラスを叩いて卓哉を呼んだけど、彼はぐったりしていて返事をしなかった。ガラスの外側を、半透明のぬるぬるしたものが雨に流されて滑っていった。まるでガラスの皮が一枚ぺろんと剝げる形で、私の指先をかすめていった。いったいこれは何なんだろうと一生懸命考えていた気がする。今、あの時のことを鮮明に思い出した。後から後から流れ落ちたあの物体は、雨の勢いに押されて道路の側溝に全部流れ込んでいった。

　あれは寒天だったのだ。自分の指先を眺めながら、ようやく私は納得した。


　遠くで雷が鳴っていた。風は強いが、雨はまだ降っていないようだ。風の中にかすかに春の匂いが感じられた。私が心を失くしているうちに、季節は確実に巡っている。いつまでも私だけがこうしてさまよっているわけにはいかない。今日こそは何もかもはっきりさせて過去に訣別しようと決めていた。どんなにおぞましいことでも、目を逸らさずに受け入れよう。そうしないと、私はここから一歩も動けないのだから。

　私はクラゲの暗い展示室の大きな水槽の後ろにしゃがんでいた。やがておざなりに見回りが行われ、閉館時間になった。今日は亮ちゃんが宿直なのは調べてあった。十数人のスタッフが順番に宿直をして、水槽からの水漏れやポンプの停止などのトラブルに備えている。充分に夜が更けるのを待って、私はクラゲの展示室から出た。

　高いところにある窓が、稲光で白くなるのが見えた。雷が鳴る夜は気が抜けない。停電に備えて仮眠もおちおち取れないはずだ。亮ちゃんは、きっと館内の見回りをしているに違いない。亮ちゃんはすぐに見つかった。シロイルカの水槽に向かって歩いている。

「亮ちゃん！」

念じるような思いで声をかけた。何度目かの呼び掛けに、やっと亮ちゃんは足を止めた。辺りをきょろきょろと見回している。私を見つけることができないで、しまいにシロイルカの水槽に向き直った。ベガが好奇心をそそられたように、水面近くからすうっと下りてきた。私は亮ちゃんの後ろに立った。冷たい水槽のガラスに、私の姿が映った。亮ちゃんがはっと息を呑むのがわかった。どうにかして亮ちゃんと会話をしなければ。

ベガはガラスの向こうから、私を見つけて黒い目を活発に動かし、わざと頭のメロン体をぐにゅぐにゅと動かしたりしている。

ベガ、私に力を貸して！　心の中で叫んだ。

亮ちゃんは、アクリルガラスに映った私に慄いている。紙のように真っ白な顔だ。水槽の中のベガが、ガラスに映った私に重なり合った。

「亮ちゃん、黄色いバラをありがとう」ベガの口から私の言葉がこぼれる。「でもあれは受け取れない。なぜなら――」声が震えた。「なぜなら、あなたは卓哉を殺そうとしたから」

自分の言葉に戦慄する。ベガは私を励ますように首を振る。

「あの事故のあった日、卓哉は一人で車で遠出する予定だった。前の日に、亮ちゃんのとこの修理工場に車を預けてた。ドライブの前にエンジンの具合を見てもらおうとしたの。あなたはその時、卓哉の車に何をしたの？」

亮ちゃんは大きく目を見開いて、ベガと対峙(たいじ)している。体の横で握りしめた拳がぶるぶる震えてはいるが、声を発することはない。

「卓哉の車のフロントガラスの上部に薬品を塗ったわね。ここの水族館で開発した寒天の成分の。水に反応して膨張し、ガラス面に膜を作る。一瞬にして視界が悪くなるのよね。確かあの日は突然の雨が降るかもしれないって予報が出てた」

そこまで一気にしゃべると、急に体の力が抜けた。こんなことを卓哉の一番の親友に言うことになるとは思ってもいなかった。でももう私がやるしかない。卓哉のために、私が亮ちゃんと対決しなければ。亮ちゃんはがくりと膝から頽(くずお)れた。立ち泳ぎするベガは、憐(あわ)れむように、床に膝をついた男を見下ろした。その上に、私の言葉が降りかかる。

「そんなに卓哉が憎かった？」

「違う、違う、違う！」

亮ちゃんは、首を激しく振って怒鳴った。

わかっていた。卓哉は言うべきではなかった。亮ちゃんの家が差し押さえられようとする時に、気楽に借金を肩代わりしてやろうなんて。亮ちゃんのために過去にも金で解決したことがあったなんて。あれで亮ちゃんの中の何かがぷつんと切れたのだ。決して卓哉が憎かったわけではない。

卓哉はたくさんのものを持っていた。裕福な家庭も、物わかりのいい両親も、才能も。彼はそれらがもたらすものを当たり前のように享受していた。自由奔放に生きていた。亮ちゃんは、ずっとそんな卓哉のそばにいたけれど、妬んだり嫌悪したりしなかった。二人の関係は対等だった。

でも亮ちゃんも卓哉本人も気づかないうちに、二人は少しずつ乖離してしまっていたのかもしれない。高台にある家から下りてきて、修理工場で車いじりをしている時、亮ちゃんの父親の繰り言をさりげなく聞き流している時、ピアノのレッスンのために坂を駆け上がっていく時、卓哉は深い考えもなく口にしていたのだ。「いいなあ、亮は」と。

あの言葉は、亮ちゃんの心を削り取っていった。とても長い時間をかけて波が岩を浸食するみたいに。

いつか私が覚えた違和感は、亮ちゃんの中にあった小さな棘だった。卓哉が彼の家の借金を肩代わりしてやろうとしたのは、純粋な彼の善意なのだ。だが卓哉にはわからなかった。知る術もなかった。あれが二人の関係性を壊してしまった。均衡を保っていた天秤は、釣り合わなくなった。亮ちゃんの中の棘が剝き出しになって卓哉に向けられたのだ。

亮ちゃんは一種の賭けをしたのではないか。あの細工がうまく作用して、卓哉が事故に遭うとは限らない（その確率はかなり低い）。もし何も起こらなかったらそれでいい。

むしろ卓哉が無事にドライブをして帰ることを亮ちゃんは願っていた。ただつまらない細工を施すことで、自分の気持ちを収めたかったのだろう。誰にも知られない亮ちゃんの屈折した思いがそうさせた。だけど亮ちゃんの思惑は恐ろしい結果をもたらした。

　亮ちゃんを許すことはできない。到底できない。私はもう二度と卓哉と生きることはできなくなったのだから。

　ベガがすっと私から離れた。亮ちゃんは、床に這(は)いつくばったまま、顔を上げて水槽に映る私を見上げた。私の肩にかかった髪の毛が、静電気に引き寄せられるみたいにゆらりと持ち上がった。

「私はあなたが憎い。戻してよ。私を卓哉のそばに」

　周囲の小さな水槽がカタカタ小刻みに揺れ始めた。小魚がうろたえて擬岩の陰に隠れた。私の髪の毛は、水に沈んでいく人のそれのように、青ざめた私の顔の周りを漂っていた。亮ちゃんはそろそろと立ち上がり、両方の手のひらをズボンに擦り付けた。

「あんなことになるなんて――。ごめんよ、麻里」

　そのまま亮ちゃんは、スロープを駆け下りた。ベガが高音の笛のような警告音を発した。それは静かな水族館の中に長々と響き渡った。最後に見たのは、稲妻に照らし出されて、前庭を突っ切っていく亮ちゃんの姿だった。

海は凪いでいた。風は柔らかに温んでいる。水族館にやって来る人たちは、もう厚手のコートを脱いでいる。卓哉もそうだ。バス停からゆっくりと上がって来る卓哉は、軽く足を引きずっている。薄手のハーフコートの襟が、風にパタパタと煽られていた。

「あんなコート、いつ買ったのかしら」

知らず知らずのうちに言葉に出している。彼は供養塔の方に真っすぐに向かう。亮ちゃんが海に飛び込んだ場所に。卓哉は黙って崖下を見つめている。何を思っているのか、はるか下で砕ける波を長い間眺めていた。水族館の裏手にある濾過槽の方から、誰かが歩いてきた。日野さんだ。二人は並んで立って、また静かに海を見ていた。

亮ちゃんの遺体は、すぐ下の岩場で嵐の夜が明けた朝に見つかった。警察は、事件性はないと判断した。なぜ風の強い晩に建物から出て危険な崖に近づいたのか。誰にもわからない。あの晩、シロイルカの水槽に映った私自身の姿を思い出していた。亮ちゃんを憎むあまり、醜く歪んだ私の顔。亮ちゃんを追い詰めたのは、この私だ。そのことを卓哉に伝える術を私は持たない。ヤマモモの植え込みに沿って、私はそっと二人に近寄った。

「東京へ行くんだって？」

日野さんの問いかけに、卓哉は頷き、寂しく微笑んだ。もうあの微笑みが私に向けられることはない。あの腕で引き寄せられることも、彼のすました物言いに、私が苦笑することも二度とない。

「東京で何か当てはあるの？」

「まずは小さな音響の会社から。友だちが誘ってくれたんで。徹底的にこだわった音作りをするところなんだ。また一から勉強しようと思って」

「きっと麻里ちゃんも喜ぶよ」

日野さんは、卓哉の肩を軽く叩いて離れていった。卓哉はもう一度海を見下ろした。うねりのない海は、柔らかな光を照り返していた。それから振り返って水族館を見た。まるで記憶の中に留めようとするように、ぐるりと見渡した。けれども館の中には入らずに、来た時と同じように足を引きずりながら坂を下りていった。

私はそこにたたずんでじっとしていた。愛しい恋人の背中が見えなくなるまで。

それから再び水族館のロビーに入っていった。やはり閑散としている。シロイルカの水槽に、五歳くらいの男の子が耳を当てていた。私たちがかつてそうしていたように。ベガは彼に遥かなる海の物語を語るように、横泳ぎしながら吻を動かしていた。誰かが通路の奥から男の子の名前を呼んだ。男の子は、ベガに手を振って走り去った。

誰もいなくなったシロイルカの水槽に、私は歩み寄った。ベガは尾びれのひと打ちで、私の方に寄ってきた。

「ベガ、私はもうここにはいられない」

体長四メートルもあるシロイルカは、悲しそうに「キュイーン」と鳴いた。私はベガに向かって両手を差し出した。私の手はガラスを通り抜けた。しだいに私の体は透明になっていく。水と同じに。

あの日、卓哉の車が突然の雨に見舞われ、ワイパーを動かす暇もなく視界を奪われて広告塔に激突した時、私は恋人の車に轢(ひ)かれた。頑丈なドイツ車は、私の腰から下の骨を砕き、肉を潰した。ボンネットの上に撥(は)ね上げられて、フロントガラスの向こうの卓哉と向き合った。叩きつけるような雨が、亮ちゃんの企(たくら)みの証拠を消し去った。車の構造自体に何らかの細工をしたのであれば、事故後に発覚していただろう。亮ちゃんが成し遂げた完全犯罪。彼のたった一つの手違いは、長距離ドライブの末、一人で事故に遭うはずだった卓哉が生き残り、私が死んだこと。

「もう行くね、ベガ」

突起物にしか見えない小さな背びれを見せて、ベガは一回転した。

私はこの水族館と入江から離れられなかった。私も水に呼ばれていたのか。

差し出した私の両腕は、すっと水の中に吸い込まれていく。

私も水族なのかもしれない。

エアープランツ

宮脇千春は生花店の前に立っていた。

私はそれをバス停から眺めていた。彼女は熱心に処分品の木箱の中を覗いている。店の中からの明かりが千春のずんぐりした体型を照らしだしていた。夕暮れ時の歩道を忙しく人が行き来し、それにまぎれてすぐ近くに立っている私に千春は全然気づいていなかった。声をかけようとは思わなかった。垢ぬけない私服を見てもわかる通り、千春は女性の多い私たちの職場では浮いた存在だった。

やがて千春は、ひょいとかがんで何かを持ち上げた。その指先につままれたものを私は見るともなく見た。くねくねと歪んだ葉が丸まっただけの代物だった。もしかしたら観葉植物の一部がちぎれて落ちたものかもしれない。どう見てもそれは死にかけていた。

緑のエプロンをかけた店員が出てきた。

「それ、エアープランツです。今はこんなだけどすぐ元気になりますよ。丈夫な植物ですから」

エアープランツ——そういえば以前、女性雑誌で見たことがあった。土に植える必要のない、転がしておいただけで育つ手間のかからない植物である。確か空気中の水分を葉から吸収するのだ。店員は、部屋の中だと一週間に二度ほど霧吹きで水をかけてやればいい、たまには薄めた液肥を混ぜて、などと説明をした。千春は金を払い、店員はその干からびた植物をポリ袋に入れて千春に手渡した。小さな子どものように目を輝かせて千春は袋を受け取った。

バカじゃないの、と私は心の中で呟いた。

私は生命保険会社の保全部門に勤めている。保全部門は契約後から満期までお客様の世話をする部署である。受取人の名義変更、改印届、保険種類の変更等、とにかく帳票や文書の扱いが多い。

ここを率いる平川（ひらかわ）課長は事務処理のスペシャリストで、千種類近くある書類に暁通（ぎょうつう）し、過去の記録にも詳しかった。それだけに部下にも完璧さを求め、一つのミスも許さない、融通のきかない頑迷さも持ち合わせていた。五十代半ばにして独身、趣味はランの栽培だというのは社内ではよく知られていた。日本国内に何本もないという希少価値のランを育てて、愛好家の雑誌に載ったのを自慢にしている。

仕事のスピードが遅いうえにミスの多い千春は、そんな課長にいつも目をつけられていた。千春が作成した書類を机の上に広げ、それを拳で叩きながら説教している課長の前で、千春は焦点の合わない視線でぼうっと突っ立っていた。課長の口から「うすのろ」だの「お荷物」だのという言葉が出るたびに、私たち女性社員はパソコンのディスプレイの陰で笑いをこらえていた。

　私と千春とは同期入社だったが、当然のように私は彼女と距離をおいていた。どんなに同僚から疎外されようとも、課長から目の敵にされようとも鈍感で陰気な千春は何も感じないのだと思っていた。

　存在価値もないが無害だったはずの千春の異様な行為が明らかになったのは、私が生花店の前で彼女を見かけてから一か月余りが経った梅雨時のことだった。まず、千春の様子が変わったことに皆が気づいた。

「宮脇さん、この頃ギラギラしてない？」

　そう誰かが言った言葉は的を射ていた。年がら年中ぼんやりした印象だった千春が、何かに苛立つというか、逸るというか、ちりちりした感情に苛まれているのだった。やがて千春の気質の変化は明確な形をとって表れた。それが「盗み」だった。

　最初にそれを指摘したのは、部署で一番年かさの独身女性だった。彼女の愛用の金色の軸のボールペンをそしらぬ顔で千春が使っていたのだ。いけすかない独身女性はもちろん怒り狂って千春を罵倒した。千春はそうされながらも、彼女の手に握られたボールペンを凝視していた。瞳は熱を帯びて潤んでいた。本当にそれが欲しそうだった。

　その日を皮切りに千春の手癖の悪さが露わになった。誰かが洗面所に忘れたバレッタで自分の髪をとめていたり、休憩所のテーブルの上に伏せてあった読みかけの文庫本を勝手に持ってきたり、机の引き出しの中の缶に貯めておいた小銭を盗んだり。千春が手をつけるのは、たいして価値のないつまらないものに限られていた。しかし彼女は憑かれたようにその行為を繰り返した。まるで目に見えない何かに追い立てられるように、人のものに手をつけずにおれないのだった。

千春が退社した後、彼女の机の引き出しを全部抜いてみた若い男性社員がいた。ペンや消しゴムや電卓や電子辞書、飲みかけの錠剤の壜や化粧品。ありとあらゆる他人のものがぎっしりと詰め込まれていた。ここまでくると薄気味悪さが先に立つ。千春はきっと心を病んでいるのだ。

私たちは自衛策をとって、不用意に千春の手の届く場所にものを置かなくなった。それでも千春は小さな盗みを続けた。冬眠前のリスが木の実を集めるように、焦燥感というか飢餓感というか、千春はそういうものに突き動かされているようだった。

そして突然出社しなくなった。千春の無断欠勤が一週間続いた後、平川課長は、私に様子を見てくるよう命じた。

「私がですか?」

「何か問題があるかね?」

私たちはたまたま同期入社で、たまたま席が隣り合っているだけなのだ。しかしどんなに言い訳をしても、ネチネチと長い話が続いた挙句、結局は課長の思い通りにさせられるということは、長い付き合いでわかっていた。私はしぶしぶとそれを了承した。

千春の部屋は、地味な性格にぴったりの古びた木造アパートだった。錆(さ)びた外階段を上がって五部屋並んだ真ん中の部屋。呼び鈴を押しても返事はなく、鍵もかかっている。通りかかった別の住人が、隣の敷地に大家が住んでいると教えてくれた。

八十近くの、しかしえらく血色のいい大家の老人は、宮脇千春の無断欠勤の話を聞くなり、合鍵の束を持ってきて外階段を駆け上った。ドアを開けると、千春の部屋からは淀(よど)んだ空気が流れ出してきた。かすかに黴(かび)臭さも混じる。安っぽい家具に少女趣味のファブリック。ピンクのハート模様のカーテンに私の目は引きつけられた。

老人はずかずかと部屋に上がりこんでいく。私はしばらく狭い玄関に立ちすくんでいたが、老人に促されて靴を脱いだ。部屋は空っぽだった。千春の姿はどこにもない。

私はおずおずと日焼けした畳を踏んだ。一番奥には押入れつきの六畳。老人が無遠慮にガラリと押入れを開けた。私は手前の小さな台所を覗いてみた。ものがあまりないせいか、きちんと片付いて見える。曇ったステンレスの流し台の上に何かがコロンと転がっていた。その奇妙なものをよく見ようと近寄った。玉葱(たまねぎ)のように重なり合った葉が四方にするっと伸びた植物――それはあの時千春が生花店で買ったエアープランツだった。

驚くべきは、その成長ぶりだ。枯れる寸前だった葉はずいぶんと太り、養分を与え過ぎた多肉植物を思わせた。私はそれをそっと手に持ってみた。ひんやりとした持ち重り

のする感触に私はちょっと怯んだ。老人が台所に入ってくる足音がした時、私は慌てて
エアープランツを自分のトートバッグの中に滑り込ませた。

なぜそんなことをしたのか今もわからない。

千春の行方は杳として知れなかった。家族が捜索願を出したらしいが、誰もその後の情報を知りたいとは思わなかった。千春の机は撤去され、ロッカーには別の社員の名前がかけられた。千春の存在を喚起できるものは何一つなくなった。ただ一つ、私の部屋の机の上に置かれたエアープランツを除いては。

私はごちゃごちゃとものの溢れた机の上に、エアープランツを放り出したままにしておいた。水はおろか液肥を吹きかけてやることもなかった。枯れてしまえば捨てる決心がつくだろう。

実際は植物の世話などに手をかけている心のゆとりがなかった、というのが本当のところだ。平川課長は、千春が担当していた仕事をそっくり私に移行した。受け継いでからわかったのだが、千春が担当していた書類は、特別煩雑で難解なものだった。どうしてこんなに複雑で取り扱いにくい書類を千春に担当させていたのだろう。私は新しく増えた仕事を覚えることに必死だった。もともと自分自身で抱えていた仕事もあるのにとてもじゃないがうまくこなせない。

平川課長は、細かいミスを見つけ出しては私を怒鳴りつけた。以前、千春に対して投げつけられていた聞くに堪えない言葉のつぶてが、まともに私に向けて飛んできた。その時になってようやく私は気がついた。こうやって千春を陰湿に苛める(いじ)ことは、彼の気晴らしだった。わざと千春の手に余る仕事を押しつけて、彼女が失敗するのを待ちかまえていたのだ。そして今やその役目は私に振り向けられた。課長のターゲットになった私に、誰も手を差し伸べようとはしなかった。かつて私が千春に対してそうであったように。

毎日毎日やりきれない量の仕事が私の上にのしかかってきた。私が苦しみ、行き詰まるのを平川は密かに楽しんでいた。

やがて私の体に変調が表れた。もの凄い(すご)喪失感に襲われるのだ。体の中がスカスカになったような気がした。私は何かをどんどん失くしているのではないかという、居ても立ってもいられない気がしてきた。

家に帰っても少しも気が休まらない。体の真ん中に空いた穴を何かで埋めなければという強迫観念が常について回った。私は会社の帰りにコンビニに立ち寄って大量の食品を買い込んだ。そしてそれを腹の中に詰め込んだ。真夜中に目を覚まし、冷蔵庫の中のものを全部平らげたこともある。それでもひりつくような飢餓感は去らなかった。完全な過食症だ。食べても食べても私の中身はどこかに持っていかれている気がした。

会社でも食べずにいられなかった。食物で体を満たしておくということが、今の私にとっては何よりも大切だった。社員食堂では、定食に丼ものや麺類を組み合わせて食べる。仕事中も机の上には二リットルのペットボトルのジュースとスナック菓子を置き、パソコンのキーを叩きながら口は常に何かを咀嚼していた。

同僚たちは遠巻きに私を見ていた。それは、かつて盗みを働く千春を見ていた眼差しだった。私はひたすら仕事をし、ひたすら食べた。疲れ果てて帰る部屋は乱雑を極めた。食べ物の包装紙やトレーが溢れかえり、どこかで何かが腐った臭いがしていた。

ある晩のことだ。深夜に目が覚めた。またあの感覚――私というまとまりがなくなり、粒子になって浮遊している。私はその形のままどこかに吸収されていく。私が消失する。そのあまりの不安定さと寄る辺のなさに身震いしてはっきりと覚醒した。そしてそろりと起きあがった。さわ、と何かが動いた。私はベッドから下りた。床に散乱した物をよけて部屋の真ん中で立ち止まる。何かがいる――？

ベッドの枕元灯のオレンジ色の明かりに広くもない部屋が照らし出されていた。

さわ――音ともいえない気配を追って、床にかがみ込んだ。這いつくばった姿勢で感覚を研ぎ澄ます。何かに導かれるように私は這い進んだ。机の後ろを覗き込んでぎょっとした。壁と机とのわずかな隙間にエアープランツが落ちていた。すっかり忘れていた。とうに枯れてしまったと思っていた。

目を引いたのは、ロゼット形の葉の中心に咲いた青紫色の花だった。花穂（かすい）は筒状で、うっとりするほどきれいだった。その花のせいでエアープランツの周辺はぽっと明るく輝いて見えた。千春のところから持って帰った時よりもひと回り大きくなっていた。いくつかに分かれた株から立ち上がった長い葉は、表面に微細な毛を生やしているせいで、粉を吹いたように見える。いそぎんちゃくの触手のような葉が空中をまさぐって、さわさわと蠢（うごめ）いた。私は、はっと身を引いた。この植物をここまで育てたのは何なのだろう。水や液肥でないのは明らかだ。この二か月というもの、私は世話を怠っていたのだから。

これは――これは何を食うのだ？

青紫の花をじっと見ながら考えた。部屋にこの植物を持ってきてからだった。私が底しれぬ喪失感、虚無感に襲われ始めたのは。その空洞を埋めるために私は食べ続けなければならなかった。詰め込んでも詰め込んでも穴は広がった。私というものは失われ、エアープランツは肥え太った。千春の盗癖は、同じく空洞を埋める行為だったのではないか。彼女も食われていたのだ。

私は手を伸ばしてエアープランツを机の後ろから引っ張り出した。口からは呻き声が漏れた。冷たくひっそりと湿ったエアープランツを私は大急ぎでポリ袋の中に突っ込んだ。

エアープランツはこっそり平川課長のブリーフケースに入れた。彼は気づかずに家に持って帰った。青紫の珍しい花の咲いたエアープランツを平川は捨てたりはしないだろう。ランと一緒に家のどこかに飾っているはずだ。

私の食欲は嘘のように消え去った。様子を見かねた同僚が、会社の健康相談室に連れていってくれたのだ。医者の指示でカウンセリングを受け、その過程で平川課長のパワーハラスメントが会社側に知れた。彼は上からの改善命令を受け入れて私の業務を元に戻した。

私は落ち着きを取り戻した。私はただ、平川の苛めに近い嫌がらせにひどく参って精神のバランスを崩していただけなのだ。千春がつまらない盗みを重ねたのも同じ理由ではないか。彼女には助けを求める友人もなく、自分が置かれた状況にうまく対処できないでとうとう逃げ出した。千春の失踪の真相はそんなところだろう。

でも時々こう考える。気づかないうちに私たちの中身は何かに吸い取られているのだ。人を構成している要素は油断していると空中に溶け出す。流れ出す。そしてたとえばあの気味の悪い植物の栄養となっている。知らず知らずのうちに人は空虚になっていく。

それを補うために千春は盗み、私は食べた。私はこの仕組みに気がついて、危ういところで引き返すことができた。だが千春は、あれの餌食になってしまったのだ。

くだらない妄想だとはわかっている。けれどもそれが本当だったら？　平川は消えてなくなるのだろうか。千春みたいに？　私はどうしてもそれを試してみたかった。

今、平川課長は私の方をギラギラした眼差しで見た。

沈下（ちんか）橋渡ろ

バスの終点で降りたのは、祐司（ゆうじ）一人だけだった。

料金箱に運賃を入れ、ステップを下りていく彼を、運転手はじっと見詰めていた。

この路線を利用する乗客は知れている。運転手は、住人の顔を皆憶えているのかもしれない。見慣れない中年男が一人、小ぶりのボストンバッグを提げて降りていくのに不審を抱いたのだろうか。

バス停の文字は消えかけている。目を凝らすと、ようやく「久森（ひさもり）」と読めた。バス停の前にある商店は、雨戸が閉まっていた。木製の雨戸は風雨にさらされて傷んでいる。板壁に掲げられたホウロウの看板も、ところどころ錆びて歪んでいる。とうの昔に閉店してしまったようだ。祐司が子どもの頃は、山を下りてこの雑貨店へ買い物に来るのが楽しみだった。十円で引けるくじがあって、それを祖母は一回だけ引かせてくれたものだ。

バスは、商店の前の小さな空き地で苦労して方向転換した。運転手は、商店の前に立つみすぼらしい男を一瞥（いちべつ）した後、ゆっくりと発車させた。空っぽのバスがもと来た道を去っていくのを、祐司は見送った。そして肩をすぼめて歩きだした。大きな川に沿った道は、終点の後もまだずっと続いている。

　寂れた久森集落はすぐに抜けた。誰にも会わなかった。バス路線が通じているのだから、まだ住人がいくらかはいるのだろう。庭に軽トラックが駐まっている家もあった。洗濯物も干してあった。しかし、もう年寄りばかりになってしまっているに違いない。祐司は道のすぐそばまで迫る山を見上げた。植林された杉が並んでいるようだが、暗くて奥まで見渡せない。林業も廃れて、山も荒れてしまっているのか。

　ボストンバッグを持ち替えて、ずんずんと歩く。森が吐き出す濃い緑の匂いに、川の水の匂いが混じっている。懐かしい匂いだ。祐司は川のそばに寄っていった。川を渡ってくる風が気持ちいい。滴るような新緑の山々は、幾重にも重なって遠くまで続いている。ところどころ紫にけぶっているのは、ヤマフジか桐の花か。その中を滔々と川が流れているのだ。さざ波の立つ川面が、太陽の光を反射して輝いている。川が曲がると道も曲がる。平和な光景だ。

　こんな場所を、人を殺してきた男が歩いているとは何とも皮肉なことだ。重田恭史が命を落としたのは、当然の帰結だ。決して許されない罪を犯したのだから。そのことを後悔してはいない。しかし、祐司は同時にもう生きる目的を失ってしまった。

　憎い男を殺した途端、達成感とともに激しい虚無感がやってきた。複雑な気持ちを持て余した。その時祐司の頭に浮かんだのは、子ども時代を過ごした高知の山奥の集落だった。なぜだか自分でもよくわからない。その集落にもいい思い出などないのだ。だが、いつの間にかそこへ足が向いていた。

遠くに橋が見えてきた。低い場所に架かった細い橋。欄干もない頼りない造りだ。それを認めて、祐司は歩を緩めた。

沈下橋（ちんか）だ。

増水時には、水面下に沈んでしまう橋だ。高知の河川には多く見られる構造の橋である。台風の通り道で、大水が頻繁に起こる土地柄では、橋が流されてしまうことが多々ある。それで欄干のない低い橋を架けた。増水時にわざと水没させてしまうという知恵が生んだ構造だ。それなら水が引いた後、すぐに生活道路として活用できるというわけだ。

祐司はゆっくりと沈下橋に近寄った。

「まだ架かっていたんだな」つい独りごちた。

沈下橋の中には、車が通れる幅のものもあるけれど、たいていは人が行き来するためだけに架けられた細い橋と決まっている。この橋もその類（たぐい）だ。

コンクリートでできた沈下橋に、足を乗せてみた。昔のままの頑丈さが保たれているようだ。そのまま橋を渡った。今もこの橋を生活道路として使っている人がいるとは思えない。この沈下橋は、対岸の山奥にある棚枝（たなえだ）集落に住む人々しか使わなかった。祐司が暮らしたあの集落は、今はもう捨て去られて誰も住んでいないはずだ。
沈下橋は観光資源とするためだけに、保存されているのか。
橋の真ん中辺りまで歩を進めた。水面が近いせいか、川のせせらぎが耳に心地よい。
ふとある歌が頭に浮かんできた。

沈下橋渡ろ
沈下橋渡ろ
こっちの岸からあっちの岸へ
橋の上でひと休み
冷たい水に足を入れてみようかな
川はさらさら
光はきらきら
沈下橋渡ろ

小学校の時、学校で習った歌だ。確か、祐司の学校の音楽の教師が作った歌だった。
あの当時、この近辺の小学校で広く歌われていたと思う。
今もまだ口ずさめることに、軽い驚きを覚える。つい沈下橋に腰を下ろして川の流れに両足を浸してみたい衝動に駆られた。そしてすぐさまそんな自分を笑った。子ども時代の感傷に浸れるような状況ではない。

祐司は急いで橋を渡った。対岸は荒れた様相だ。やはり人の行き来はないのだ。川に沿ってつけられた道も、さっきとは違って両側に草が生い繁っていた。それでもかろうじて舗装は残っている。ひび割れた部分から雑草が顔を覗かせていた。上流に向かって歩く。広い砂の河原があったり、流れの速い瀬があったり、川は様々な表情を見せる。それらを身近に見ていた頃のことが思い出された。この辺に深い淵があったはずだとふと気がついた。川岸に生えた背の高い雑草を掻き分けて川に近づいた。

足下に、深緑色に淀んだ淵が見えた。ちょうど川が湾曲した場所にあり、底では流れが渦を巻いているのだと教えられていた場所だ。危ないから、決して飛び込んだりしてはいけないと、大人からきつく言い渡されていた。

祐司はボストンバッグを開けて、包丁を取り出した。重田を刺した凶器だ。それを無造作に淵に投げ込んだ。ポチャンという軽い音をたてた後、包丁は、そのまま水底に沈んでいった。一度だけきらりと光った刃が、身を翻す川魚の腹のように見えた。

いきなり刺された瞬間の重田の顔が蘇ってきた。まさか殺されるとは思っていなかったのだろう。自分の身に何が起こっているのか理解できないように、きょとんとした顔をしていた。その後、大きく目を見開いて呻いた。

「お前……」

あの後、何を言おうとしたのか。そのまま床に頽れてしまった。己の体から出た夥しい血の海の中に。あいつは当然の報いを受けたのだ。恐ろしい咎を身に帯びたまま、のうのうと生きることは許されない。そのことを知らしめてやるため、祐司は一度引き抜いた凶器を、重田に見せてやった。彼は信じられないというふうに、さらに目を剝いた。

そして祐司は、自分に倒れかかった男を包丁でめった刺しにしたのだった。とうに息絶えたとわかった後も、凶器を振るい続けた。骨にまで到達したのか、刃はやや曲がってしまった。そんな血塗れの包丁を、洗面所で丁寧に洗った。その間も落ち着き払っていた。持ち去ることまでは考えていなかったのに、自然とペーパータオルにくるんでカバンに入れた。

ホームセンターで包丁を買ったのは、あいつを脅すためだったはずだ。刃を突きつけて、なぜ自分の妻を殺したのかその理由をしゃべらせようとした。この二十一年間、答えのない疑問に苛まれ続けてきたのだから。

だが重田の口から答えを聞いた途端、自分のすべきことがわかった。重田に襲いかかった時は、ひどく冷静だった。迷うことも激することもなく、凶器を腹に深々と刺したのだ。その時になって、包丁を買ったのは、初めからこうするつもりだったからだと自覚した。妻は死んで、その犯人が生きているという理不尽を正すために来たのだと。重田が妻の背中を刺したように、自分も同じことをするべきだと。それが摂理にかなったことなのだ。復讐（ふくしゅう）とか仇（あだ）をうつという陳腐なものではない。そうなるようになっていたのだ。

すべてをやり遂げて、そして抜け殻になった自分がここにいる。

子ども時代を過ごした山里に向かおうとしている自分が。

棚枝集落へ向かう道を見つけた。川沿いの道よりもさらに荒れ果てている。昔も軽自動車一台がやっと通れるだけの幅しかなかったが、今はもっと細く見える。山肌に生えた樹木が覆いかぶさるように伸びているせいだ。

祐司は川に背を向け、その細い山道に足を踏み入れた。

ここらの山は、自然のままの広葉樹林だ。クヌギやアベマキ、ミズナラなどが生い繁っている。トチノキには、今頃白い花が咲いているはずだ。トチの実で、トチ餅を作ってくれたものだ。トチの実のアク抜きを手伝わされたことを思い出した。木々の間からウグイスの鳴く声がする。

鬱蒼（うっそう）と繁った森は深く、陽（ひ）の光も遮られる。風もひんやりとしてきた。長年放置された道は、谷側が崩れてしまっているところもある。えぐれた部分を避けて通ると、その先では樹木が倒れて行く先を塞いでしまっていたりもした。

この道は、久森集落にある小学校へ毎日通った道だった。子どもの足では一時間近くかかったと思う。棚枝集落からはこの一本しかなかったから、大人も子どももよく通った。整備も行き届いていた。いつの間にかこんなに荒れ果ててしまった。祐司がここを離れて過ごした月日の長さを如実に物語っている。都会にいた時は、こんな山奥のちっぽけな集落のことを思い出すことはなかった。いや、意識して思い出さないようにしていた。

棚枝集落は、母が生まれ育った土地だった。母、美弥子（みやこ）は離婚して、高知に戻ってきたのだ。五歳の祐司を自分の両親に預け、自分は高知市街で働いていた。母が祐司に会いに来るのは、二、三か月に一度ほどだった。祐司は五歳から小学校を卒業するまで、山深い集落で暮らした。中学に上がる時に母に高知に呼び寄せられて、一緒に生活するようになったのだ。

それから数年のうちに祖父母が相次いで亡くなり、以来ここへは来たことがなかった。

緩い上りの道路はくねくねと続いている。水が流れた跡があったり、崖から落ちてきた石がゴロゴロしていたりして歩きにくい。日頃は長く歩くことなどないので、息も上がった。

うつむいてひたすら山道をたどりながら、夏絵（なつえ）のことを考えた。都会で働いていた時に知り合って、結婚した。祐司が三十の時だった。その時には母も再婚しており、疎遠になっていた。自分に新しい家族ができるとは思っていなかった。祐司は制服を扱う会社に勤めていて、縫製工場で働く夏絵と親しくなったのだった。

地味でおとなしく、美人というわけではなかったが、祐司には過ぎた女だった。初めて人を愛しいと思えた。それまでは自分でさえ大事に思えず、いい加減に生きていた。夏絵と一緒なら変われると本気で思った。

結婚式も挙げずに婚姻届だけ出して、一緒に暮らし始めた。二人で働いて食べていくのがやっとという生活だったが、楽しかった。狭くて古いアパート暮らしでも、何の不満もなかった。子どもができたら、もう少しましなところに引っ越そうと話し合っていた。そんなささやかな希望を持つことが、生活の張りになっていた。

結婚一周年の記念の日に、仕事終わりに待ち合わせをした。普段はそんな贅沢はできないのだが、ちょっといいレストランで食事をしようと約束をしたのだった。デパートの前で待っていると、通りを歩いてくる夏絵が見えた。向こうも祐司の顔を見つけて微笑んだ。夕暮れ時で、大勢の人々が行き交っていた。その中を足早に近づいてくる妻を、祐司は待っていた。

その時だった。群衆の後ろから、誰かの叫び声がした。雄叫びというような、自分を奮い立たせる声に聞こえた。道行く人々がふと足を緩めた。振り向こうとしている人、連れと顔を見合わせた人。夏絵の顔に浮かんだ微笑みが、すっと消えるのが見えた。何が起こったのか、誰も理解できていなかったと思う。祐司もその場から動けないでいた。

　今度は数人の女性の叫び声がした。夏絵の背後からだった。彼女の後ろの人込みが、ざわりと揺れたように見えた。次の瞬間、夏絵の背中に誰かがぶつかってきた。妻が前のめりになったのを見て、祐司はやっと足を踏み出した。混雑した場所で、急ぐ人に突き飛ばされたのだと思った。

　彼女自身も同じように感じたのか、振り返りかけた。顔を横に向けたまま、倒れようとしている。祐司は駆けた。妻のところに着くまでに、彼女の隣を歩いていた中年女性が、声を張り上げた。悲鳴を上げながら逃げようとしている。その行為は周囲の人々に伝播(でんぱ)して、小さなパニックが起こった。

　夏絵は、歩道に叩きつけられるように倒れた。その後ろに立っている男がいた。彼の手には、サバイバルナイフが握られていた。刃からは血の滴が垂れていた。そこまで見ても、妻が刺されたのだとは思わなかった。それを理解したのは、倒れた妻に駆け寄って抱き起こした時だった。妻の背中に回した手が、どくどくと流れ出てくる血で濡れた。夏絵のお気に入りの水玉模様のワンピースが、どす黒い染みで覆われようとしていた。

その辺りの記憶は、靄(もや)がかかったように曖昧だ。

　周囲の人々が、潮が引くようにいなくなり、歩道には意識をなくした夏絵と祐司と犯人の男だけが残された。祐司は動かない妻の体を抱き締め、名前を呼ぶしかなかった。突っ立ったままだった男が、ナイフを歩道に投げ出した。カランという音に、犯人を見上げたことだけははっきりと憶えている。

若い男だった。少年といっていい年齢だ。右のこめかみに、目立つホクロがあった。そいつはまったくの無表情で、祐司と夏絵を見下ろしていた。やがて少年は、駆け付けた警察官によって歩道にねじ伏せられるのだが、それまでに長い時間が経過したような気がする。

息絶えようとしている妻の顔と、彼女の命を奪おうとした男の顔は、祐司の脳裏に焼き付けられた。

夏絵は救急車で病院に運ばれて、救命処置が施されたが助からなかった。

犯人は抵抗することなく拘束された。十六歳の少年だった。高校受験に失敗し、鬱々とした生活を送っていたという。そしてあの日、サバイバルナイフを持って街に出た。警察では、「むしゃくしゃしていた」「誰かを刺してやろうと思った」「相手は誰でもよかった」と供述したらしい。未成年だから、名前も顔写真も明らかにはならなかった。どんな罪科が与えられたか、被害者家族にも知らされなかった。少年院に入ったことだけはわかったが、その後のことは秘匿された。

やりきれなかった。夏絵はなぜ殺されなければならなかったのか。あれだけ多くの人が行き交う雑踏の中で、犯人は夏絵を目がけて凶器を振るったのだ。なぜなんだろう。なぜ夏絵だったのだろう。「誰でもよかった」という言い分では納得できなかった。

失意のうちに二十一年が経った。そして祐司は、あの時の少年を見つけたのだった。ある経済雑誌の電子版に、忘れもしない殺人者の顔があった。重田恭史という名前には心当たりがなかったが、確かにあいつだった。夏絵を刺し殺したあの少年が成長した姿だった。間違いない。あの時、一番近くで犯人の顔を見たのは自分なのだから。こめかみにある特徴的なホクロもそのままだった。

重田はゲームクリエイターとして成功し、会社を興して若き社長に収まっていた。記事は重田の成功譚を紹介し、彼の人生観や今後の目標などをインタビューしていた。当然だが、彼が過去に殺人事件を引き起こしたことなどには触れていない。取材した記者も知り得ないことなのだろう。あの事実は慎重に伏せられ、彼の人生には何の汚点も残さなかったのだ。少年法が残忍な殺人者を守ったということだ。

重田の会社を訪ねていったのは、真実が知りたかったからだ。

なぜあいつは夏絵を選んだのか。夫である自分を納得させる理由が知りたかった。「誰でもよかった」のに、あの群衆の中から夏絵一人が犠牲者となった。そこに犯人なりの理由付けがあるはずだ。たとえ手前勝手なものでも、それを本人の口から聞きたかった。自分にはその権利があると思った。

テレワークが進み、彼の会社には社員の姿はなかった。

適当に作り上げた来意を告げると、重田はミーティングルームに祐司を招き入れた。そこで祐司は自分の身の上を明かした。そして真実を知りたいのだと訴えた。この二十一年間、悶々(もんもん)としてきた苦悩の日々に終止符を打ちたかった。

だが、重田は祐司の懇願を一笑に付した。自分はもう罪を償ったのだと言った。少年院で五年間過ごして自分に向き合い、更生を果たしたのだと。新しい名前と履歴をもらって生き直している。それを邪魔する権利はあんたにはないと言い放った。もっともな言い分だ。

「今さらお前を非難したり断罪したりするつもりはない」

そう言った。本当の気持ちだった。どうしてもそれを聞かないと帰れないと付け加えた。それ相応の覚悟であそこへ行ったのだ。乱暴な手口を使ってでも、本人の口を割らせたかった。ショルダーバッグの中に潜ませた包丁のことを思い浮かべながら。

「あんたの奥さんを選んだ理由?」

重田はいかにも興味深そうに考え込んだ。ゲームのキャラクターの成り立ちを考えているような仕草だった。祐司からは何の害意も伝わってこないと安心したのだろう。祐司は男の言葉を待った。自分を納得させ、これからは夏絵の菩提(ぼだい)を弔いながら穏やかな生活を営んでいける言葉を。

向かい合った重田は顎に手をやり、目を閉じた。彼の瞼の裏には、あの時の光景が浮かんでいるのだろうか。大勢の通行人が歩道をいく後ろ姿が。サバイバルナイフを引っ提げた自分が走り出す瞬間の映像を巻き戻して見ているのか。

「ああ、そうだ」重田はおもむろに口を開いた。「あの時、あんたの奥さんの背中におかしな影が映ってたんだった」

「おかしな影？」

「うん」彼はにやりと笑った。「あの道路沿いに電器店が入ったビルが建ってただろ？」

重田は家電量販店の名前を挙げた。そのビルの屋上に広告塔が建っていた。家電量販店のシンボルマークを表したものだ。そこに背後から夕陽が当たり、星形の特徴的なシンボルマークの影が歩道に落ちてきていた。それがたまたま夏絵の背中に当たっていたのだと重田は言った。

「ほら、あれは星形の真ん中が丸くくり貫かれた形だったろ？」そこで重田はまたクスリと笑った。「あれが的みたいに見えたんだよな。ここを突けって印を付けられたんだと思った。天の声がさ、俺に命じたんだ。だから俺は迷わずそこを狙ったってわけ」

明快な答えを思いついたというように、重田は愉快そうに膝を叩いたのだった。

「だからさ、しょうがないんだよな。あんたの奥さんを選んだのは、俺じゃないんだから」

愕然とした。あの時の少年に謝罪や懺悔を求めていたわけではない。だが二十一年間、待ち望んだ答えがこれだとは。あまりに不条理ではないか。ただマークに導かれただけだなんて。祐司はバッグの中に手を突っ込んだ。だったらこうするしかない。やっぱり不条理なやり方でケリをつけるしか。

遠くに家の屋根が見えてきた。棚枝集落にたどり着いたのだ。

目についたのは、集落のあちこちに立つ満開のハナモモの木だった。ピンクや赤や白の八重の花びらが目に鮮やかだ。この山深い里に春の訪れを告げる花だった。誰かが庭に植えて、それを挿し木にしてあちこちで増やしたと言っていた気がする。祐司は漂ってくる甘い香りを鼻腔いっぱいに吸い込んだ。誰も住まなくなっても、見る者がいなくなっても、ハナモモはこうして律儀に花を咲かせているのだ。その景色に少しだけ胸が熱くなった。

それに引き替え、人間の手によるものは無残な様相だった。近寄ってみるとどの家も廃屋で、長い間放置されたせいで荒れ果てていた。軒は傾き、窓ガラスは割れていた。山の動物が荒らしたり、風雨が吹き込んだりしたせいで、覗き込んだ家々の中は家財道具が散乱し、泥だらけになっていた。中にはぺしゃんこに潰れてしまい、柱や梁や屋根瓦が重なり合っているだけの家もあった。その上には、蔓性植物が伸びている。

元は畑だった土地も、斜面が崩れて赤土が露出していた場所も、どこもかしこも緑に覆いつくされている。集落を作った時は苦労して山を開いたに違いないのだが、自然がそれを取り戻すには、たいした労力は払わないのかもしれない。自然はじわじわと何もかもなかったことにしていくのだ。それらを横目で見ながら、祐司は坂道を上った。この集落は、坂道に沿ってポツンポツンと家が建っている。開けた広い平地がない山間部ではよく見られるあり様だ。祖父母の家は、集落の奥まった場所にあった。

消えかけた小径（こみち）をたどって斜面を上る。その斜面にも何本かハナモモが植わっていて、あでやかな花を咲かせていた。坂の上にトタン屋根の先が見えた。あの古い家屋は、藁（わら）ぶき屋根の上にトタンを被せた造りだった。まだ倒壊は免れているということか。坂を上りきってあ然とした。

懐かしい家屋は、祐司の記憶のままの姿でそこに建っていた。

「嘘だろ？」

さっき見てきた集落の家屋は、どれもこれも崩れてしまっていた。どうして祖父母の家だけがなんの変化もなく建っているのだろう。誰かが来て手入れをしているのだろうか。そんな人物に心当たりはなかった。母は三年前に癌で亡くなっていたし、その連れ合いがこんなことをするとは到底思えなかった。

ガラスは割れても曇ってもいないし、玄関前に置かれた手押し車には、祖母が使っていた時のまま竹かごや鍬（くわ）や鎌が入れてあった。そのどれもが傷んでいない。鶏の鳴き声がしてぎょっとした。白い鶏が三羽ほど縁側の前で砂を突（つつ）いている。祖母はああやって、鶏を前庭で放し飼いにしていたのだった。まるでこの周辺だけ、何十年という年月が避けて通ったような様相だ。

祐司は恐る恐る玄関の引き戸を引いた。柱には、「安本（やすもと）」という表札がきちんとかかったままだ。鍵はかかっておらず、引き戸は難なく開いた。もっともこの集落の家は、どこもちゃんと戸締まりなどしなかった。そのことを今思い出した。ひんやりとした土間に足を踏み入れる。広い土間には、山仕事の細々とした道具が置いてあった。大小様々なノコギリや斧（おの）、チェーンソーに木槌（きづち）。祖父が杉の木に上る時に使用した縄梯子（なわばしご）やロープ。縄や束ねられた藁もある。朽ちているようには見えない。まるで作業の途中という様子で、土間に放置された削りかけの杭（くい）と鉈（なた）もある。

祖父の葬儀の翌日も、祖母はここで杭を削っていた。急いで柵を作らないと、イノシシに作物がやられてしまうのだと言っていた。たゆみない山仕事を愚直にやっていく姿勢を見た気がしたものだ。

上（あ）がり框（がまち）の前で靴を脱いだ。四畳半（よじょうはん）の玄関の間を通り抜け、障子を開いた。奥に続く廊下が真っすぐに続いている。陽が届かないので暗い。試しに廊下の壁にあるスイッチを押してみた。驚いたことに蛍光灯が点いた。誰が電気料金を払っているのだろう。

気を取り直して廊下を進む。片側にあるガラス戸の向こうは八畳の座敷だ。昔と変わらないたたずまいが、ガラス越しに見て取れた。床の間に、見覚えのある木彫りの布袋さんが置いてあった。廊下の突き当たりの障子を開くと、そこは居間になっている。蛍光灯のぼんやりした明かりに照らし出された居間も、祐司の記憶のままだ。

　真ん中に座卓。片側の壁にはガラス戸付きの飾り棚。中には細々とした物が入っている。博多人形やガラスのうさぎ、張り子の犬、水引細工の松竹梅、和紙人形。どれも安っぽい土産物や雑貨だ。祐司はボストンバッグをその場に置いて、板間の台所へ行ってみた。タイル張りの流しにぽたぽたと水が垂れている。伏せて置いてあるコップを取って蛇口をひねると水が出た。がぶりと飲んでみるが、おかしな味もしない。そのまま一気に飲み干してしまった。

　居間に戻ると、急に疲れを覚えた。座卓の下に置いてあった座布団を二つ折りの枕にして、ごろんと横になった。この時間が止まったような家の様子はどうだろう。居間にしても台所にしても、さっきまで誰かが暮らしていたような気配がする。周りの家の様子と比べると、不可解としか言いようがない。

　だが、もうそんなことはどうでもよくなった。不可解だが、不快ではなかった。子どもの頃に戻った気がした。母と離れて心細かったが、祖父母は祐司を大事にしてくれた。特に祖母は、祐司を不憫がって好きなようにさせてくれた。学校に行きたくないと訴えると、それなら行かなくていいと言って、畑仕事を手伝わせた。しばらくすると、また元気が出て学校へ通えるようになるのだった。

今思えば、祖母は知っていたのかもしれない。祐司が集落の子らに溶け込めずにいたことを。当時棚枝集落には、常に十人前後の小学生がいた。祐司の一年上に、体格のいい田和研一という男の子がいた。粗暴で横柄で悪知恵が働いて、誰も逆らえなかった。彼の父親はこの辺りの山林を多く所有していて、地区の区長もやっていたから、余計に始末が悪かった。よそからやって来てひ弱な祐司は、格好の虐めの的だった。

あとの小学生たちは研一の言いなりだった。研一が中心になって陰湿な虐めが繰り返された。狭い地域での限られた人数だからこその閉鎖性から逃れられなかった。久森小学校へ行くまでの長い通学路がまず苦痛だった。低学年の時はよく置いてきぼりを食らった。急いで追いかけると、どこかで待ち伏せしていて取り囲まれ、叩かれたり蹴られたりした。ムカデや蛇をランドセルに突っ込まれた。欄干のない沈下橋からは何度も突き落とされた。

子どもっぽい行為ではあるが、当時の祐司にとっては重いものだった。通学路だけでは済まず学校生活にもそれは及んだ。学校で誰かの持ち物がなくなると、たいていは祐司のせいにされた。それも研一の差し金だということはわかっていたが、言い訳はしなかった。そんなことをすると、学校を出た途端にさらにひどい虐めが待っていたからだ。

研一のことを祖父母に訴えるということもできなかった。祖父が雇われて働いているのは、研一の父親が所有している山林だった。

　祐司は妙に達観した、他人の顔色を窺（うかが）うことに長（た）けた少年になった。抵抗せず、泣き喚（わめ）きもせず、ただ耐えた。それが一番いい方法だと学習したのだった。それをいいことに、研一の虐めは年を追うごとにエスカレートしていった。

　たいていのことは我慢したが、研一の所業で一つだけ許せないことがあった。それは母、美弥子の悪口を言われることだった。高学年になった頃のことだ。

「おまんの母ちゃんは、高知市のいかがわしい店で働きゆうがじゃろ」

　集落の子の前でそんなことを言われた。

「違う」

　小さな声で否定すると、研一はムキになった。

「嘘言うな。おらんくの父ちゃんが高知市内の店で見たて言うたぞ」

　かっと顔が熱くなった。目立たないが、はかない美しさを持つ美弥子は、密かに祐司の自慢だった。

「違（ちが）うて」いつになく口ごたえする祐司を研一は睨みつけた。

「母ちゃんは食堂で働いちゅうがやき」

「どんな店じゃろのう。父ちゃんが見たんは夜の街で、酒飲ますとこやったって。そんでなんぼか金を出したら、外のホテルまでついて来てええことしてくれるんやて。おまん、知っちゅうがやろ」

「知らん」

「ほうか、知らんか。金さえ出したらこじゃんとええことしてくれるらしいで。おまんの服も靴も、高知の男から巻き上げた金で買うてもろたんじゃろ」

その意味もわからないほどの小さな子までが笑った。

無抵抗だった祐司が、そこにだけは反応することがわかってからは、母親のことでさんざんからかわれた。そのことを、母に質すということもできなかった。もしそれが本当だったらという気がして怖かったのだ。たまに帰って来る母は、どこか退廃的で淫靡な匂いがした。自分が知っている母の姿から離れていくような気がしていた。

最高学年になった研一は、傲慢さがさらに助長されていった。森林組合の会合で、高知市内で飲むことの多い父親から聞き及んだことに脚色して、祐司をいたぶった。その趣向が楽しくて仕方がないようだった。彼の作り上げた話では、母美弥子はどうしようもない酒好きの男好きで、誘えば誰かれなくついて来る女ということになった。

「あん時の声もがいならしいわ。えっぽど好きなんぜよ」

思春期に差しかかる直前の、ませた口調で研一は言った。

長い通学時間、祐司は口ごたえすることなく黙々と歩き続けた。自分の中で、憎悪と敵意、邪気が黒い塊になって凝り固まっていくのがわかった。研一の父親もまた、嫌な男だった。おとなしい祖父をこき使い、年寄りがするには危険すぎる作業をあてがった。そのくせ、たいして報酬を渡さなかった。祖父母の生活はいつまで経っても貧しかった。街で働く娘が入れるわずかな金に頼っていた。

「ほんなら、わしが美弥子を買うてやろかのう。よその男に抱かすんは惜しいきに」

　何かの用事で祖父を訪ねて来た際に、冗談半分にそんなことを口にしたこともある。祖父が暮らし向きが苦しいから、少し手当を上げてもらえまいかと頼んだ時だ。そんなことを言われても、祖父はうつむいたきりだった。棚枝集落で、研一の父と美弥子とは、幼馴染だったらしい。

　こんな調子で、聞くに堪えない話を息子の研一に吹き込んでいるのか。山仕事と飲酒で赤銅(しやくどう)色に焼けたずん胴の男のことも、憎くてたまらなかった。

　外遊びに飽きた研一は、時に自分の家に集落の子らを集めてゲームをしたり、マンガ本を読んだりした。そこに祐司も呼びつけられた。呼んでおいて、わざと仲間には入れないのだ。たまにゲームに参加させてもらえても、彼らは言い合わせておいてズルをする。そうやって祐司が負けるのを見て楽しんでいた。マンガ本も一冊も貸してもらえなかった。苦痛極まりなかった。それでも来いと言われれば嫌だとは言えずに行くのだった。

彼の家には腰が曲がり、両脚も外側に湾曲した研一の祖母がいた。彼女は杖をついてようよう家の中だけは歩いていた。脚が悪くて外に出られない祖母は、子どもたちが来ると覗きに来たりもした。そこで祐司にひどい仕打ちが為(な)されているのを見ると、自分の孫を叱った。それでもまだ祐司がぽつんと取り残されていたりすると、自分の部屋に呼び入れた。

「研一はいびるばっかりですまんの。あれはげにわがままやき」

そして古びた缶を開けて、飴(あめ)や煎餅などの駄菓子を袋に入れてくれた。

「お母ちゃんがおらんき、寂しかろうの。かわいそうに」

そんなふうに言われると、祐司はこらえていた涙がこぼれそうになった。帰り道、もらった駄菓子は袋ごと山の中に捨てた。他人からの優しさを、素直に受け取れない自分がいた。いつの間にかひねくれてしまっていた。研一の家族にものをもらうことが厭(いと)わしかったし、つい泣きそうになった自分が情けなかった。

その年の秋口のことだった。大型の台風が高知に上陸した。そのまま四国(しこく)山地を横断して北上するという予報だった。まだ山間部の風雨はそれほどでもなかったが、台風の進路を見ると、翌日に山間部を直撃するのは確実だった。学校は休みになった。人々は台風への備えに大わらわだった。祖母は鶏を鶏小屋に追い込んでトタン板で覆った。祖父もガラス戸の外側にせっせと板を打ちつけていた。

研一の家が建つ場所は、背後の山が切り立った崖になって迫っており、過去に土砂崩れを起こしたことがあるので、雨量が多くなれば車が通れるうちに久森集落の集会所へ避難するつもりだと言っていた。

祐司はそっと家を抜け出して、研一の家に向かった。家の前に誰もいないのを見計らって、そっと玄関を開けた。彼の家の車のキイは、玄関の靴箱の上に置いてあるのを知っていた。研一の家に呼びつけられて出入りしていたおかげで、彼の家の詳細はよくわかっていた。ルーズな性格の父親は、スペアキイを紛失してしまったということも、祐司は耳に挟んでいた。普通車と軽トラのキイが、キイホルダーに束ねられて小さなかごに入れてあった。それを急いで盗んだ。

誰にも見られなかった。大急ぎで駆けて、神社まで行った。山神（やまがみ）さんと皆が呼ぶ神社だ。正式な名前があったはずだが、その名前で呼ばれることはなかった。社殿の横の石積みの一つをずらして、その奥にキイホルダーを隠した。これで研一一家は、どこへも避難できないと思った。脚の悪い祖母を残して徒歩で逃げるとは思えなかった。車を出すためにキイを捜すだろうが、どうやっても見つからない。仕方なく家に留（とど）まることにするだろう。

たわいのない子どものいたずらに過ぎないと、その時は思った。度重なるひどい仕打ちに対するちょっとしたお返しくらいにしか考えなかった。意地の悪い研一と奸悪な父親への。台風が過ぎたらキイを取り出して、あの家の近くに放り投げておけばいい。父親がうっかり落としたということでケリがつくだろう。

神社を後にする前に、祐司はふと思いついて、小さな社殿に向かった。研一の家の裏の崖が崩れますようにと手を合わせて祈った。あいつらにバチを当ててくださいと。念を入れて、そんな儀式っぽいことをする自分がおかしかった。日頃の鬱憤が霧散し、気持ちが晴れた。面と向かっては歯向かえない研一親子をやり込めてやった気がした。誰にも知られない一人だけの報復だ。

それで終わるはずだった。

だが、夕方から雨はしだいに激しくなった。まさにバケツの水をひっくり返したような豪雨だった。そして翌日の未明に土砂崩れが起き、研一の家は跡形もなく流された。消防に警察、集落中の大人が出て土砂を掘り起こした。研一も両親も脚の悪い祖母も誰一人助からなかった。あれほど危険を予測できたのに、どうして避難所に逃げなかったのだろうかと、人々は噂し合った。その答えは祐司だけが知っていた。逃げなかったのではない。逃げられなかったのだ。夕方になって風雨が激しくなった時、研一の父親は、車のキイを捜し回ったに違いない。だが見当たらなかった。それで逃げることを諦めたのだ。

真実を告白することは、怖くてできなかった。何もかも偶然だ。台風が直撃したのも、研一の家が土砂に押し潰されたのも。山神さんが祐司の願いを聞き届けたとは、どうしても思えなかった。後ろめたい気持ちを抱きながらも、祐司は口を閉ざした。そしてこの集落を離れたのだった。

この家に来るまでに見た緑に覆われた崖下の平地。あそこが研一の家があった場所だ。あんな悲劇が起こった場所だとは、今となっては想像もできない。その記憶を持つ住人も去ってしまった。自然が優しく包み込み、何もかもなかったことになった。そうだ。もう忘れてしまおう。山の懐に抱かれる心地よさ。ここにずっといよう。そうすれば、重田を殺してしまった行為も、なかったことになるのではないか。

うとうととしかけた時、家の外で賑(にぎ)やかな人の話し声がした。

眠りに落ちようとしていた祐司は、はっとして目を見開いた。耳を澄ます。何人かの老女が言葉を交わしているようだ。やはり集落を定期的に見回っている人がいるのだ。この家が見回りの拠点として使用されているのかもしれない。半身を起こした時、ガラリと玄関の引き戸が開いた。声をかけるでもなく、誰かが上がってきたようだ。そのままドシドシと廊下を奥へ進んでくる。

すぐに居間の障子が引かれた。後ろに両肘をついたままの姿勢で、祐司はそこに現れた人物をまじまじと見つめた。

祖母だった。小学生だった祐司を育ててくれていた時のままの祖母だった。見憶えのある灰色の格子縞の割烹着を着て、そこに立っていた。

「祐司か」

「ばあちゃん……」

名前を呼ばれて、つい答えてしまった。

「もんてきちょったんか」

「うん」

死んだはずの祖母は、居間に入ってきた。そのまま台所まで行く。

「腹、減っとるがやろ」

「うん」

圧倒されて、子どものように答えるしかない。

「待っちょりや。今、飯を作ってやるき」

祖母は流しに向かって忙しく働きだした。俎板の上で何かを刻む音。水を勢いよく流す音。鍋を流しの下から取り出す音。祐司は祖母の後ろ姿を呆気に取られて見やった。

「ばあちゃん、どこに行っちょったが？」

我に返って恐る恐る問うてみた。祖母は背中で答える。

「じきお講やき、今日は山神さんの掃除に行っちょった。中尾(なかお)のウメさんと坂本(さかもと)の京子(きょうこ)さんと、京子さんとこの嫁さんと」

祖母の口から出るのは、もうとうに死んでしまった人々の名前だ。彼女らの家が打ち捨てられ、荒れてしまっているのは、ここに来るまでに見てきた。それでも祖母に言われると、すんなりと受け入れてしまう。神社の社殿で、春と秋に山神講が開かれるのだった。山仕事の安全や五穀豊穣(ごこくほうじょう)、健康長寿などを祈願する行事だったと思う。祭礼の後には、皆で飲み食いするという山里の数少ない楽しみの一つだった。

廃村になった場所で、たった一軒きれいに残った家に足を踏み入れた。するとそこに死人がやって来た。あり得ないことなのに、恐れ慄くとか、逃げ出そうとする気持ちにはならなかった。

祐司はただ座卓に向かって座っていた。夢を見ているのかもしれない。それならそれでもいい。もうしばらく夢の中にいたかった。祖母の前では自分は幼い子どもだ。心細くて無防備で、引っ込み思案だった頃に戻りたかった。妻を殺され、その犯人を手にかけて逃げて来た中年男ではなく。何もかもなかったことにできたら。

「さあ、できたぜよ」

祖母が鍋のまま、煮物を持ってきた。座卓の横の板切れの上に鍋を置く。ここでの食事はいつでもそんなふうだった。台所の水屋から、古びた食器を取ってきた祖母は、アルミのお玉で豪快によそってくれる。大根やゴボウや山菜に肉が少しだけのごった煮だ。

ピーッという音がした。

「ああ、ご飯も炊けた」

懐かしい柄の茶碗に白いご飯を大盛りにしてくれる。ごった煮とご飯と漬物だけの貧しい食事だ。

「こじゃんと食べよ」

茶碗を渡された時、祖母の顔が涙でかすんだ。まさかここで死んだはずの祖母と向かい合って昼飯を食べるとは思わなかった。昔の通りの祖母の味付けだ。込み上げてきた熱いものと一緒に噛み砕く。噎せて咳き込んでしまった。そんな祐司を見て、祖母も嬉しそうに箸を動かした。祖母には自分はどんなふうに見えているのだろう。

うらぶれた五十男ではなく、頰の赤い幼子に見えているのか。祖母は食べながら畑仕事のことや、集落の住人のことを話題にした。祐司はいちいち相槌を打った。何もかもに現実味がないのに、何もかもがすとんと納まる。煮物のおかわりをして、満腹になった。

祖母は、また台所に立って片付けを始めた。

「祐司、山神さんにお参りしてこいや」

水音に交じって祖母の声が飛んできた。

「え？」

「おんしゃ、もんて来たて山神さんにゆうてこい」

　黙り込んでいると、祖母が割烹着の前で手を拭きながら居間に来た。

「祐司、ごうなことやな。えらかったやろ？」

　重い瞼が被さった祖母の目が、ぐいっと見開かれた。この人は、何もかも見抜いているのかもしれない。山里を出た後の自分の人生も、逃避行の末にここに来たことも。

「ばあちゃん」

　すがりつきたい思いだった。辺鄙（へんぴ）な山の土地にへばりついて暮らし、辛いとも楽をしたいとも言わず、貧しくても虐げられても泣き言一つ言わなかった強靭（きょうじん）な精神の持ち主に。

「もうええぞ、祐司」

　そうだ。こう言ってもらいたかったのだ。何もかも虚（むな）しかった。長年探し求めてきた疑念――なぜ妻は非道な犯人の餌食になったのか――の答えにはとうとうたどり着けなかった。欺瞞（ぎまん）に満ちた言葉を弄する重田を殺したが、心は満たされなかった。どんなふうに自分の気持ちを収めたらいいのかわからなかった。

　懐かしいこの家で祖母にかけられた言葉が一番しっくりきた。

「山神さんに手ェ合わしてこい」

だが祖母は、素っ気なくくるりと背中を向けた。また流しに向かって食器を洗い始める。祐司は素直に立ち上がって玄関に向かった。土間で靴を履く。くたびれた靴にこびりついた山土は、もう乾き始めていた。

前庭に出ると、斜面にハナモモが夢のように咲き誇っていた。祐司は少しの間、その光景を黙って眺めた。

神社のある場所はよくわかっていた。集落の一番高いところにある。細い道は草も刈られて歩きやすかった。本当に手入れされているのだろう。祖母や中尾のウメさんや、坂本の京子さんとその嫁らによって。時折彼らはここに戻って来て、生きていた時と同じように朗らかに過ごしているのだ。

見憶えのある大杉が立っていた。その向こうに、やはり杉の丸太を組んだだけの素朴な鳥居が見えた。鳥居の奥には二十段ほどの石段が続いている。冷えた空気と湿気。静寂。鳥居の下で一礼して、ゆっくりと石段を上っていく。社殿も記憶のままだ。

集落の家屋に比べると、柱も屋根もしっかりしている。周りも中も掃き清められ、本当にお講があるかのように、軒下に白い幕まで掛かっていた。周囲の暗い森の中に、祐司が打った柏手の音が響き渡った。

拝礼を終え、ふと思いついて社殿の脇に回った。記憶はどんどん蘇る。山肌に丸い自然石が積まれていた。苔に覆われた石の一つ一つを目でなぞっていく。そのうちの一つに手をやった。間違いない。この石だった。ここだけは組み方が緩くて動くのだ。両手を添えてそっと引くと、丸い石は難なく抜けた。

ごくりと唾を呑む。恐る恐る穴に手を突っ込んでみた。そう深くはないはずだ。湿った土と朽ち葉に指が触れる。指でそれを掻き混ぜてみると、チャリンと音がした。金属の感触。背中に冷たいものが走る。指でつまんで引っ張り出した。

自分の指がつまみ出したものを、祐司は信じられない思いで見つめた。

車のキイだった。二本の錆びたキイが、キイホルダーにくっついている。キイホルダーは、革を楕円形に切り抜いて鋲を打ったものだ。かつてはここに英語の文字が刻まれていたと思う。今は革の部分は朽ちて黒ずみ、読み取ることはできない。

これは長い年月、ここにあったのだ。俺がこれを取りに来るのを待っていたのか。幼かった自分の憎しみや邪な心が凝縮したキイを、祐司はじっと見つめた。これを隠したがために、研一一家は全員命を落とした。祐司の置かれた境遇に心を寄せてくれた研一の祖母もろとも。

錆びた二本のキイを祐司は握りしめた。金属の冷たさは、そのままあの時の自分の冷酷さを表している。また震えた。キイホルダーをズボンのポケットに押し込んだ。そのまま、踵を返して社殿の前に戻った。そこで立ち止まってもう一回社殿と向き合う。木立に囲まれた暗さの中、白い幕だけが鮮やかだ。幕には社紋が染め抜かれている。その形に目を凝らして、祐司は硬直した。

祭礼のたびに目にしていた山神さんの社紋——。忘れていた。星の真ん中を丸くくり貫いた意匠だった。

——あの時、あんたの奥さんの背中におかしな影が映ってたんだった。

——あれが的みたいに見えたんだよな。ここを突けって印を付けられたんだと思った。

「ああ……」

どうしてこの符合に気がつかなかったのか。自分の運命は、ここにいた時からとうに決められていたのだ。車のキイを隠して、研一の家族を危険にさらすという卑劣な行為に及んだ時から。ポケットの中のキイをぎゅっと握った。

森の奥で名も知らぬ鳥が、鋭い鳴き声を上げた。

偶然ではなかった。キイを隠した後、山神さんに祈ったのだ。崖崩れが起きますようにと。土俗の神は、追い詰められた子どもの願いを聞き届けてくれた。しかし、そのままでは終わらなかった。山神はその代償をきっちりと求めたのだ。二十年後、最愛の妻の背中に山神さんの社紋を浮かび上がらせ、凶悪な少年を呼び寄せた。何もかもなかったことにはできなかった。

自分が今、ここに帰って来たのも、明らかな理由があったということか。始まりの場所に引き寄せられたのか。「因」は巡り巡って「果」を生み出した。これが世の定め、天運というものだ。長年追い求めてきたものを、やっと手にしたという思いがした。

玄関の引き戸を引いて、家の中に入った。祖母は居間で座卓の前に座っていた。その向かいに、祐司は力なく腰を落とした。

「気が済んだか？　祐司」

「うん」

そのまま畳の上に寝転がった。ポケットの中のキイホルダーがチャリンと鳴った。祐司は目を閉じた。もう何も考えなくていいんだ。ここにいれば。ここにさえいれば。時折訪ねて来る死人たちと穏やかに交流して。

　沈下橋渡ろ
　沈下橋渡ろ
　こっちの岸からあっちの岸へ

子どもたちの歌が聞こえてくる。

俺は沈下橋を渡って、彼岸に来たんだな。祐司は安らかな眠りの中に落ちていった。

二〇二一年　九月二十日
土佐(とさ)新報

19日、午前11時ごろ、〇〇郡△△町久森の山間部にある棚枝集落の廃屋の一軒で、見回りに来た元住人の斎藤一雄(さいとうかずお)さん（64）が、身元不明の遺体を発見した。棚枝集落には、今は住人は一人もいない。△△署によると、遺体は、40～60代の男性でチェックのシャツに灰色の上着、紺色のズボンを身に着けていた。一部白骨化しており、死後数か月は経っているものと思われる。ボストンバッグが近くに置いてあったが、身元を特定できるものはない。また、ズボンのポケットにキイホルダーが入っていた。二本のキイは古いもののようで、錆びていた。目立った外傷はなく、署は身元の特定を急ぐとともに、自殺と事件の両面で調べている。

愛と見分けがつかない

金森満智子

今日、笹本の家を訪ねていったんですよ。翔馬のことが心配だったから。翔馬は私の顔を見るなり、「おばあちゃん」と言って微笑んでね。その健気さに胸が詰まって、あたし、泣きそうになりましたよ。

　母親が目の前で死んでしまって、どんなにか辛かったろうと思うとね。だってあなた、まだあの子はたった十二歳なんですからね。たぶん、自分を責めていたんじゃないかな。ママをどうにか助けてあげられたんじゃないかとね。でもね、麻央さんが死んだのは、喘息の発作ですからね。仕方のないことなんですよ。そう何度も翔馬には言ってやったんだけどね。

　あたしもね、一度麻央さんが喘息発作を起こしたのを見たことがあるのよ。それはもうひどかったわよ。激しく咳き込んで息ができなくなって、顔色はみるみるうちに悪くなるし。そのうちばったりと倒れ込んでね。あたしでもおろおろするばっかりだったんだもの。小学生の翔馬に何ができたっていうの？

　子どもの頃から喘息だった麻央さんは、発作が起こった時に備えて、気管支を広げる作用のある治療薬を常に身近に置いていたのよね。吸入器を使って短時間作用性の刺激剤を吸い込むと、症状は改善するんだって。でもあの時に限って吸入器が見つからなかったのよ。麻央さん、バッグの中を引っ掻き回して捜したみたいだったけど、その中にはなかったのよ。きっとうっかりしてどこかに置き忘れてたんだわ。そういうことってたまにあるでしょ？

　あたしだって大事なものをどこかに置いて、いくら捜しても出てこないことってあるわよ。諦めた途端に、どこかからひょっこり出てくるなんてことがね。

　翔馬は救急車を呼んで、ちゃんと対処したのよ。でも賢い翔馬は、もっと他にできたことがあったんじゃないかとか、いろいろ考えたんじゃないかな。考えてもごらんなさいよ。喘息の発作を起こした母親が苦しんでいるのを目の当たりにして、しかも結局亡くなってしまったのよ。連絡を受けてあたしが駆け付けた時、翔馬は病院の廊下で呆然(ぼうぜん)と立っていたわ。ママが死んだって告げられても、泣きもしなかった。お医者さんの言葉が理解できないというふうに、ちょっと首を傾(かし)げたきりだった。感情をすっぱり遮断してしまったようで。

　父親の久佳(ひさよし)が来て声をかけても、姉の衣里(えり)が来て泣いても、翔馬はぼんやりしたままだった。久佳はすごく心配してた。翔馬はお母さん子だったから、衝撃を受けているんだろうって。あたしもそう思ったよ。

でもそれからお通夜やらお葬式やらで、あの子にかまってやることができなかった。麻央さんの両親である笹本夫婦が駆け付けてきてからは、ひと悶着あったしね。あの人たちにとっては大事な娘が亡くなったんだから、そりゃあ、気が動転するだろうし、悲しいだろうし、それは理解できるんだけど、あんな場所で久佳を責めるようなことを言わなくてもいいじゃない。何度も言うようだけど、麻央さんは持病で死んだんだからね。

初めから笹本さんたちは、久佳と麻央さんの結婚に反対だったんですよ。だからって、あなた、久佳と結婚したから自分の娘が死んだような言い方をするんだもの。それも葬儀屋やうちの親戚がいる前でよ。あたしだってカチンときたわよ。だから言ってやったの。

「もっと丈夫な体だったら、こんなことにならなかったでしょうにね」って。

そうしたら、笹本のお父さんがいきり立ってね。

「麻央の喘息は結婚してから悪化したんでしょう。生活がよくなかったから」

そんな言い草ある？　もう呆れて言い返す気にもならなかったわよ。

あの人たちは、ずっとうちのことを蔑んでいたのよ。あたしが離婚して女手一つで久佳を育て上げたことや、生活が楽ではなかったことをね。それでも頑張って久佳を大学にやったんだから。でもやっと大学を卒業して就職した先が、地元の小さな包装材問屋で、営業や配送や、時には工場で箱詰め作業をしたりもする仕事だったのが気に入らなかったんでしょうよ。

なにせ、笹本さんは県庁にお勤めで部長さん、奥さんは華道の先生だもの。麻央さんはそこの一人娘でしょう？　どうにも釣り合いが取れないって結婚前にはっきり言われたものね。悔しかったけど、久佳のためだと思って黙ってたのよ。あの時だって、麻央さんがどうしても久佳と結婚したいって言い張って親の反対を押し切ったんだから。

でもね、今になって考えてみると、やっぱりあの時あたしも反対しておけばよかったって思う。麻央さん、結婚したのはいいけれど、出世なんかとは無縁で、給料も安く、残業ばかりの久佳に幻滅していったのよね。それは手に取るようにわかった。結局お嬢さん気質が抜けなかったのよ、麻央さん。死んだ人を悪く言いたくはないけどね。

それでどうしたかっていうと、自分の子どもに希望を託すようになった。長女の衣里にはピアノやバレエを習わせた。そして翔馬には勉強を押し付けたの。パパのようになるなってことよ。久佳は何も言わず、麻央さんの好きなようにさせたわ。たぶん、習い事や塾の費用は笹本の家が援助してたんじゃないかしら。あれだけの教育費は、久佳の給料ではまかなえないと思う。

でもあたしも深くは追及しなかったの。あたしだってこの年になってもまだ働いて生活費を稼がなくちゃ生きていけないからね。息子夫婦を援助するなんて到底できない。だから口を挟むことはなかったのよ。

久佳はないがしろにされて、家に居場所がなくなって、残業代も出ないのに仕事に精を出すようになった。それが家族をかえりみないと麻央さんには映ったのかもね。ますます子どもの教育に熱を入れるようになったわけ。

ところが麻央さんには計算外のことが起こったの。私立の有名女子高に進学した衣里が、母親の押し付けに反抗して学校を退学してしまったの。

「私はママの人形じゃない。これからは自分のやりたいようにやる」

そんなふうに言ってブレイクダンスをやるグループに入ってしまった。家も出て、何人かの仲間と共同生活を始めたわ。居酒屋チェーンでアルバイトをしながら、ダンスの腕を磨いているらしい。あたしもよく知らないんだけど、ダンスのチームで競い合って、メジャーデビューできる方法もあるんだってね、芸能界に。そういうことを夢見ているみたい。

久佳と麻央さんとで何度も連れ戻そうとしたけれど、衣里はがんとして言うことをきかなかったそうよ。しまいには久佳も折れて「好きにさせてやろう」と麻央さんを説得しようとしたんだけど、麻央さんにとっては大ショックよね。一時は食べるものも喉を通らないほど悩んでいたわね。笹本の親までしゃしゃり出てきて、衣里は金森の血を引いているから、まっとうな人間にならないんだ、みたいなことを言われた。

でも衣里は生き生きして見えたものよ。あの子はしっかりした子だから、きっと夢を実現できると思う。

かわいそうなのは翔馬だった。衣里を諦めた麻央さんの視線は、翔馬にだけ向くようになったの。成績優秀な翔馬を、いい大学に入れて、弁護士か医者にするというのが、あの人の目標になった。それは鬼気迫るものがあったわよ。中学受験を控えた最近は、特にひどかった。翔馬の生活ときたら、学校と塾との往復だけ。家でも夜遅くまで予習と復習。それをずっと麻央さんがついて見ているの。

時々、あたしは注意したんだよ。あんまり子どもを追い詰めるもんじゃないわよって。そしたら、麻央さん、「翔馬は自分から望んで勉強をしてるんです。放っておいてください」ってぴしりと言い返すの。実際、翔馬はママの期待に応えようと必死だったわね。あの二人は異様な絆で結ばれてた。父親の久佳も、祖母のあたしも入っていけない絆でね。

あれで受験でも失敗したらどうなるんだろうって心配になって、こっそり翔馬に本当の気持ちを訊いてみたこともある。でもあの子はこう言ったの。

「心配しなくていいよ、おばあちゃん。ママは僕を愛してくれてるんだよ。だから僕もママの言う通りにする」

あの子もママが大好きで、ママの言うことを聞いていれば幸せなんだということはわかった。だけど、だけどね、あたしはその時、ちょっとぞっとしたんだ。何でかわからないけどね。あの二人には、誰も入り込めない強固なつながりがある。美しい親子愛だ。でも、やっぱり尋常じゃないものを感じてしまったんだよね。

麻央さんが喘息の大発作を起こしてしまったのは、あまりに根を詰め過ぎたからじゃないかねえ。注意深いはずのあの人が、吸入器の置き場をうっかり忘れるなんてことをしたのも、翔馬に入れ込み過ぎたからだよ、きっと。親子愛が生んだ悲劇だね。

今は翔馬も肩の力が抜けて、どこか落ち着いて見えるよ。憑き物が落ちたっていうか。麻央さんには悪いけど。でも笹本の実家で育ててもらうようになったんだから、少しは安堵してるんじゃないかな。

うちで面倒みようかとも思ったんだけど、あたしは仕事があるし、久佳は相変わらず会社でこき使われているしね。今日、来てみてよかった。笹本では甘やかされているみたいだ。そりゃあそうよね。孫は誰だってかわいいものね。それが娘の忘れ形見ならなおさらね。

「さよなら、おばあちゃん。また来てね」

帰り際に翔馬はそう言って手を振ってくれた。

明るい声だった。きっとあの子も衣里みたいに自分の生き方を見つけていくだろう。

永木有美江

『週刊スピークス』を見ましたか？

あれはひどい。まったく事実じゃないことを、よくもまあしゃあしゃあと書けたものだと呆れましたよ。怜人には見せられないわ。

もっともあの子は今、とてもものを読むなんてできそうにない状態ですけれど。

だいたい、怜人は被害者なんですよ。あの記事を読むと、まるで加害者みたいな扱いじゃないですか。事件の後のワイドショーなんかもおんなじですよね。ほんとにマスコミなんて信用できないってつくづく思いました。報道自体に悪意を感じますね。ワイドショーでインタビューに答えていたのは、向こうさんの関係者ばかりでしょ？　怜人の人物像を勝手に作り上げてしまって、ほんとに腹が立ちました。

そりゃあ、怜人はちょっと思い込みの激しいところはありましたよ。でもそれは門田帆乃夏さんを愛していた証拠なんですよ。二人が付き合いだしたのは、帆乃夏さんからの積極的なアプローチがあったからだって聞きましたよ。そうなんです。高校時代にね。怜人が三年生で帆乃夏さんが一年生の時でした。

母親の私が言うのもなんですけど、怜人は女の子にモテてたんです。あの子、ハンサムだし、成績もいい。スポーツも万能でしたから。子どもの頃からずっとテニスをやってて、高校でも県大会で準優勝をするくらいの腕前でしたしね。

通っていた高校では、女子生徒の憧れの的だったって。中学時代から女の子から告白されたりすることは多かったようです。テニスの試合の時は、別の学校の女の子まで応援に来てくれたりね。だからって、女性関係にだらしがないみたいに書かれるのは心外です。

大学生になってテニスをやめたのは、スポーツ以外のことをいろいろやってみたかったんだと思いますよ。『週刊スピークス』の記事にあったように、第一志望の大学に受からなかったから、腐ってしまったとかじゃありません。そこから性格が変わったなんて、どこで取材してきたんだか。高校三年生になった帆乃夏さんとも別れずにちゃんと付き合ってたんですから。

帆乃夏さんを必要以上に束縛してたなんて、彼女の友だちが言ってましたけど、さっきも言ったようにそれはあの子の愛情表現なんですよ。恋人を独り占めしたいっていうのはね。モラハラなんてとんでもない。逆に帆乃夏さんの方があの子に頼り切っていたんじゃないですか？　ほら、怜人は頭がいいし、判断力や洞察力もある。だから帆乃夏さんはすっかり依存してたんでしょ。だいたい嫌なんだったら別れたらいいんですよ。それを大学生になった怜人にぴったりくっついていたのは、あっちの方なのよ。だから、怜人も守ってあげなくちゃと思ったんでしょうね。

そうしてもらった方が女だって楽でしょう。うちの主人もね、ワンマンで何でも自分で決めてしまうんです。でも間違ったことなんかありませんよ。だから私は安心してまかせているんです。男が主導権を握って、ちゃんと舵を取ってくれる家庭はうまくいくんじゃないでしょうか。それを見て育ってきた怜人も同じようにしただけですよ。どこがいけないんです？

帆乃夏さんには私も二、三度会ったことがありますよ。きれいなお嬢さんだったわね。怜人の恋人にはちょうどいいと思ったものですよ。怜人がうちに連れてきたこともあるし、大学祭にも遊びにきてました。あの、インタビューに答えた友だちと一緒に。

でも帆乃夏さんは、わがままで自由奔放なところがあったんだと思います。乱暴で粗野なところもね。そうじゃなけりゃ、どうしてナイフなんか持っているんですか？　それで恋人を刺すなんてあなた――。

連絡をもらった時は、血の気が引きました。私一人ではどうにもならないから、主人に電話して、病院に飛んでいったんです。あの時のことを思い出すと、未だに体が震えます。救急救命室で手当てを受けている間は、廊下で泣き崩れていました。主人がいなかったら、気がおかしくなっていたでしょうね。

救命室からストレッチャーに乗せられて出てきた怜人は、意識がなくて顔色も悪くて、それを見ただけでも卒倒しそうになりました。だから、先生の説明もよく憶えていないんですよ。冷静に聞いた主人から後で教えてもらいましたけど。先生の話は二人で聞いたはずなのに、頭に何も入ってこなかったんですね。

刺し傷は右の脇腹に十センチほど。深さが十センチですよ。ひどいでしょう？　かなりの力で刺したはずなんですよ。迷いもなく。帆乃夏さんに殺意があったのは明らかです。幸いなことに重要な臓器からは逸れていたので、命取りにはならなかったんです。

ひどいのは、その後。腹を刺された弾みで、怜人はそのまま後ろに倒れ込んでしまったんですよ。運悪く公園の石段の上だったものですから、そのまま転げ落ちてね、頭を強打してしまって――。頭蓋内に血腫ができて、脳を圧迫していたらしいの。血腫はうまく取れたって言われたのに、その後五日間も昏睡状態だったんですよ。その間の私の気持ち、わかります？　六日目にあの子が目を覚ました時には嬉しかった。でもね、それからがまた大変。怜人は記憶障害に陥っていたのよ。主人のことも私のこともわからない。ただぼうっとして見詰めるだけ。

先生は一時的なものだろうとは言ってくださっているけど、はっきりしない。今はいろんな検査を受けてるところ。もしかしたら高次脳機能障害かもしれないって。

ああ、ごめんなさい。そのことを思うと、泣けて泣けて――。だってあれほどスポーツが得意で溌剌としていた怜人がものも言えなくなるなんて。かわいそうな怜人。精神的な打撃もあると思うわ。そりゃあそうでしょう？　自分の恋人に殺されそうになったんですからね。

事情を聴き取りに警察の人も来たけれど、ドクターストップがかかりました。「本人の供述を聴かないとねえ」なんて渋面をつくってね。あんまりにも配慮がないでしょう？　こっちはそれどころじゃありませんよ。

逆に私は問い質したの。どうしてうちの息子がこんな目に遭わなければならないんですかって。当然でしょ？「そこは調査中です」なんて言葉を濁して警察官はそそくさと帰っていきましたけど。主人に話して、警察署に抗議してもらいました。

なのに、今度はマスコミの攻撃ですよ。あることないこと言いたい放題。怜人が帆乃夏さんに他の男と口をきくなと言ったとか、洋服の趣味や髪型にまで口を出したとか、言いつけを守らなかったら罰を与えたとか。挙句の果てに帆乃夏さんに暴力をふるっていたとかね。冗談じゃありませんよ。怜人がひと様に手を上げたりするもんですか。

マスコミによって今度の事件が面白おかしく報道されたおかげで、無責任な人たちに興味本位で見られてしまうようにもなりました。思い詰めて犯行に及んだ帆乃夏さんに同情が集まる始末です。私なんか、近所も歩けなくなりました。この前、ワイドショーでは、私のことを「つんと取り澄ました母親」なんて言う人まで現れて愕然としました。今までそんなこと、言われたこと一回もありませんよ。

SNS上でもいろんなことを書かれてるって知っています。見たいとも思いませんが。

主人は今、弁護士と相談しているんです。帆乃夏さんは未成年だし、情状酌量なんかが用いられたらたまりませんよ。何度も言いますが、怜人は何も悪くないんだから。彼女には厳罰を与えて欲しいです。それから『週刊スピークス』も名誉毀損で訴えるつもりです。これからも怜人も私たちも生きていかなければならないんです。

ああ、何であんな子と関わり合いを持ったんだろう。不幸なのは怜人ですよ。母親としてはたまりません。怜人はいつ退院できるかわからない。きっと治療は長くかかると思います。

あの子が立ち直るまでは、私は全力で支えていくつもりです。それが母親の務めというものでしょう?

二神侑都（ふたがみゆうと）

翔馬が遠くへ引っ越してしまったからつまらない。

お母さんが死んでしまって、お母さんの方のおじいちゃんちに預けられちゃった。学校も変わってしまった。でも塾へは来るだろうから、そこでは会えると思ってたんだ。そしたら塾もやめてしまって、「至相（しそう）学園へ行くのもやめた」って言うからびっくりした。

　至相学園中等部へ行くのが、ぼくらの目標だったんだ。あれほど必死で受験に向かってた翔馬だったのに、肩透かしを食らった気がした。お母さんが死んじゃったから、あいつも気持ちが変わったんだろうか。喘息の発作だって言ってたけど、翔馬、かわいそうだな。

　でもこの間電話で話したら、元気そうだったから安心した。

「侑都、受験がんばれよな」なんて気楽に言ってた。

　おじいちゃんもおばあちゃんも、無理していい学校へ行くことないよって言ってくれたんだって。おじいちゃんの家からは、至相学園へは遠くて通えないもんな。だから、あっちの公立の中学校に行くようにしたって。そうなってよかったのかもってちょっと思った。翔馬、楽しそうな声だったから。

　うちのクラスで至相学園を目指してたのは、翔馬とぼくだけだったから、特に仲良くしてた。塾も同じところに通ってたし。

「よう、ガリ勉コンビ」とかって頭の悪いクラスメートに言われても、平気だった。

　翔馬のとこは、お母さんが早くからそこを目標にしてたんだ。翔馬は一生懸命に勉強してた。いつもトップの成績を取ってたのに、それでもまだ頑張ってた。塾へ行く電車の中では、いろんなことを話したよ。学校ではおとなしい翔馬だったけど、ぼくには内緒の話もしてくれた。

翔馬のお姉ちゃんはあいつと同じで、お母さんからの期待を受けて、ピアノだのバレエだのを習わされてたんだって。衣里さんていうんだけど、その人、高校生になってしばらくしたら、習い事を全部やめて、高校も中退したんだって。なんでもブレイクダンスにはまって、そっちの方を極めたいって思うようになったらしい。

「おお！　すごい決断！」ぼくが言ったら、翔馬は弱々しく笑ってた。

「でもママはすごく怒ったよ」

まあ、そうだろうな。

「怒って失望して、泣いてた」

うん、わかるわかる。そういうもんだよ。大人はいつでも子どものためにって言うんだ。でもそれって自分のためなんだよ。うちも見栄や意地みたいなやつで子どもを急きたててるんだ。そう翔馬にも言ってやったんだけど、翔馬はお姉ちゃんの分も自分が頑張らないとって思ったみたいだな。あいつはほんとにお母さんが好きだったから。

「ママにはもうぼくしかいないんだ。ぼくが至相学園に入ったら、ママは幸せなんだ」

それはちょっと違うと思ったんだけど、言うのをやめた。だって翔馬、悲愴な感じで一層勉強に励むようになったから。まるで病気みたいだった。青い顔して学校へ来て、焦点の定まらない目で黒板を見てた。だいたい小学校の授業は、ぼくらには簡単過ぎるんだ。受験勉強ではもっと先の課題に取り組んでいる。

翔馬は、電車の中でも暗い感じで黙り込むようになった。受験に失敗したら、もっとお母さんを悲しませることになるって思ってたのかも。とにかく思い詰めてる感じだった。お母さんが全身全霊で注いでくれる愛情に応えないとって必死だった。あんまりにも様子がおかしいから、ちょっとこれはヤバイなってぼくは思った。

電車の座席に座ったまま、突然ポロポロと涙を流したり、塾のある駅じゃないのに降りて、とうとうその日は塾をサボってしまったり。極度の緊張に耐えられなかったんだろうな。

そんな時だった。電車で隣り合った高校生のお姉さんが翔馬に「大丈夫？」って声をかけてきてくれたのは。ぼくらは塾に行くところで、その人は学校の帰りだったんだろう。気がつかなかったけど、何度も同じ電車に乗ってたんだ。そして、その人は翔馬の変な様子に目を留めたんだろう。翔馬ははっとしてそのお姉さんを見上げた。すらっと背の高いきれいな人だった。

それから時々同じ電車に乗り合わせることがあって、翔馬とその人は口をきくようになったみたい。ぼくの印象だけど、なんかその人と翔馬は雰囲気が似ていた。どこがって言われるとうまく説明できないんだけど、なんかに黙って耐えてるって感じがしたんだ。

一回、翔馬が塾をサボって、どこかの公園でぼんやり座ってた時にもその人に会ったんだって。その時、翔馬は自分のことをしゃべったんだ。お母さんと自分のことを。何か通じるところがあったんだろうな。それからさらに二人は親しくなったようだった。お姉さんもその頃から様子がおかしくなった。ひどく考え込んでるようだった。ぼくはなんだか怖かった。何かが起こる気がした。

翔馬の様子がまた変わったのは、そのお姉さんから何かを囁きかけられたからだと思う。ぼくは向かいの席からそれを見てたんだ。お姉さんが乗ってきて、翔馬の隣に座った。二人が同じ暗い炎に包まれてる気がした。お姉さんは、そっと体を傾けて、翔馬に何かを囁いた。ほんの一言だけだった。

翔馬はびくんと体を震わせて、下唇をぎゅっと噛んだ。それきり、お姉さんは黙って電車に揺られて、自分が降りる駅で降りていった。何を言われたのかは知らない。翔馬は何も言わなかったし、ぼくも訊かなかった。

その直後に翔馬のお母さんは喘息の発作で死んでしまった。そして翔馬は受験をやめた。この一連の出来事に関連はあるんだろうか。たぶん、ないだろうな。ぼくの考え過ぎだ。あのお姉さん、最近は電車に乗ってこない。どうしたんだろう。

「侑都、受験がんばれよな」

また昨日も翔馬は電話で言った。明るい声だった。お母さんが死んであいつは自由になったんだな。

八塚圭以

怜人の見舞いに行った。

まるで別人だった。俺のことがわかっているのかどうか。表情はぼんやりしたままだし、受け答えも曖昧だ。ベッドに横になったまま、「うん」とか「ああ」とか返事するだけ。頭を打って脳にダメージを受けたって聞いたけど、治るんだろうか。大学に復帰できるのかな。あれじゃあ、授業の内容が理解できるとは思えない。

帆乃夏ちゃんにナイフで刺されたことがよっぽどショックだったんだな。そりゃあそうだよな。まさか恋人に殺されそうになるなんて思わないだろうし。特に帆乃夏ちゃんは従順な子だったからな。怜人にぞっこんだった。何で怜人を傷つけようとしたんだろう。

怜人が浮気な男だってことは、彼女も知っていたはずだ。それをわかった上で、あいつに恋してたんだ。どんなに邪険にされても怜人の言いなりだった。すごく怜人のことが好きだったに違いないよ。

まあ、それをいいことに怜人も羽目を外し過ぎたよな。俺と怜人は、大学で出会った。

あるマイナーなサークルに入ったのがきっかけだった。たいして活動なんかしてなかったな。要するに、他の大学の女の子に声をかけて合コンを繰り返すだけの「オーラン」と呼ばれるオールラウンド・サークルの最たるものだった。

怜人はイケメンだし、一応高校まではスポーツやってたから適度に筋肉のついた体してるし、話はうまいしで女の子には人気があった。合コンやったら、たいていはあいつが中心になってしまうんだ。メンバーの中には「永木が来るんだったら、合コンには行かない」って言う奴もいたよ。

そんなだから、怜人は女の子にはこと欠かなかった。あいつが声をかけたら大方の女の子はついて来るんだ。一晩限りの関係の子も大勢いたと思うけど、あしらい方もうまいんだろうな。特に後味の悪いことにはならなかったみたいだ。そんなに遊んでも、怜人には帆乃夏ちゃんて決まった恋人がいた。

怜人は高校でも女子生徒の憧れの的だったようだ。告白してくる子が大勢いたっていうのもわかるよ。怜人より二つ下の帆乃夏ちゃんもその中の一人だった。多くの女の子の中から怜人に選ばれたんだから、彼女はいつも嬉しそうにしてた。怜人のそばにいられるだけで幸せって感じ？

ほっそりした可憐（かれん）な子で、怜人が気まぐれに選ぶ派手な女の子とはちょっと違ってた。だから俺も、帆乃夏ちゃんが本命なんだろうなとは思ってた。彼女もいい気持ちはしなかっただろうけど、怜人の浮気を許してたんだ。嫌われたくなかったんだよ。どんなに遊んでも、いずれは自分のところに戻ってきてくれると一途に信じてた。

そんなふうに自分は遊んでるくせに、怜人は帆乃夏ちゃんを縛り付けて、気ままに操っていた。時々、帆乃夏ちゃんを試すようなことをして、彼女を困らせてたな。あれはちょっとかわいそうだった。

たとえば後輩の男にわざと告白させて彼女の反応を見てみたり、なくしてもいないのに、大事なものをなくしたと言っていつまでも捜させたり。怜人、意地悪くそんな彼女を見て楽しんでたんだ。あんまりなことをするな、と俺も注意をしたんだけど、どこ吹く風だったね。

「いいんだ。帆乃夏は俺のために何かをするってことが嬉しいんだから。何といってもあいつは俺に惚れてるからな」

そんなふうに言って涼しい顔をしていた。

そうやって虐めたかと思うと、その後には帆乃夏ちゃんにべたべたして、「俺の女はお前しかいないんだ」みたいに親密にする。冷酷さと優しさをうまく使い分けるのさ。帆乃夏ちゃんはそんな怜人の態度におろおろしながらも、恋人に気に入られようと必死だった。そういうの、そばで見ていると、さすがに俺も胸が苦しくなったもんだ。

帆乃夏ちゃんを弄んで喜んでいるくせに、嫉妬深いところもあって、誰か別の男とちょっとでも親しくしていると、腹を立てるんだ。ああ、そうだ。こんなことがあった。怜人と待ち合わせしている時に帆乃夏ちゃん、中学時代の同級生にばったり出会ったんだ。その男と口をきいているところを怜人が見つけて気分を害したんだろうな。

　帆乃夏に罰を与えるとか言って、心霊スポットへ無理やり連れていったことがあった。お前も来いよって言われて面白半分についていったんだけど、後悔したね。幽霊が出るっていう寂しいトンネルの中を帆乃夏ちゃん一人で通り抜けさせて。あの子、心底怯(おび)えてた。それを見て怜人はゲラゲラ笑ってるんだもんな。嫌な性格だと思ったよ。

　知ってる？　あのトンネル、結構有名なんだけど。確かあのトンネルの出口付近の斜面で女の人が数年前に首を吊ったんだよね。ニュースでも流れただろ？　体の自由がきかなくなった旦那さんを献身的に介護していた奥さんが、突然旦那さんを殴り殺して自殺しちゃったんだ。

　トンネルの中でその女の人の霊がさまよっているなんて、ありきたりな心霊スポットだった。真夜中に帆乃夏ちゃんをそこに連れていったんだけど、怜人、車の中でさんざん由来を話して怖がらせてさ。トンネルの入り口で彼女一人を降ろして、「向こうまで行って帰って来いよ。そうしたら、今日のことは許してやる」って言ったんだ。

　帆乃夏ちゃん、拒否したらいいのに強張(こわば)った顔をしてトンネルに向かって歩いていった。それを見送りながら、俺は「ちょっとやり過ぎだろ」って怜人に言ったんだけど、あいつ全然聞かなくてさ。自分の言いなりになる女を持っていることが、自慢だったのかな。勘違いもいいとこなんだけど。

車の一台も通らない薄暗いトンネルの中に帆乃夏ちゃんは入っていった。なかなか帰って来ないから、さすがに怜人も気になったんだろう。俺と二人で様子を見にいったんだ。そしたら帆乃夏ちゃん、トンネルの真ん中辺りで一人突っ立っててさ。怜人がずんずん近づいて声をかけたんだけど、返事もしない。首をぐるっと回して無表情に怜人を見た。そして言ったんだ。

「そうよね。どうして今まで気がつかなかったんだろう」って。

その途端、俺、寒くて寒くて凍えそうになって、「帰ろうぜ」って二人を車に押し込んで帰って来たんだ。車の中では帆乃夏ちゃんは妙に落ち着いてた。怜人の方がはしゃいでしゃべり続けてさ。でも帆乃夏ちゃんは相手にしなかった。

確かにあの出来事からあの子は変わったね。腹が据わったというか、覚醒したというか、うまく言えないけど。その直後にあの事件が起こるんだ。帆乃夏ちゃんは逮捕されたけど、連れていかれる時も落ち着き払ってたね。

なあ、何があったんだと思う？　あのトンネルの中で。

金森衣里

うちの不幸は私が作った。そう思ってた。私は小さい頃からママのお気に入り。ピアノもバレエもママに言われるまま習った。どっちも私は大好きだったの。

笹本のおじいちゃんが買ってくれたピアノを、何時間でも弾(ひ)いて練習した。うちのような小さな家に、あんな大きな楽器を置くのは大変だったけど、パパも結局は許してくれた。私はどんどん腕をあげて、コンクールでも入賞するようになった。バレエだって得意だった。体を動かすのが好きだったから、あれにも夢中になった。

私の生活はピアノとバレエを中心に回ってたの。ママも私がうまくなるのが嬉しくて仕方がないって感じだった。だからますます二つの習い事に没頭していった。コンクールや発表会には、ママや翔馬、笹本のおじいちゃん、おばあちゃんが来てくれたけど、パパは仕事が忙しくて来られないことが多かった。パパにも見てもらいたかったのに。

でも誰もパパが来ないことを気に留めてなかった。朝早くから夜遅くまで働くパパに会えないことも多くて私は寂しかったんだけど、ママはそんなこと、当たり前よって顔をしてた。あんなに働いても、お給料は安い。子どもの習い事の費用も捻出できないんだから。あなたはそんなこと、気にせずに練習しなさいって言われた。

それで初めて笹本のおじいちゃんが、私の習い事のお月謝を払ってくれてるのを知ったわけ。そしたら何だか急に気持ちが萎んじゃった。パパがかわいそうになってきて。あんなに一生懸命働いてるのに、ママは完全に無視してるんだもの。それでもピアノとバレエなしの生活なんて考えられないから、私はずっと頑張ってきたの。

転機が訪れたのは、高校生になってすぐの時だった。高校も、ママが勧めるままに女子校に進んだ。なんか馴染めないなあとは思ったけど、惰性で通ってたのよね。バレエのコンクールには、コンテンポラリーダンスっていう部門もあったの。モダンダンスの一種で、古典的なバレエとは全然違う踊り方をしなくちゃならない。

リズム感を身につけるために、先生に言われてブレイクダンスのレッスンを受けた。これだ、と思った。私はブレイクダンスにのめり込んでしまったわけ。基本に忠実なバレエはどうも自分にはしっくりこないと感じ始めてた頃だったしね。ブレイクダンスがもっとうまくなりたい、一人で踊るだけじゃつまらない、チームでやりたいって思うようになった。そしたら、気の進まない学校に通う時間も惜しくなってきて、勝手に高校をやめちゃったの。私を受け入れてくれるチームもあったから、そこに飛び込んでしまった。

今考えると、ママに対する反抗心もあったんだと思う。子どもを自分の思い通りに作り上げようとするママには、もううんざりだった。私の未来は私が決めるって思い込んでたのよね。大人びたダンスチームの人たちに感化されたのもあるかもしれないけど。とにかくママからは離れたかった。子どもを自分の持ち物みたいに扱うママからは。ママはすっかり落ち込んだ。うだつの上がらないパパに背を向けて、自分が描いた通りの人生を子どもに歩ませようとしてたのに、計画通りにいかなくなったからね。いい気味だと思ったものよ。その時はね。

でもママは挫けなかった。今度は翔馬に希望を託したの。あの子、もともと成績がよかったから、勉強をさせてゆくゆくは他人が羨むような仕事に就かせようとしたの。ママの気迫は凄かった。誰も口を挟めなかった。

翔馬をガチガチに押さえ込んで、身動き取れないくらい支配したの。翔馬の日常は分単位でママの計画に従って動いてた。それに翔馬は必死で応えようとしてた。私もたまに家に帰ることがあったけど、そのたびに翔馬は青白い顔で、でもちりちり神経を尖らせてる感じだった。

金森のおばあちゃんも心配して声をかけてたわ。

「そんなに勉強することないよ。もう充分じゃないの。ママにはおばあちゃんから言ってあげるよ」

あの子、とんでもないというふうに首を振ったわ。

「ママの言うことを聞いてれば間違いないんだ。だってママはぼくのことを一番に考えてくれてるんだから」

あの子の気持ちはよくわかった。かつては私もそう思ってたから。ママが大好きだったし、ママも私を愛してくれてるんだと思ってた。

離れてしまった私には、何もかもがよく見えた。ママは自分の人生は失敗だったと思ってた。パパと結婚したせいでね。娘に自分を重ねて、もう一回人生をやり直そうとしてた。でも私で試した新しい人生も失敗作だった。ママにはもう翔馬しか残ってなかった。私よりずっと素直で純粋な翔馬を支配することは、ママの優越感を満たした。

教育虐待って言葉があるの知ってる？　子どもに過度な教育を押し付けて苦しめること。でもあれとは少し違ってた。ママはね、翔馬にパパを重ねて見てたの。自分を幸せにしてくれなかったパパを、ママは嫌ってた。その苛立ちや憎悪、謗り、当てつけを、翔馬にぶつけて気持ちを収めてた。

だんだんエスカレートして、ママと翔馬はおかしくなり始めた。ママはますます翔馬に厳しく辛く当たり、翔馬は実力以上の力を出そうと躍起になっていった。見ていてハラハラした。そのうち翔馬はポキンと折れてしまうんじゃないかって。

もう放っておけなかった。私がさっさと逃げ出してしまったから、金森の家はどんどん不幸になる。ママから愛されていると一途に信じている翔馬にはかわいそうだけど、本当のことを教えてやろうとしたの。

ママは自分でも見えなくなってるけど、あなたを愛してるわけじゃないって。うまくいかなかった自分の人生を嘆き、その原因となったパパを憎んでるんだ。その黒い醜い感情を、子どものあなたにぶつけてるだけよ。あなたはパパのミニチュアじゃない。もうママの言いなりになるのはやめなさいって言おうとした。

でも、でもね。どうしてか知らないけど、翔馬はそのことに気がついたの。ママの本当の気持ちに。愛っていうきれいな感情の裏に隠されたどろどろした感情に。どうしてなんだろう。あれほど一心にママのことを慕っていたのに。どんなにきつい課題を与えられても、ちょっと悪い点を取った時にひどく罵られても、黙って耐えてたのに。

翔馬の瞳に冷たい炎が燃えるのが見えた。ほんとよ。あの子、すっかり冷めた目でママを見てた。この世の真実に目覚めたみたいに。翔馬の目を見た時、もう私は今度のことが起こるのを、予感してたのかも。

ママの死を告げられた救急病院の廊下で、やっぱりあの子は同じ目をしてた。パパやおばあちゃんは気づかなかっただろうけど、私にはわかったの。

翔馬は今、笹本のおじいちゃんちで暮らしてる。至相学園の受験もやめたって言ってた。きっとそれがあの子にとってはいいことなんだろう。もうママは死んでしまったんだもの。翔馬は自分の人生を取り戻したってことなのよね。

ママが死んだ時、泣きも嘆きもしない翔馬を、パパに言われて私は家に連れて帰った。

帰るなり、翔馬は自分の部屋に上がって、すぐに眠ってしまった。リビングルームの床に、ママのバッグが落ちてた。中身が散乱してた。きっと喘息発作が起きた時、ママが吸入器を捜して引っ掻き回したんだ。喘息持ちのママは、いつでも吸入器を持ち歩いてた。あれをバッグに入れ忘れるなんて、ちょっと信じられない。慎重なママは、予備の吸入器も準備してたはずだ。しまってあったキャビネットの引き出しが開いたままになってた。ママはここも捜したんだ。でもなかった。そして命を落としてしまった……。

私は静まり返った家の中で、ママの吸入器を捜し回った。そして見つけた。翔馬の塾通いのリュックの中に、二つとも入ってた。リビングルームのソファに置かれたリュックの中を見詰めて、私は固まってた。

これは何を意味するのか考えてた。翔馬はわざとこれを隠したのか？　苦しむママを見ながら、黙ってソファに座ってたのか？　翔馬はどうやってママの本当の気持ちに気づいたのか、どんなに考えてもわからなかった。

私は吸入器を取り出して、二つとも引き出しに収めた。そして元通りに閉めておいた。翔馬はのびやかな子どもらしさを取り戻しつつある。きっとこれでよかったんだろう。もうこれ以上詮索するのはやめよう。私の考え過ぎかもしれないんだから。いつかまた家族が一緒に暮らせるようになれば、それが一番いい。きっとそうなるだろう。

池端瑠奈

帆乃夏と私は、中学校からの親友だ。高校も同じところに進学した。家も近いから、通学も一緒だった。だから、帆乃夏の恋も応援した。あの子の憧れは永木先輩。テニス部のエースで、頭もよくてスマートで、ジャニーズ系の甘いマスク。

でもライバルも多かった。三年生の永木先輩に、うちの高校の女子の半分は恋してたんじゃないかな。彼に告白する女子も多かったはずだ。尻込みする帆乃夏の背中を押したのも私。帆乃夏だって可愛いし、スタイルいいし、中学時代からモテてたんだから。私の予想通り、永木先輩は、帆乃夏を選んでくれた。

死ぬ気で告白した帆乃夏は、もう有頂天だった。先輩からOKと言われたその晩は眠れなくて、私に電話してきた。私たちは徹夜で話し込んだものだった。

付き合いだした二人はお似合いだった。学校中の注目の的。私も誇らしかったものよ。告白するまでの帆乃夏を励ましたり、悩みを聞いたりした甲斐があったと思った。永木先輩の本性を知ってたら、あんなことはしなかったのにね。帆乃夏もこんなことにならなかったはず。今はすごく後悔してる。

永木先輩は他人を傷つけたり、いたぶったりして喜ぶタイプだった。いや、その言い方はまだ生ぬるい。あいつは、人間としての心の欠損した男だった。帆乃夏と付き合いだしたのは、あの子が自分にぞっこんで、かつ素直で操りやすいと踏んだからじゃないかな。そういう意味では、帆乃夏は最適だったでしょうね。

彼女は、今どき珍しいくらいおとなしくて従順で、好きな人にはとことん尽くすタイプだったから。永木先輩に右を向いてろと言われたら、ずっとそうしてるような子よ。それでも二人が高校生の間はよかった。いつも一緒にいて、人も羨む幸せカップルって感じだった。まだその時は、永木先輩も帆乃夏を大事にしてたと思う。多少横暴なこともあったけど、それは逆に帆乃夏を愛してるからだと思ってた。

永木先輩が大学に進学すると、少しずつ様子が変わってきた。大学生活の自由さに触れたせいか、あの人は不特定の女の人と遊ぶようになったの。街中で、女子大学生と歩いてる先輩を見かけることがあって、帆乃夏、落ち込んでた。自分が捨てられるんじゃないかって、すごく怯えてた。でも私が「ひどい男」とか言うと、必死で彼を庇うんだ。

永木先輩も、「俺が好きなのは帆乃夏だけだ。他の女のことなんか気にするな」って帆乃夏を言いくるめるの。そのたびに帆乃夏は安堵して喜ぶんだけど、ずっと不安は付きまとってたと思う。

先輩が大学の友だちの八塚圭以っていう男を連れてきて、私を入れて四人でダブルデートしたことも何回かある。帆乃夏は永木先輩に気をつかって、彼の望むように行動してるの。もう見てられなかった。まあ、それでも帆乃夏は先輩が好きなんだからしょうがないと諦めてた。ほとほと嫌になったら別れるだろうって。あんなふうに放っておかないで、さっさと別れなさいよって言っておいたらよかった。

自分は大勢の女と遊んでるくせに、永木先輩は嫉妬深かった。大学と高校とで離れてるから、帆乃夏の行動が気になったみたい。いつどこで何をするのか、いちいち報告させてた。そうかと思うと、気まぐれに呼びつけたりもする。束縛もはなはだしかった。とうとう見かねて忠告したの。帆乃夏に。いくら何でもひどすぎるってね。こんなの恋人どうしとは言えない。まるで帆乃夏が先輩にかしずいてるみたいだもの。

「彼は私のことが気になってしょうがないんだって。他の男の子に言い寄られるんじゃないかとか、自分から離れていってしまうんじゃないかとか、つい考えてしまって不安になるって」

予測はしていたけど、帆乃夏はそんなふうに答えた。もう完全に永木先輩にコントロールされてるって思った。とても危険なことだって思ったわ。正常な判断ができなくなってた。先輩はただ帆乃夏を操って、好き勝手に縛り付けて楽しんでるだけなんだ。それにどうして気がつかないのか、まだ愛されてると信じてる帆乃夏が歯がゆかった。愛してるのは帆乃夏の方だけ。向こうの気持ちはとっくに冷めてたのに。

でも今考えると、本当は帆乃夏の気持ちも変化してたのかもって思う。彼を愛してるって口では言っても、不安や疑心や怒りが湧き起こるのを、必死で抑えつけていたのかも。自分の心を騙して苦しんでたんだわ。

永木先輩は、そんな帆乃夏の本心を知ることなく、惨いことをやり続けた。永木先輩以外の男の子としゃべった帆乃夏に罰を与えるって名目で、有名な心霊スポットに連れていったらしいのよ。考えられないでしょ？　普通恋人にそんなことする？

よっぽど怖かったんでしょうね。帆乃夏、あれ以来すっかり変わってしまった。どう変わったか、言葉にするのは難しいわね。何か、帆乃夏の中に凍り付いた一本の芯が通ったって感じ？　もう永木先輩に媚びるのもやめたわ。それは歓迎すべきことだったんだけど、そこには私ですら近寄りがたいものがあった。なぜか怖かったの。どうしてかしら。

圭以に会って、どんな心霊スポットに連れていかれたのか問い質した。あの軽薄男も一緒についていったらしいから。山の中の寂しいトンネルだった。すぐにネットで調べてみた。半身不随の旦那さんを、介護疲れの奥さんが発作的に殺してしまい、直後にあのトンネルの近くで首を吊って自殺してしまったという話。それ以来、あそこには奥さんの霊がとどまってるんだって。

当時のニュース記事も見つけ出した。近所の人は、「奥さんは本当によくやっていましたよ。旦那さんを心底愛していたんです。仲のいいご夫婦だったんですけどねえ」とか「きっと体の自由がきかなくなって悲観した旦那さんに頼まれて手にかけてしまったんですよ。穏やかないい奥さんだったんですから」という言葉が載ってた。

とにかく帆乃夏は、永木先輩に呼ばれても行かなくなった。彼も面食らったんじゃないかしら。驚いてやってきて、今さら帆乃夏の機嫌を取ろうとする先輩は滑稽だった。帆乃夏は何を言われても淡々としてて、相手にしなかった。ほんとに変わっちゃったのよ。ああ、こういうこともあった。私たちは学校の行き帰りはいつも一緒だったんだけど、帰りの電車で出会う小学生の男の子がいたの。塾に通ってるみたいだった。子どもなのに疲れて憔悴した感じで電車に揺られてた。ある時何の前触れもなく、その子が泣き出したことがあって、優しい帆乃夏はその子に声をかけてやったの。「大丈夫?」って。

それから二人はたまに口をきいてた。私はそばで見てただけだったけど。その子、中学受験を控えて緊張で張り裂けそうになってたみたい。親が過度な期待をかけるんだよね。子どもの能力以上のね。まあ、私はそんなこと経験したことないからよくわかんないけど。

帆乃夏はその男の子のことが気になって仕方がなかったんだね。彼の悩みを聞いてあげたんだって。一度塾をサボったその子にばったり会ったって言ってた。よく考えたら帆乃夏と男の子が抱えた事情ってちょっと似てるよね。帆乃夏は永木先輩に支配され、必要以上に拘束されてて、その子も親にがんじがらめにされて勉強に励んでる。通じ合うところがどこかあったのかもね。

帆乃夏が心霊スポットへ行って変わってから、また男の子と電車の中で会ったの。私たちは男の子の前に立ってたんだけど、帆乃夏はさっとその子の隣に座った。そして男の子に身を寄せたかと思うと、何かをそっと囁いた。その途端、男の子の表情が変わった。あれ、帆乃夏と一緒だった。今まで見えなかったものが見えたって感じで、ゆっくりと背筋を伸ばしたの。あの子の中にも凍った芯がすっと通ったんだと思った。

電車を降りてから、帆乃夏に訊いた。なんて囁いたのって。そしたら帆乃夏、うつむいて微笑んだ。その笑みも冷たかったわ。下を向いたまま呟いた。

「愛とは見分けがつかないのよね」って。

意味がわからなかったけど、また私は身震いしたものよ。

あれは予兆だったのかしら。もうその時には、帆乃夏は永木先輩を殺そうって決めてたんじゃないかな。やっと気づいたんだわ。永木先輩の本性に。そして自分が何をすべきか。私がわからないのは、何が帆乃夏をそうさせたかってこと。

あのトンネルの中で何があったんだろう。

筒井多英子（つついたえこ）

風が鳴っている。

桐の木の枝が揺れ、パラパラと実が落ちてくる。茶色の小さな実がたくさん道路に散らばっている。先端が二つに割れた卵形の実を、わたしは黙って見ていた。

桐の木は、秀則さんが入院していた病院の庭にも一本あった。初夏には紫色の花を咲かせ、秋にはこんなふうに実をつけていたものだ。秀則さんの病室の窓から、わたしは花が咲くのも実が生るのも見た。リハビリも含め、長い入院だったから。

夫が職場で倒れて、救急車で病院に運ばれたのは、何十年も前のこと。もう時間の感覚がなくなってしまってよくわからないけど、彼もわたしもまだ四十代だったと思う。連絡をもらって、わたしはすぐに病院に駆け付けた。脳梗塞という診断だった。秀則さんは、食品加工工場で品質管理の仕事をしていた。倒れたのは倉庫の中で、何時間も誰も気づかなかったそうだ。だから後遺症が残ることになってしまった。

緊急手術をしてもらったけれど、体の右半分にひどい麻痺が残った。一か月ほどその病院で治療を受けた後、リハビリ専門の病院に転院した。それが桐の木のある病院だ。食品加工工場の仕事に戻ることはかなわず、結局辞めるしかなかった。わたしたち夫婦は、それまで予想もしていなかった生活を始めることになった。

子どもはいなかったから、わたしは毎日病院に通った。転院するまでに夫は、自分の体の状態を受け入れたように見えた。でもリハビリは、彼にとっては苦痛の連続だった。治療そのものよりも、自分の思い通りに動かない体に苛立っていた。それを見ているわたしも辛かった。

秀則さんは会社に入って登山を始め、その楽しさに夢中になっていた。子どものいない気楽さで、わたしも一緒に山行を楽しんだものだ。二人で、あるいはグループで日本中のいろんな山に登った。男体山、榛名山、八幡平、筑波山、美ヶ原、伊吹山……。数え上げるときりがない。

もうそんな楽しみも奪われてしまった。桐の花が咲いている頃に入院して、桐の実がすっかり落ちた頃に退院した。家に帰って一番に秀則さんがしたことは、登山道具を全部捨てることだった。車椅子に座った彼に言われて、捨てたのはわたしだ。悲しい作業だった。彼は黙ってそれを見ていた。

リハビリを頑張れば、杖を使って歩けるようになると思っていた秀則さんの絶望は深かった。それもわたしはよくわかっていた。自宅は車椅子生活に合わせてリフォームしてあった。段差をなくし、ドアは全部引き戸に替えた。

それでも生活の介助は四六時中必要だった。夫に精神的な負担をかけないよう、わたしはなるべく自然な態度で、手助けをしていたつもりだ。気晴らしになるかと、車椅子を押して近所を散歩した。彼も家での生活に馴染もうとしていた。社交的な人で、よく家に友人たちを招いていたので、時折そういうこともした。気兼ねのない登山仲間は、喜んで集まってきてくれた。

夫の世話を焼くわたしをねぎらい、時には秀則さんの世話を引き受けてくれる人もあった。わたしはカフェでお茶をしたり、好きな絵の展覧会に出かけたりと束の間の休息を取ることができた。しかしそれも二年ほどのことだった。

夫はだんだん家に閉じこもることが多くなり、車椅子での散歩も嫌がるようになった。

「みっともないじゃないか」

わたしが強く誘うと、夫はそう言った。

「何がみっともないの？」

努めて冷静に問うのだけれど、彼はもどかしげに自分の脚を左の拳で叩く。

「この体がさ。お前にはわからないのか」

かつてはたくましい筋肉がついていた両脚は、使うことがなくなって細く萎えていた。

「一人でトイレにもいけない。食事だって介助が必要だ。こんな体はみっともない」

わたしがどんなに言葉を尽くしても、彼の神経を逆撫でするだけだった。

やがて登山仲間も遠ざけるようになった。月に数回、通いでリハビリを受けることになっていたのだが、連れ出すのには骨が折れた。子どものように駄々をこねるのだから、始末が悪い。車椅子仕様のタクシーが家の前で待っているのに、なかなか乗ろうとしなかった。見かねて手伝おうとした運転手を怒鳴り付けたりもした。

時に挫けてしまいそうになったけれど、体が不自由になった夫の方がどれだけ辛いかと思ってわたしは自分を奮い立たせた。

　秀則さんとは、わたしが勤めていた歯科医院で知り合った。わたしは受付に座っていて、彼は患者として訪れたのだった。三か月ほどかかった治療の最終日に、食事に誘われた。

　優しい人で、わたしのことを大事にしてくれた。もうすでに山登りを始めていた彼は、山の話をたくさん聞かせてくれたものだ。山頂で見る朝焼けの美しさや、登山道の傍らに咲く花の可憐さ、緑の風の清々しさ。一緒に山に行けたら楽しいだろうなと思った時の自分の高揚した気持ちもまだ憶えている。共に人生を歩むことを、あの時にはもう夢見ていたのだ。

　あの頃の気持ちを忘れまいと、何度も思った。怒りや苛立ちに顔を歪める彼は、かりそめの姿なのだ。この人の本質は、出会った時のあの優しさなのだと自分に言い聞かせた。なにより、わたしは秀則さんを愛しているのだからと。

　いつの間にかそんなふうに十数年が経っていた。

　秀則さんはますます気難しくなり、自分の気持ちをコントロールすることができなくなっていった。リハビリにも行かなくなった。誰も訪ねてこない。家の中にはわたしと夫だけ。彼の怒りの矛先は、常にわたしに向けられる。機嫌を損ねないように、わたしは常にぴりぴりしていた。

口にスプーンで運んだスープが熱かった、着替えさせる要領が悪い、呼んだのにすぐに来なかった、新聞記事を読んで聞かせる順番を間違えた、家の前で近所の人と立ち話をして笑っていた——そんなことで怒りを爆発させた。

興奮すると手がつけられない。動く左手でわたしを打ちすえた。せっかく作った食事をテーブルから払い落としたり、トイレの介助をしている時に、わざと粗相をしたり。風呂場で冷水を長時間かけられたりもした。それでもわたしは耐えていた。この人にはわたししかいない。だから夫はわたしに甘えているのだ。そう思おうとした。どんなにひどい仕打ちを受けても、わたしの愛情は揺るぎないものだと信じていた。

だけど、わたしが唯一拠り所としていた彼への愛の、その裏で育っていたものがあるのに気づいていなかった。いや、気づかない振りをしていた。そこにこそ、わたしは目を凝らすべきだった。自分を冷静に観察すべきだった。そうしていたら、不意打ちのように、それに取り込まれてしまうこともなかったろう。もう今さら遅いけど。

ある日のことだった。秀則さんに食事をさせるために、ダイニングルームに車椅子を押していった。床に何か小さなものが落ちていた。その上を車椅子の片方のタイヤが通った。車椅子がカクンと揺れた。見ると、ボールペンが一本落ちていたのだった。体をかがめて拾い上げようとしたわたしの上に、夫の罵声が落ちてきた。

「バカ！　何やってんだ！　床に物を落としておくなと言ったろう！」

「ごめんなさい」

咄嗟に謝ったが、彼の怒りは収まらなかった。

「いいかげんにしろ。車椅子が傾いたじゃないか。危ないだろ！」

秀則さんはわたしの顔を、いきなりげんこつで殴った。わたしはそのままひっくり返ってしまった。

「気が緩んでいるからこんなことになるんだ！　お前は本当に愚図で使い物にならん」

わたしはゆっくりと起き上がった。床に打ちつけた腰が痛んだ。目の前の飾り棚の上に、鍾乳石の置物があった。どこかの山へ行った帰り、土産物店で買い求めたものだった。木製の台座の上から鍾乳石を持ち上げた。そして振り返った。夫は唾を飛ばしてまだ何かを喚いていたが、耳には入らなかった。細長い鍾乳石をわたしは振り上げた。

それが夫の頭にめり込む瞬間、彼はようやく妻の意図を知ったように目を見開いた。その時思い出の鍾乳石は、秀則さんの頭蓋を砕いた。彼は車椅子ごと横ざまに倒れた。その時はまだ息があったと思う。わたしがもう一回、石を打ち下ろすまでは。

真っ赤な血が飛び散った。夫が結婚前に話してくれた朝焼けよりも赤い色だった。もう一回打ち下ろす。路傍の可憐な花が無残に散った。次の一撃では、緑の風が耳のそばで吹き荒んだ。何もかもが砕け散った。

わたしは、かつては夫を愛していたけど、今はそうではなかった。それにようやく気がついた。人は誰でも美しく正しいものを見ようとする。だけど、そういうものに限って変わりやすい。輝かしいものの背後には、凝り固まった闇が控えているものだ。

秀則さんの遺骸を家に残したまま、車に乗った。どこをどう走ったかわからない。気がついたら山の中のトンネルの前にいた。車を降りてトンネルに近づいた。入り口の横の斜面に桐の木が立っていた。紫色の花が咲いていた。しばらくその美しい花を見上げていた。

そしてわたしは持ってきたロープを桐の枝にかけて、そこで首を吊ったのだ。

以来、わたしはここにいる。トンネルの中から丸く切り取られた風景を見ている。桐の木は何度も花を咲かせ、何度も実をつけた。もうどれくらいの時が経ったのかわからない。トンネルの中を車が通っていく。夜、人が降りて、歩いてトンネルの中に入ってくることもある。わたしはただぼんやり立っているだけ。死んだはずのわたしがどうしてここにずっといるのかわからない。でもここから動けない。

どんな人が来ても、何をするでもない。ただじっと見ているだけ。

でもこの前の夜にやって来た子を見た途端、心が動いた。冷え固まっていたはずのわたしの心が。高校生くらいの女の子だった。トンネルの手前で車から降ろされた。車の中には男が二人乗っていたけど、降りてきたのはその子だけだった。車の中から横柄に命じる男の声がした。女の子は、こわごわトンネルの中に足を踏み入れた。彼女は、ゆっくりと歩いてわたしの前まで来た。その瞬間、わかった。この子もわたしと同じだと。自分の本当の気持ちに気がついていないんだ。いや、そう自分に言い聞かせているだけなんだ。認めてしまえば楽なのに。どれほど自由になれるか。

ついわたしは女の子に歩み寄った。そして耳に口を寄せて囁いた。

「憎しみと愛とは見分けがつかないのよ」

あの子、はっとしたように顔を上げて、体を硬直させた。わたしの声が届いたんだ。なぜなら、わたしたちは同類だから。それだけは瞬時にわかった。

立ち止まってしまった女の子は、やがて迎えに来た男に引っ張られて車に乗せられた。あの子、どうしたろうか。自分の本心に従って行動しただろうか。わたしのように。暗い思いは伝播するのだ。死んだ者から生きている者へと。そしてまた人から人へ。波長の合う者の心を侵蝕していく。

ああ、また桐の実が落ちてきた。弾けた実の中から白い種が飛び出した。

秋も深い。

卵胎生

部屋の中にエアポンプと濾過器が稼働する音が満ちていた。

哲郎は、水槽に移したばかりのミズクラゲの様子をじっと見詰めていた。ミズクラゲはポリプの状態で手に入れ、タッパーで管理していたのだが、温度を下げてやって観察を続けていると、分裂して変態し、成体クラゲになった。それを昨日、水槽に移した。変態していく過程も興味深かったけれど、成体クラゲも見ていると飽きない。自分の許で生まれたと思うと、また思い入れが違うのだ。

成体といってもまだごく小さいので、クラゲが吸い込まれないようにポンプの吸い込み口には細かい網を被せ、シャワーパイプで起こす水流の強さも調節している。水流に乗って浮遊するクラゲを見ていると、哲郎の顔も自然にほころんだ。クラゲ飼育キットなどというものも市販されているが、哲郎は、自分で採集してくることにこだわっている。

隣の水槽にはタコクラゲが泳いでいる。クラゲだけではない。カゴカキダイ、イソギンポ、イソスジエビ、ハオコゼ。ホウズキやイトヒキアジは、顔見知りになった漁師からもらったものだ。哲郎の住まいから車で二十分も走れば海に出る。堤防や磯、港で採集用の網やバケツを持ってうろうろしているうちに、漁師と口をきくようになった。そのうち海洋生物オタクの若者として認識され、売りものにならない魚が獲れた時に、譲ってもらえるようになった。

たった八畳ほどの1DKの部屋は、水槽でいっぱいだ。押入れの中にもダイニングキッチンにも水槽や飼育道具が入り込んでいる。哲郎の生活圏は、布団を敷いて眠る広さだけだ。水槽に囲まれた今の生活を、もう六年も続けていた。仕事場では親しい同僚もおらず、付き合っている女性もいない。それでも哲郎は幸せだった。

仕事は、この生活を維持する費用を稼ぎ出すためのものだと割り切っている。物流倉庫の管理という職は、そういう意味では最適だった。納入される品物と、出荷される品物のチェックをしていればいいのだ。トラックから下ろされた荷物を伝票と照合し、時にはフォークリフトを運転して倉庫内に収める。注文が入れば、やって来たトラックに積み込む。

上司とも同僚とも、トラックの運転手とも必要最小限の会話しかしない。昼食も食堂の片隅でぼそぼそ食べるだけだ。狭い食堂だし、従業員もそれほどいるわけではないから、哲郎のそんなふるまいはひどく目立った。誰とも親しくしない哲郎は職場では浮いていた。自分に「変人」とか「ネクラ男」というあだ名がついていることは知っていたが、気にならなかった。

彼の生活は、飼育している海水魚を中心に回っていた。仕事が終わると一目散に飛んで帰って水槽を覗く。餌をやったり水を換えたりして世話をする。休みの日には海辺に出かけて新しい生物を探す。それこそが至福の時だった。入社当初は食事や飲み会に誘われたりもしていたが、決して参加しない哲郎を、もう誰も誘うことはなくなった。

彼の今の望みは、飼育している魚を水槽の中で繁殖させたいということだった。すくってきたクラゲのポリプを育てるだけでは飽き足らなくなったのだ。海水魚の繁殖は特に難しかった。海水魚は、まず卵を産ませることが難しい。ペアで手に入れても、なかなか産卵にまで至らないのだ。それで腹に卵を持っていそうなメスを採取して飼ってみた。

水温や水流に細心の注意を払って産卵させ、孵化までこぎつけた。しかし、今度は孵化した仔魚を育ててあげるのが至難の業なのだ。淡水魚だと配合飼料を食べてくれるが、海水魚はそうはいかない、仔魚は口が小さいので、生きた動物プランクトンを与えなければならないのだ。そんな餌は容易に手に入らない。せっかく生まれた仔魚は、ことごとく死んでしまった。

こうした数々の高いハードルがあるせいで、海水魚を個人レベルで繁殖するのは困難を極める。一度水族館を訪ねていって、やり方を教えてもらおうとしたが、スタッフは即座に否定した。海水魚を仔魚から育て上げるのにはそれなりの設備と技術が必要だという。

「どうしてもというなら、クマノミを飼うといいですよ。あれなら個人で繁殖できると思います。熱帯魚店で手に入るし」

そう言われて失望した。熱帯魚店で手に入る観賞魚などには興味がなかった。明らかに落胆した様子の哲郎に、スタッフがやや気の毒そうな顔をした。

「それなら、卵胎生の魚を飼うといいかもしれませんね。ウミタナゴとか、メバルとか……。そういった魚の腹の膨れたメスを採集してくるんです」

それから小さな声になって、「でもやっぱりネックは餌です。卵胎生で生まれた仔魚も動物プランクトンしか食べませんから」と続けた。

そういうことで、哲郎のささやかな望みは、未だに実現できないままだ。

それでも、網を持って海辺に行くと、卵胎生の魚を探している。腹の大きなものを探すが、容易には見つからない。顔見知りの漁師にも頼んであるけれど、そうそう都合よく手に入るとは思えなかった。気長に探すしかない。

そんなことばかり考えている哲郎は、職場ではますます相手にされなくなった。事務の女の子からは気味悪がられ、同僚からは嘲りの言葉を浴びせられている。真面目に仕事はこなしているのに、付き合いが悪いだけで不当な扱いをされているとは思う。上司からの受けも悪いから昇進もしない。同期入社の同僚が管理主任だとか防火責任者とかいう肩書をもらうのに、哲郎には何の音沙汰もなかった。

　ある日、例によって海岸端の道路を歩いている時、哲郎のそばに車がすっと寄せられて停まった。窓が開いて、運転手が顔を出した。

「沢田(さわだ)君」

　海の中ばかり見ていた哲郎は、名前を呼ばれて顔を上げた。よく見たら、同僚の手島(てしま)史人(ふみと)だった。

「何してるんだ？」

　そう問われて網とバケツを示し、魚を獲っているんだと答えた。哲郎とは正反対に陽気な手島とは、職場ではあまり話をしたことがなかった。

「へえ！」

　バカにされるかと思ったが、手島は感心したような声を上げた。

「魚か。獲ってどうするんだ？」

　家で飼うんだと、もごもごと答える。

「そうか。時々この辺で沢田君を見かけるから、いっぺん訊こうと思ってたんだ。へえ、魚を家で飼ってるのか。いいな」

　手島はあっけらかんと言った。

「手島君は？　ここ、よく通るの？」

「うん。俺はこれだ」

彼は乗っているＳＵＶの屋根を指差した。

「ああ……」

大きなサーフボードがくくり付けられていた。この先の海岸は、サーフィンに適しているので、サーファーが集まってくるのだった。興味もないからそこに近づいたことはなかった。そういえば、手島はいい色に焦げていた。髪の毛も潮風で傷んだのか、パサついていた。

「じゃあ」

手島は気軽に手を振って、行ってしまった。

この日を境に彼は哲郎に話しかけてくるようになった。海が好きという共通項があるせいかもしれない。しだいに打ち解けた哲郎は、自分の趣味の話もした。たいていの人がうんざりする海洋生物の話も、手島は嫌がりもせずに耳を傾けてくれた。哲郎を変人だと決めつけることもなかった。熱を入れて飼育している海水魚の話をしていると、

「一回見に行っていいかな」と言われ、面食らった。他人を自分の部屋に招くなどということは考えたこともなかったし、実際そんなことは一度もなかった。

「うん、いいよ」

それでもそう答えた。断る理由も思いつかなかった。

次の休みの日、手島は意気揚々とやって来た。部屋に入るなり、たくさんの水槽に目を奪われた様子だった。

「へえ！　凄いな。これ、全部沢田君が海から獲ってきたの？　世話も自分でやってるんだ」

そんなふうに感嘆されて悪い気はしなかった。水槽の中で泳いでいる魚のことを、ひとつひとつ説明した。採集した時の苦労や飼育するに当たっての工夫。繁殖を試みているが、うまくいかないということまで。手島は目を輝かせて聞いてくれた。

「海はいいよな。なんか、無限のエネルギーを感じるな。生命力に溢れてるっていうか」

気のいい様子で、彼は笑った。

お返しに手島の住まいにも招ばれた。知らなかったが、案外近くに住んでいることがわかった。哲郎も手島も、海に通うのに都合のいい場所に居をかまえているのだった。手島の場合はサーフボードの収納がネックで、2DKのうちの一部屋は、サーフボードで占められていた。そこでボードの手入れもするという。海につながる趣味に傾倒しているということでは、二人は同じだった。ただ手島は陽気で人付き合いがよく、職場の同僚でもサーフ仲間でも友人が多かった。しかし彼は、海水魚の飼育という趣味を持つ哲郎にも偏見を持つことなく付き合ってくれるのだった。

仕事場でも気軽に話しかけてくるので、オタクの哲郎を敬遠していた職場の面々も、ちょっと驚いたようだった。まさか社交家の手島が哲郎と親しくするとは誰も思わなかったのだろう。哲郎を見る目も少しだけ変わったような気がした。手島と話している哲郎を、同僚たちはちらちら見て微笑んだりもしたし、事務の女の子がたまに声をかけてきたりもした。疎外されることに慣れていた哲郎には、妙な感覚だった。

だがまあ、少なくとも一人だけは友人ができたということだろう。


それとは関係ないだろうが、状況がいい方向に転がっていった。

「おおい！」

ある日漁港に行くと、漁師が追いかけてきた。

「お前を待ってたんだ。いいもんが手に入ったから」

彼が差し出したポリバケツの中を覗き込んだ。

黒くて長い生き物がくねくねと身をくねらせていた。アナゴかウナギかと思ったが、違う。

「これ、ウミヘビ？」

数人の漁師がにやにやしながら哲郎を取り囲んでいて、彼がすっとんきょうな声を上げると、思った通りの反応だというように声を上げて笑った。

「こいつはな、セグロウミヘビっていうんだ。五日前に網にかかった」

「お前に取っといてやったんだ」

「ほら、お前、卵胎生の魚、欲しがってたろ？」

漁師たちが口々に言う。哲郎はじっくりとウミヘビを観察した。ぬめった艶のある背中は、名前の通り真っ黒でつるんとしている。尻尾の方にだけ褐色の斑点が見られた。長さは六十センチほどだ。小さな頭をもたげようとバケツのへりをくねくね動いている。

漁師の一人が細長い棒でウミヘビをひっくり返した。腹の色は黄色だった。腹が明らかに膨らんでいる。

「あっ！」哲郎は小さな叫びを上げた。「これってもしかして――」

「そうよ。メスだな。今、腹に卵を持ってるんだ。こいつは卵を腹の中で孵すんだ。だから産まれてくるのは子どものヘビってわけだ」

哲郎は言葉もない。海水魚ばかりに注目していたので、ウミヘビまでは気が回らなかった。

一番若い漁師が、ネットでセグロウミヘビのことを調べたんだと言った。セグロウミヘビは、卵胎生という生態を獲得したせいで、海の中で子を産み落とす。よって陸に上がることのない完全外洋性のヘビだ。子どもは二十センチほどに成長したものが生まれてくる。

「だからな、お前が心配してたように、餌に苦労することはないんだ。産まれた子ヘビに小さい魚を与えてみろ。きっと食うぞ」

「そうだ。だいたいウミヘビは貪欲だからな。何でも食うんだ」

「生命力も旺盛だ。餌がなくても一か月でも二か月でも生きる」

「どうだ。いいだろ？　持って帰って飼えよ。もうじき子どもが産まれるとこ、見られるぞ」

「だけど、気をつけろ。ゲンが調べたところによると、神経毒を持ってるらしいからな。嚙まれたらおおごとだ」

「死ぬこともあるって、ネットに出てたらしいぜ。なあ、ゲン」

漁師たちの言葉を、哲郎は半分も聞いていなかった。

美しいヘビだった。背中の鱗は見事なほど揃って鉄色に輝いている。文字通り鋼鉄でできているようだ。体は少しだけ扁平で、小さな頭の両側につぶらな目が付いている。そのバランスもいい。へら状になった尾は外洋を泳ぎ抜く能力を表しているのか。ウミヘビの中ではそう大きな部類には入らないだろうが、どこを取っても完璧な造形に見えた。

それからなんといってもぷくりと膨れた腹。この中に卵が入っているのか。いや、もう卵から孵って何匹かの子ヘビの姿になっているのかもしれない。そう思うと、ぞくぞくした。子を孕(はら)んだヘビが母性を体現しているように見えた。

早く帰って水槽の中で泳がせたい。優雅な姿を想像すると居ても立っても居られず、漁師たちにそそくさと礼を言ってバケツごとセグロウミヘビをもらって帰った。

その日から、哲郎の頭の中はセグロウミヘビに占領された。彼女の——そうだ。腹に子を持ったヘビは、「彼女」と言い表すのが一番しっくりくる。彼女のために大きな水槽を誂(あつら)えた。快適な環境で子を産んでもらいたかった。その水槽を置くために、いくつかの水槽を処分した。もはや他の海水魚には以前のような思い入れを持つことはなかった。

哲郎の情熱は、すべて腹の大きなセグロウミヘビに注がれた。彼女のためにせっせと小魚を海から獲ってきた。セグロウミヘビは、彼が与えるものは何でも食べた。ますます愛おしくなった。自分が食べることも忘れて、哲郎はもうすぐ母親になるウミヘビの世話に没頭した。

「沢田君、最近何だか痩せたような気がするけど、どこか体の具合でも悪いんじゃないか?」

手島が心配してくれたが、「大丈夫」と夢心地で答えた。

「ほんとに？」

親身になってくれる手島に、ついセグロウミヘビのことを話した。

「へえ。卵胎生ね」

手島が少し退いたのがわかった。哲郎がウミヘビのことを「彼女」と呼んだせいだ。

「沢田君は、よっぽどそいつに入れあげているんだな。でもちゃんと飯を食えよ」

「うん。ありがとう」

「子どもが産まれたら見せてくれよ」

「わかった」

サーフィンに行く手島と、海岸端で会うこともなくなった。哲郎が採集に行かなくなったせいだ。もう他の生物には興味がなくなった。飼っていた海水魚を、すべて海に返した。セグロウミヘビだけがいれば幸せだった。部屋の照明を消して、アクアリウムライトに照らされたセグロウミヘビの水槽と向き合う。すると彼女はするすると水槽の中を泳いできて、黒い目でじっと哲郎を見詰めるのだった。

漁師が言ったように、セグロウミヘビには強い神経毒がある。毒牙は目立たないが、噛まれると命の危険もある。何せコブラ科なのだ。しかしこのヘビは、どう見ても哲郎に危害を加えるようには見えなかった。飼い主に気を許している様子が見てとれた。そういうところも、哲郎の気持ちを和ませるのだった。

しかし、そんな蜜月は長くは続かなかった。

ある日、いつものように部屋に飛んで帰ると、水槽が空になっていたのだ。哲郎は驚愕(きょうがく)して一瞬息をするのを忘れた。それから部屋中を捜した。どこにもセグロウミヘビはいなかった。床が海水で濡れているということもない。第一、水槽には蓋を被せていたのだ。あの身重のヘビがどうやって水槽から逃げたというのだろう。哲郎は、空の水槽の前で呆然と立ちすくんだ。水を掻き分けて彼の近くに寄ってくるセグロウミヘビはもういない。しなを作るように体をくねらせる愛しい黒いウミヘビ。はちきれんばかりになった腹から産まれるはずだった子どもたち。

彼らとこれから続くはずだった幸福な生活は、哲郎の手の中からするりと逃げていった。まさに煙のように消えてしまったのだ。あまりのことに、彼は急に広く感じる部屋の真ん中にうずくまってしまった。そのまま何時間もそうしていた。

仕事場で、手島にそのことを告げたのは、ウミヘビがいなくなってから三日後のことだった。

「いなくなったって？」

その事実をどう解釈していいのか、手島は困惑しているようだ。

「水槽の中からどうやって？」

「海に帰ったんだよ」

三日の間、考え抜いて出した結論を、哲郎は口にした。動揺と混乱の三日間だった。そしてようやく自分を納得させる理由を思いついたのだ。

「海に？」

「そうさ。彼女は海で子を産むことに決めたんだよ」

「でも、どうやって？」

マンションの部屋から海までは相当離れている。手島でなくても、疑問を持つだろう。

「あれはやっぱり海でしか生きられないんだ。だから狭い水槽から出ていったんだ。子どもにはのびのびした環境が必要だからね。それは僕も賛成だ」

「沢田君……」

手島はごくりと唾を呑み込んだ。哲郎は彼に向かって笑いかけた。

「でもまた戻って来ると思うんだ。彼女、子どもを見せに」

「あのさ――」

「僕はずっと思ってたんだよ。あのセグロウミヘビのお腹の中にいるのは、もしかしたら僕の子じゃないかって」

「沢田君、君――」

「だからさ、彼女、子どもを父親に会わせようとすると思うんだ」

今度ははっきりと手島の顔に薄気味悪さが見て取れた。

「大丈夫か、沢田君」

「僕はそれを待っているよ」

手島はカラカラに乾いた唇を舐め、何かを言いかけたが、結局何も言わず離れていった。

しばらくして、手島が哲郎を食事に誘ってくれた。消沈している哲郎を慰めようと思ったのか。誰かと向かい合ってものを食べるのは、あまり気が進まなかった。しかし哲郎はそれに応じた。部屋に帰って空っぽの水槽と向き合うと、さらなる虚しさに襲われるのだった。セグロウミヘビが帰って来た時のために、海水を入れた水槽はそのままにしてあった。

「いいよ」と答えた哲郎に、手島はほっとしたようだった。

手島が連れていってくれた店は、小ぢんまりした小料理屋だった。新鮮な海の幸を食べさせるところだと、手島は言った。注文は彼にまかせた。普段はアルコールを飲まない哲郎だが、手島に注がれて一杯だけ熱燗を口にした。熱い塊が喉を通って体の中に落ちていった。

「もうすぐ十一月だ」刺身の盛り合わせに箸をつけながら哲郎は言った。「もうすぐセグロウミヘビは子を産み落とすんだ」

手島の箸が止まった。

「これから冷たくなる海の中で、子どもたちは元気に育つだろうか」

「あ――」手島が困惑しているのがわかった。「でもさ、こないだ言ったじゃないか。あの――ウミヘビは戻って来るんじゃないかって」

「うん」

手島がもう一杯、哲郎のお猪口(ちょこ)に注ごうとしたのを断った。

「そうだな。海は冷たいから沢田君のところの水槽に帰って来るかもな」

明らかに手島は哲郎に話を合わせていた。おかしなことを口走る哲郎の様子をそっと窺(うかが)っている。本当なら他の人々のように、頭から否定したり距離をおいたりするところだろうが、その気持ちをぐっとこらえているのが見て取れた。

「でもさ、あまり思い詰めるのはよくないぜ」

「ありがとう」

その時、店の引き戸が開いて、一人の女性が入ってきた。他に空いた席もあるのに、哲郎たちの隣のテーブルに着いた。座る前の彼女をちらりと見た哲郎は、目を見開いた。彼女のお腹は大きく膨らんでいたのだ。出産間近というくらいの大きさだった。女性が小さな声で注文するのを聞いて、哲郎は落ち着かなくなった。

なぜだろう。なぜ今、自分の隣に臨月に近い女性が座るのだろう。知らず知らずのうちに、横目で彼女を見てしまう。黒い髪の毛は、束ねもせずに背中に長々と垂らしている。褐色に焦げた肌は、サーフィン三昧の手島のそれよりも濃い。妊婦らしからぬ肌だ。それにしっとりと湿っているようだ。爪に施されたマニキュアも——黒だ。

もはや手島の話は耳に入ってこなくなった。

女性が刺身を口に運ぶ様は、セグロウミヘビが小魚を丸呑みする様子を髣髴とさせた。うっとりとした目で隣を見詰める哲郎を、手島が遠慮がちに眺めて咳払いをした。

「もう出ようか」

しばらくして手島が言った。

「いや……」ここを離れたくなかった。女性が気になって仕方がなかった。この人は、もしかしたら水槽からいなくなったセグロウミヘビが、姿を変えて戻って来たのではないか。そんな考えに支配され、哲郎は動けなかった。

「明日も仕事があるし。俺は少し酔っぱらったよ」

手島は腰を浮かしかけた。

「手島君」

手島は中腰のまま哲郎を見下ろした。

「僕はもう少しここにいるよ」

「そうか。それならここまでの勘定は済ませておくよ」

手島はもう止めなかった。哲郎がおかしな感情に突き動かされていると察しただろうが、これ以上は付き合えないと判断したのか、さっと席を立って精算をし、出ていった。

手島が出て行くのを待っていたように、女性が首を回して哲郎の方を見た。濡れたような黒目に真っすぐに射貫かれて、哲郎は硬直した。まさに馴染んだあの目だった。水槽の中を泳いできて、彼を見詰めたセグロウミヘビの目――。

「私、妊娠してるんです」マヤと名乗った女は言った。

哲郎の部屋の中。あれから二人は言葉を交わした。おずおずと自宅に誘った哲郎に、マヤは躊躇することなくついて来た。そして今、部屋の中で向き合っている。空の水槽の前で。

「ここには――」マヤは自分の腹を撫でた。「卵が入っていたの」

「ああ――」哲郎は嘆息した。「君はセグロウミヘビの化身なんだね」

マヤは大きく頷いた。

「でももう卵から孵って子どもになったわ。三匹の可愛い子。元気に動き回っている」

マヤはマタニティウェアの前をはだけた。黒い肌は、やはりしっとりと湿っている。パンパンに膨れた腹が露わになった。哲郎はそこに手を這わせた。ぐにゅりぐにゅりと動く子らの動きが伝わってきた。

「海に帰ったかと思ったよ」

「そうね。でもやっぱりここで産むことにしたの。あなたのそばで」

「そうだ。僕の子だからね」

二人は床に横になった。哲郎はマヤの腹の上に手を置いたまま微笑んだ。

*

手島史人はそっとほくそ笑んだ。

うまくいった。マヤを沢田哲郎に押し付けることに成功した。あの海洋生物オタクと親しくした甲斐があったというものだ。

そもそも変人の沢田と懇意になるというのは、一つの罰ゲームだったのだ。物流倉庫で働く同僚たちの間で、沢田は完全に浮いていた。誰とも言葉を交わさず、一人きりで昼食を摂(と)り、淡々と仕事をこなして帰っていく男と、誰も親しくしようとは思わなかった。

「何が面白くて生きてるんだろうなあ、あいつ」

同僚たちの感想は、専(もっぱ)らそんなところだった。向こうも近寄らないのだから、こっちも相手にしていなかった。ただ近くの海でサーフィンをする史人は、その答えを少しだけ知っていた。海辺で沢田を時々見かけたからだ。彼は捕獲用の網とバケツを持って海の中を覗き込んでいた。きっと奴の趣味は海の魚を捕獲することなんだろうなとは思った。思っただけでそれを他人に伝えることはなかった。彼もやはり沢田には興味がなかったのだ。

サーフィンをする史人は、沢田とは違って友人は多い方だった。しょっちゅう誰かと遊んだり飲みに行ったりしていた。同僚の中でも、親しい仲間どうしでオンラインゲームをやって楽しんでいた。ただ勝敗を決めるだけでは面白くないというので、罰ゲームを用意したりした。ある時の罰ゲームが、オタクの沢田と親しくするというものだった。で、結局史人が負けて罰ゲームをやらされることになった。他のゲーム仲間たちは、どうなることかと、興味津々で見守っていたのだ。仕方がないので、サーフィンに行く時に見かけた沢田に声をかけた。それで彼が、自分で採集してきた海水魚を、部屋で飼っていることがわかった。親しい友人も作らず、女にも興味がなく、魚に没頭しているなんてまさにオタクだ。

しかしゲーム仲間たちは、それだけでは満足しなかった。彼らにけしかけられて沢田の部屋を訪ねた。彼の部屋は水槽だらけだった。そこで飼っている魚の説明をするオタク男にはうんざりした。こんな奴だから人間とはうまく付き合えないんだろうなと思った。流れで自分の部屋にも招待したが、退屈極まりない沢田とは、それ以上親しくしようとは思わなかった。その場限りの調子のいいことを言ってお終いにするつもりだった。そういう軽薄な付き合いは、お手のものだった。

だが向こうは、史人に親近感を抱いたようで、時折話しかけてくるようになった。裏事情を知っている同僚や事務の女の子は、その成り行きを面白がった。少しだけ明るくなったオタク男をからかいの目で見るようになった。今まで居ても居なくても一緒だった男のことが、ちょくちょく話題に上るようになった。

史人はもう沢田に深入りする気はなかった。その頃、彼はある問題を抱えていたのだ。史人にとっては、かなり深刻な問題だった。サーフィンをしながら適当に遊んでいた史人は、女性関係もルーズだった。海辺には、ナンパされることを目的としてやって来る若い女性も多くいた。見栄えもまあまあよく、サーフィンもうまい史人は、そういう意味では女に不自由していなかった。一晩限りの関係を結ぶ相手もいた。

最近知り合ったマヤもそのうちの一人だった。海辺でぽつんとたたずむマヤを見つけた。後悔することになるやっかいな女との出会いだったのだが、その時は気軽に声をかけてしまった。どこか男の気を引く女だった。小麦色よりもまだ濃い色の肌、黒く長い髪、潤んだ瞳、何より豊満な体をしていた。肩を露出した長いワンピースに身を包み、史人の言葉にふわっと頼りなげに笑った。そういった部分にも心をくすぐられた。

サーファー目当てで海岸に来る女たちと風貌は似ているのに、本質的に何かが違った。

口数は少なく従順で、ちょっと何を考えているのかわからないところがあった。チャラチャラした軽い女に飽き飽きしていた史人には、そこが新鮮に映った。サーフィンを早めに切り上げ、マヤを車に乗せた。彼女自身のことは何もしゃべらなかったが、別に気にならなかった。その時は、一晩だけの関係で終わるつもりだったのだ。

国道沿いのレストランで食事をして、史人の部屋に行った。当然の成り行きとして体を重ねた。そこも従順だった。彼女の体に夢中になったのは事実だ。マヤからは海の匂いがした。激しく求めている間中、波に揺られているような気がした。大柄なマヤは、まさに海のような包容力で彼を包み込んだのだ。

別れられなくなった。マヤはそのまま史人の部屋に居ついてしまった。史人が仕事から戻って来るのを、おとなしく待っていた。史人は矢も盾もたまらず、すぐに飛んで帰ってマヤを抱いた。サーフィンをしに海に行くより、マヤといたかった。

マヤの体から無尽蔵の快楽を汲み上げた。密着するマヤの体は、いつも冷たかった。どれほど燃え上がっても、海の中にいるような冷たさだった。その体でねっとりと絡みつかれるのだ。彼の肌を這うマヤの指先も舌も冷たい。ぞっと震え上がりながらも、史人は底なしの愉悦を味わった。

「私、妊娠したの」

そんな日々が続いた後、マヤに告白された。見ればお腹が膨らんでいる。史人は狼狽した。大柄でふっくらしていたから、マヤの腹が大きくなっているのに気がつかなかった。だが、どう考えても妊娠時期の計算が合わない。

「あなたの子よ」

「嘘だろ？　まだ知り合ってそんなに日が経ってないじゃないか」

そこで初めてマヤの意図に気がついた。この女は誰か別の男の子を身ごもったのだ。遊ばれて捨てられたか。彼女は適当な男を探していたのだ。腹の子の父親になってくれる都合のいい男を。そこへバカな男が声をかけた。自分の役回りを察した史人は舌打ちをした。

「いいえ、この子はあなたの子よ。間違いない。この子もお父さんに会いたがっているわ。ねえ、一緒にこの子を育てて」

そう言い募るマヤの目には、尋常でない光が宿っているようで、史人の背筋は凍りついた。どうにかしてこの窮地を脱しなければならない。どこの誰とも知れない男の子どもを押し付けられるなんてごめんだ。だが、マヤは頑なに腹の子は史人の子だと言い張る。今では本当にそう信じているようだ。妄想に支配されたような女が怖かった。そういえば、初めからこの女はどこかおかしかった。海岸で気まぐれに声をかけた自分を呪った。

史人は必死で頭を働かせた。

その時、沢田の言葉が蘇ってきた。

——あのセグロウミヘビのお腹の中にいるのは、もしかしたら僕の子じゃないか。

——でもまた戻って来ると思うんだ。彼女、子どもを見せに。

飼っていたウミヘビがいなくなり、あいつもおかしくなっている。これを利用するしかない。史人は自分の思い付きに膝を打った。

もう時間がない。マヤの腹は、日に日に大きくなった。そのスピードにも人間離れしたものを感じる。史人はマヤに言い聞かせた。これから出会う男が、腹の子の父親になってくれる。優しい男だから心配はいらない。彼と二人きりになったら告げる文言も教え込んだ。この腹の中には卵が入っていたけれど、今は腹の中で孵化して胎児になったのだと。そう言えば、男は喜んで父親になってくれる。

マヤは満足げに微笑み、頷いた。理由はわからないが、納得したようだ。

早速実行に移した。沢田を食事に連れ出した。その店で偶然を装い、マヤと対面させた。沢田の隣に座らせたマヤに沢田が興味を引かれた様子なのを見て、史人は「しめた」と思った。二人を店に置いて出た時には、安堵のあまり全身の力が抜けた。

その翌日も沢田は変わりなく出勤してきていた。マヤとどうなったか気になって仕方がなかったが、平静を装った。沢田はいつものように誰とも口をきかず、淡々と与えられた仕事をして帰っていった。彼が帰るあの部屋でマヤが待っているのだろうか。自分を待っていたように。三日経って、とうとう史人は我慢できなくなった。

「沢田君」

夥しい段ボール箱を収めたアングル棚の前で、沢田を呼び止めた。倉庫の中には他に人はいなかった。

「あのさ、この前の料理屋で、君、後に残ったじゃないか。あれって、ほら、隣に座った――」

「ああ、マヤのこと？」

沢田はあっさりとそう言った。

「マヤっていうのか。あの女の人」史人はとぼけた。「君が彼女を気にしてたみたいだったから。沢田君が女性のことを気にするなんて珍しいと思ったからさ」

「うん。あの後、マヤは僕の部屋に来たよ」

「そうなんだ」

あまりにうまくいったので、危うく笑みを浮かべるところだった。

「で？　どうなったの？」

つい踏み込んだことを訊いてしまう。

「もういないよ、彼女」

「え？」

アングル棚を見上げて、段ボールの数を確認しながら、沢田が言った。

「マヤは出ていったんだ。海で子どもを産んでから戻って来るって」沢田は、手にした端末に数を打ち込んでから史人の方に向き直った。「でも戻るのは僕のところじゃないよ。本当の父親に子どもを会わせてやるんだって言ってた」

「ちょっと、それどういうこと？」

「だからさ、マヤは僕が飼ってたセグロウミヘビなんだよ。でもお腹の子の父親は僕じゃない。そう彼女がはっきり言ったんだから間違いないよ」

「えっと……」

「手島君」戸惑っている史人を、沢田はじっと見詰めてくる。その揺るぎない視線に慄いた。

「君、水槽を買っておくべきだな。子どもが帰って来た時のために」

「よくわからないな、君の言ってること」

額に汗が浮かんだ。沢田は「ふん」と鼻で笑った。そんな沢田を見るのは初めてだった。

「君なんだろ？　子どもの父親は」

「そんなバカな」

「楽しみにしておくといいよ。セグロウミヘビのマヤと三匹の子どもが帰って来るのを」

沢田はくるりと背を向けると、倉庫の奥へ行ってしまった。


沢田の言ったことは、まともには受け止められなかった。

セグロウミヘビに逃げられた沢田と、予期しない妊娠をしてしまったマヤの妄想が絡み合い、さらに支離滅裂な物語を作り上げたとしか思えなかった。いったいマヤはどこに行ったのだろう。いや、そもそもマヤが出ていったというのは本当なのだろうか。あれほど念を押した約束を、マヤがふいにするとは思えなかった。沢田にくっついていれば、生まれた子を、彼が自分の子だと思い込んで養ってくれるのは明らかだったのだ。今さら自分のところに戻って来られても困る。

史人は沢田に何度も探りを入れた。焦る史人とは反対に、沢田は落ち着き払っていた。

「心配しなくてもいいよ。待ってればマヤは帰って来るって。子どもにもすぐに会えるよ」

「いや、そうじゃなくて、マヤはどこに行ったんだろうか」

「だから海さ」

不毛な会話が続く。

海――。そういえばマヤからは海の匂いがした。抱けば抱くほどその匂いは濃くなった。史人は海の底に沈んでいくような感覚で彼女と交わっていたのだった。本当なのだろうか？　マヤがセグロウミヘビの化身だというのは？　あの女は卵胎生だったのか？まさか。自分もおかしくなり始めている。

食欲もまったくない。サーフィンにも行けない。海の近くに行くのが怖かった。

そんな手島に沢田は畳みかける。

「いいな、手島君。もうすぐ子どもに会えるんだから。可愛いだろうな」

「水槽は用意したかい？」

「近くまで来ているかもしれないよ。早く用意しとかないと」

言い返す気力もなくなった。同僚たちは、憔悴していく史人と彼に囁きかける沢田を、遠巻きに見ていた。

あんなバカなことをするのではなかった。史人は後悔した。マヤを沢田に押し付けようなんて。夜もよく眠れない。小さな物音で目が覚めてしまう。マヤの冷たい肌が触れているような感触に、飛び起きることもある。

「彼女と子どもが戻って来たら見に行っていいかな？」

気楽にそんなことを言う沢田を、寝不足でどろんとした目で見返す。かつて自分も言ったのだった。「子どもが産まれたら見せてくれよ」と。あれはセグロウミヘビを飼っていた沢田に向けて発した言葉だった。

「でも気をつけなくちゃいけないよ。セグロウミヘビは強い毒を持っているから。彼女、おとなしいようで獰猛(どうもう)なところもあるからね」

沢田は喉の奥でクックッと笑った。

ある日、出勤しようと部屋の外に出たら、ドアの前に水たまりができていた。水は階段からドアまで点々と続いている。コンクリートの外廊下には、何かが這ったような水の跡ができていた。驚いて部屋に戻った。その日は仕事には行けなかった。

また別の日に仕事から帰ると、ドアに無数の濡れた手形が付いていた。自分の体を這っていた冷たいマヤの手を思い出して、史人は悲鳴を上げた。

「どうやってマヤが俺のところに来るんだろう」

とうとう沢田の妄想に引き込まれた質問をしてしまった。

「だってあいつは俺の住所をよく知らないはずなんだ」

車に乗せて連れていって、そのまま居ついたマヤが、ちゃんとした住所を把握しているとは思えなかった。そこに一縷(いちる)の望みをつないだ。最後の力を振り絞って、沢田に反論したいという気もあった。

「なんだ、そんなことか」沢田は明るい笑顔で言った。「彼女にはわかるんだよ。だって君の部屋は海につながるもので溢れているじゃないか。その匂いでわかる。子どもの父親の居場所が。一つでもそういうものがあれば、彼らはするりと入り込んで来るんだ。だってヘビだもの」

　部屋に帰って、サーフボードを全部車に積み込んだ。クリーンセンターに持ち込んで捨てた。それからもう一度部屋を確認した。ウェットスーツやビーチサンダル、タオル、日焼け止めローション、サングラス、プロサーファーのポスター、沖縄で買った珊瑚の置物、サメの骨でできたブレスレット、乾燥わかめ入りのカップスープまで、海につながるものをすべて処分した。海の匂いを消すために、部屋中に消毒液をまき散らした。

　精神のバランスを崩しつつあるのは自覚していた。それでもそうせずにいられなかった。夜になると、部屋の外で水の音がする。ドアの外にマヤが立っている気がした。彼女の足下で絡み合う三匹の子どものセグロウミヘビの映像が、繰り返し史人の頭の中に浮かび上がった。史人は部屋の隅で縮こまり、震えて朝を待った。

「助けてくれよ、沢田君。俺は——」

「何も心配することはないよ、手島君は待っていればいいんだよ」

　かつてはバカにしていたオタク男の前で泣き崩れた。そんな二人を、同僚たちが気味悪そうに眺めていた。もう誰も史人に話しかけてくることはなかった。

　とうとう無断欠勤をして、部屋に閉じこもった。外に出るのが怖かった。ここには海につながるものはない。たとえドアの外まで来たとしても、中まで入って来ることはないだろう。夜になった。何日も眠れていないせいで、うつらうつらしてしまった。

ビチャリ――。

はっとして目を覚ます。また水の音だ。海水だ。外に水たまりができた時、水は塩からかった。海の水に濡れそぼったマヤがドアの外に立っている？　子どもを連れて海から上がってきたのか？

コン――。

かすかにドアがノックされた。幻聴か？

「やめてくれ！　帰れ！　俺はお前の子の父親じゃない！」

叫んだ途端に口を押さえた。そうだ。ここには海を想起するものはない。異形の親子を招き入れるものは。このまま気配を消していれば、彼らは入って来ることはない。諦めて海に帰るまで耐えるしかない。

史人が見詰める前で、ドアノブがくるりと回る。

「ヒッ！」

ドアがわずかに開いた。そんなはずはない。鍵はしっかりかけたはずだ。だが無情にもドアは少しずつ外に引かれる。史人は細い隙間の向こうの凝った闇に目を凝らした。何も見えない。今はまだ。少しずつ少しずつ隙間は大きくなる。史人は戦慄した。背中を壁に擦り付けながら立ち上がる。

——彼らはするりと入り込んで来るんだ。だってヘビだもの。どうしてなんだ。海にまつわるものはすべて処分したはずなのに。

またドアがわずかに引かれた。まだ十センチにも満たないが、あそこから身をくねらせてセグロウミヘビの子どもが這い寄って来るのだ。史人はガラス戸を開けてベランダへ逃げた。ガラス越しにドアがゆっくり開いていくのが見える。史人はベランダから地面を見下ろした。ここは五階だ。飛び下りることは不可能だ。

その時、自分が着ているポロシャツのボタンに目がいった。途端に呻き声が喉から漏れる。

ポロシャツのボタンは、貝殻を加工したものだった。またドアが開く。

「うわっ!!」

史人はポロシャツを脱ごうともがいた。早くこれを脱いで下に落とすのだ。それしかない。助かる方法は。脱ぎかけたポロシャツで前が見えなくなった。それでも必死でもがいた。何かにつまずいてよろめいた。

バンッ!

ドアが全開になった音と、史人の悲鳴とが重なった。

＊

手島のマンションの前は人だかりができていた。

哲郎は野次馬にまぎれて、手島の遺体を乗せた担架が運び出されるところを見ていた。無断欠勤を三日続けた手島の様子を見てくるように上司に言われた。家も近くだし、君は親しくしていたようだし、と上司は言った。それほど親しくしてたわけじゃない、と心の中では呟いたが、おとなしく指示に従った。

もう手島をまともに扱う同僚はいなくなっていた。あれほど交友関係の広い男だったのに。このところの尋常でない精神状態を見れば、誰も相手にしたくないだろう。仕事中も何やらぶつぶつと呟く手島とは、まともな会話は成立しなくなっていた。うっかり話しかけてどろんとした視線に見返されると、誰もがぞっとしたはずだ。

見かけもすっかり変わってしまった。無精ひげに目の下のクマ。痩せてぶかぶかになった作業着は汚れ放題だ。以前は哲郎が痩せたことを気遣ってくれていたのに、自分の方がひどいあり様になってしまった。

手島のマンションに来て、初めて彼が死んだことを知った。同じマンションの住人が、別の住人に話しているのを聞いた。手島は、朝になってベランダの手すりから宙吊り(ちゅうづ)になっているのが発見されたという。肝を潰した隣人が、消防と警察に通報したらしい。

しかしもう手遅れだった。手島は真夜中に絶命していたのだった。着ていたポロシャツを脱ぎかけたまま、ベランダの柵を越えようとしたようだ。頭を覆ったシャツが、ベランダの柵に引っ掛かって首が絞まった。それで窒息死したというのが警察の見立てだという。奇妙な死にざまだが、誰かに突き落とされたという可能性は低いようだ。

担架が哲郎の目の前を通った。人の形に膨らんだビニールシートの下から手島の腕がだらんと下がっていた。手の甲に、小さな二つの赤い点が並んでいるのを、哲郎は見た。

セグロウミヘビの噛み痕？　あいつは本当は神経毒のせいで死んだのか？

まさか。哲郎はくだらない推測を笑い捨てた。

妄想は植え付けられると恐怖に変わり、人を死に至らしめる。手島のように。だが、本当に死んでしまうとは思わなかった。野次馬から離れながら、哲郎は我慢できず、頬を緩めた。

海水魚オタクの自分が、職場で浮いているのは自覚していた。別にそれはそれでよかったのだが、手島が声をかけてきた。それに応じて彼と親しくなった。サーフィンが趣味の手島とは海のつながりで気が合った。お互いの部屋を行き来した。初めてできた友人は悪くなかった。哲郎は手島に心を許した。

哲郎の偏向的な海水魚への愛も理解してくれていると思った。そういう人物は貴重だと。だから卵胎生のセグロウミヘビを手に入れたことも、それがいなくなったことも話した。手島は本気で心配してくれていた——ように見えた。

だが違った。倉庫の中で同僚たちの話を盗み聞きしたのだ。アングル棚の向こうで笑いながら、彼らは哲郎のことをしゃべっていた。手島が哲郎に話しかけてきたのは、彼らにとってはちょっとした遊びだった。それが罰ゲームだと知って頭に血が上った。何もかもが仕組まれたことだった。

手島自身がしゃべっているところも聞いた。昼休み、二階建て倉庫の外階段の下で。近くに哲郎がいるのを知らず、手島は面白おかしくしゃべっていたのだ。

「あいつ、ほんとに頭おかしいよ。だってウミヘビの腹にいるのが、自分の子じゃないかって言うんだぜ」

どっと上がる笑い声。

「でさ、ヘビが水槽からいなくなったら顔色変えてさ。海に帰って子を産んだら、父親の自分に会いに戻って来るんだと」

「もうイッちゃってるな、あいつ。ウミヘビがどうやって戻って来るんだよ」

「おもしれえ！　もっと揺さぶりをかけてみろよ、手島」

誰かが金属製の階段を踏み鳴らしてヒイヒイと笑っている。手島が何と答えたか、笑い声にまぎれて聞こえなかった。だがその時、哲郎の頭にある疑念が浮かび上がったのだった。水槽からセグロウミヘビを持ち去ったのは、手島ではないのか。一度浮かぶと、もうそうとしか考えられなくなった。

そうだ。そうに違いない。彼は哲郎の部屋に来たことのある唯一の人物だ。どうにかして鍵のかかった部屋に忍び込み、セグロウミヘビを持っていったのだ。哲郎が狼狽し、さらに惑乱の深みに陥るのを見て面白がるために。

信頼していた友人に手ひどく裏切られたわけだ。その事実が哲郎を落ち込ませ、疲弊させた。卵胎生のヘビへの愛情を弄ばれたのだ。自分は真に心を開いて、彼に打ち明けたというのに。手島を海の趣味でつながる友人だと思い込み、心を浮き立たせていた自分が憐れで情けなかった。手島への復讐心が芽生えた。

そんな時、マヤを知った。手島に連れて行かれた小料理屋で出会ったのだ。手島の誘いに乗ったのは、彼の手の内を探るためだった。どうにかしてやり返してやりたいと思い詰めていた。セグロウミヘビを持ち出したのか、問い詰めたい気持ちもあった。あのヘビと子どもたちはどこへ連れて行かれたのだろう。

いろいろと思いを巡らせている時、妊娠したマヤが隣に座った。どことなく冷たい爬虫類を思わせる部分があった。色黒で妖艶でエキセントリックな雰囲気が、彼が愛したセグロウミヘビに似ていた。

たぶんあの時手島の方を見なければ、本当にそう思い込んでいたに違いない。じっとマヤを見詰める哲郎の視界の端に、腰を上げかけた手島の顔が入り込んだ。一瞬緩んだ彼の表情は、「うまくいった」という喜びと、オタク男への侮蔑、嘲笑、嫌悪など、多くのものをたたえていた。

もう一度マヤを見返した。この女も、手島と何らかの関係があるのか。ここへ来たのも彼の企図に沿ったことなのか。そうだとしても、どうしてこの女はあの美しいウミヘビを連想させるのだろう。湧き上がる数々の疑問に混乱しながらも手島を先に帰らせ、彼女を部屋に連れ帰った。

部屋でマヤの言葉を聞いて、彼の推察は当たったと確信した。彼女はこう言ったのだ。

――ここには卵が入っていたの。

話を合わせると、また欺瞞（ぎまん）の言葉を連ねた。

――でももう卵から孵って子どもになったわ。三匹の可愛い子。

哲郎が、セグロウミヘビに入れあげているのを知っている手島からレクチャーされたに違いない。卵胎生の愛しいヘビがいなくなった時、同じことを手島に言った。あの時は本気でそう思っていたのだ。それなのに、手島は自分のセグロウミヘビへの愛着心を弄んだ。もしかしたら、ここまで計算してあれを持ち去ったのかもしれない。

初めから仕組まれたことだったのだ。哲郎を笑いものにするために。なら、それに乗ってやろう。これを逆に手島への仕返しに利用できないか。瞬時に哲郎は考えた。

マヤを問い詰めると、案の定、手島に言われてあの店に行ったのだと答えた。言葉少なな彼女から聞き出すのに時間がかかったが、彼女を妊娠させたのは、どうやら手島らしいということがわかった。どこまで悪辣（あくらつ）な奴なのだろう。一度脇に押しやっていた怒りと復讐心がさらに燃え上がった。

手島の魂胆は手に取るようにわかった。あいつは妊娠したマヤを、体（てい）よく自分に押し付けようとしたのだ。セグロウミヘビへの偏向的な愛を持つ哲郎なら、おかしな妄想で受け入れると踏んだわけだ。そうはうまくいくものか。

マヤはそのまま追い返した。彼女は黙って出ていった。夜の闇の中へ。その背中を哲郎は見送った。少しかわいそうな気もした。この女も手島の犠牲者だと思った。彼に惨く扱われ、頭がおかしくなってしまったのかもしれない。それとも必死に演技をしているのか。どうしても子どもに父親が欲しくて。憐れだった。だから彼女の意に沿う物言いをしてやった。部屋の床で寝転がり、膨らんだ彼女の腹を撫でてやった。

その時、濃い海の匂いがしたような気がした。

手島はそれでもいくらかは後ろめたさを感じていたようだ。そこを利用した。

今度は哲郎が揺さぶりをかける番だった。マヤはセグロウミヘビの変化（へんげ）した姿なのだと、繰り返し吹き込んだ。産み落とされた子は、父親を慕って海からやって来る。もうすぐ手島のところにマヤと一緒に戻って来ると。

　初めは呆れたり否定したりしていた手島も、だんだんおかしくなってきた。精神的に追い詰められているのだ。もう少しだと思った。時には、夜に手島の部屋の外まで行って、海水を撒いてやったり、濡れた手で手形を付けてやったりもした。様子を窺っていると、彼は相当参っているようだった。

　憔悴しきっていて、仕事もまともに務まらない。奇矯な言動が目立つようになった。本気でウミヘビのマヤとその子が自分のところにやって来ると信じているみたいだった。恐怖に支配され、哲郎の脅しに乗って、海につながるものをすべて処分した。

　哲郎の復讐は、絵に描いたようにうまくいっていた。

　だけどまさか死ぬとは思わなかった。死んで見つかる前の晩に何があったのだろう。怯え切ってベランダから飛び下りようとするほどのことがあったのか。あの晩は、哲郎は手島の部屋の前には行っていない。どちらにしても、こうなるようになっていたのだろう。哲郎はたいして罪の意識も持たなかった。

　会社に帰って上司に手島の死を報告すると、皆は驚愕し、混乱した。そんな騒動も、哲郎にとっては他人事だった。これから静かな生活が戻ってくると思えば有難かった。また海に出かけていって、海水魚を採集しよう。殺伐とした部屋を元のように水槽で埋め尽くすのだ。それしか頭になかった。

ざわついた職場を後にして、哲郎は家路についた。

部屋の鍵を開ける時、ぷんと海の匂いがした。懐かしい匂いだ。その幻の匂いを胸いっぱいに吸い込んで、ドアを開けた。

哲郎はその場で固まった。そこにマヤがいた。正座して哲郎を待っていた。

「おかえりなさい」

彼女は嬉しそうに笑った。哲郎は言葉もない。ただ座ったマヤの周囲に水が広がっているのを見下ろしていた。海水だ。真っ黒な二つの目が真っすぐに哲郎に向けられていた。肌も長い髪も濡れそぼっていた。

「とうとう生まれたのよ」

マヤは正座のまま、後ろを振り返った。その先には水槽があった。

哲郎の喉から「グウッ」と呻き声が漏れる。空だったはずの水槽の中に、三匹のセグロウミヘビの子が泳いでいた。

「あなたの子よ」

前に向き直ったマヤがまた笑いかけた。口の中に小さな尖った歯が二本見えた。

湖族

佳孝(よしたか)と私は向かい合って座っている。年に一回程度、私たちはこうして会う。窓の外からは看護師に付き添われて散歩する患者の話し声が聞こえてくる。私は落ち着きなく殺風景な病室を見まわした後、ようやく佳孝に声をかけた。

「顔色が悪いじゃないか。食事、ちゃんと取れてるのか？」

「あまり……」

佳孝は弱々しく微笑む。お互いの近況を尋ね合うおざなりな挨拶の後、私たちの間で始まるのは常に同じ会話だ。あの奇妙な話の口火をきるのはたいてい佳孝だ。この精神科病棟の主治医は、佳孝の話を黙って聞いてやるように私に強いる。それも治療の一環なんだと。

「写経を始めたんだ」佳孝は、痩せて血管の浮き出た手を私の方に突き出してきて、筆を持つしぐさをした。

「そうか」

震える手で筆を握り、写経をする佳孝の姿を思い浮かべてみる。

「英二(えいじ)、君は憶えているだろうね。僕らが育ったあの山深い村のことを」

とうとう始まった。私はいつものように「憶えているさ、もちろん」と答える。あの長い話の枕としての、一種儀式めいたやりとり。佳孝の口からこれが出た途端に、私の足は、じかに踏みしめる夜露に湿った冷たい草を感じ取り、耳は森の奥から低く響いてくるコノハズクの鳴き声を聴き取る。佳孝は辛抱強く、私の意識が故郷の山村にまで飛んでいくのを待っている。

彼の魂はずっとあそこに捕われたままなのだ。

私と佳孝は、同い年の従兄弟（いとこ）どうしだ。佳孝は八歳の時に私の家に預けられた。父の妹である佳孝の母は、離婚して一人で彼を育てようとしたが、元夫に押し付けられた借金を抱えており、手っ取り早い稼ぎを得るために水商売の世界に飛び込むことにしたのだった。

うちも既に母は亡くなっていたので、私と佳孝を育ててくれたのは祖父母だった。無口な父と違って祖父は話がうまかった。あの当時村の誰もがそうであったように、一生を山仕事と畑作のみに従事する学のない男だったけれども、彼は土地の伝説や昔話を母親の愛情に縁が薄い孫たちに次々と語ってくれた。

自分たちの将来の姿を、実直に働く祖父や父に重ね合わせることしか知らなかった私たち二人は、山村という閉じた世界の中、山や森や谷あいにある湖にまつわる話にじっと耳を傾けた。

特に村からそう遠くない場所にある月琴湖(げっきんこ)の底に棲(す)む湖族という種族の話には心を奪われた。たった一杯か二杯の焼酎をいかにも大事そうにちびちびやりながら、語り続ける祖父の声は、今も耳朶(じだ)に貼りついている。木戸を打つ雨の音や窓枠をガタつかせる風の音とともに。

月琴湖は周囲三・五キロメートルほどの、さほど大きくはない湖だったが、水深はかなりあった。岸からすぐにすり鉢状に深くなり、中央部には水の湧く部分と吸い込む部分とがあって、水が激しくうず巻いているのだと言われていた。

湖族は、月琴湖の底にずっと昔から棲んでいるのだ、と祖父は言った。姿かたちは人間にそっくりで、飛ぶように自由に水の中を泳いでいる。背中は鱗でびっしりと覆われていて、体の両脇には小さな鉤爪(かぎづめ)が数本ずつ生えているのだ。日の光の届かない暗い水底で暮らしているせいで、肌は半透明で骨が透けて見えるほど。深海魚のごとく目は退化して、ただ黒い穴のようになっている。

そんな祖父の話を身を寄せ合って聞いていた佳孝と私は、深くて暗い湖の底で藻屑(もくず)を掻き分けてしなやかに泳ぐ湖族の姿を思い描いた。山仕事の手伝いに行く時、月琴湖のそばを通ると岸辺からそっと水の中を覗き込んだりもした。クロモやフサモなどの沈水植物が水にたゆたう様が、湖族の女の長い髪のように見えたものだ。

湖族はたまに人に化けて湖の外に出てくることもある、と祖父は言った。人間をたぶらかして不幸にした挙句、またトプンと湖に飛び込んでしまうのだ。だから気をつけろよ、湖族には、と祖父は酒臭い息をフーッと吐いた。

「湖族をどうやって見分けるんじゃ」佳孝が問うた。

背中の鱗と脇腹の鉤爪を見ればすぐわかる、だから湖族は決して肌を見せないのだと祖父は答えた。

「それにな――」祖父は私たちの方へぐっとかがみ込んだ。「湖族は体の奥から生臭い匂いがするんじゃ。特に男と女がええことをする時にはな――」彼は乱杭歯を見せて小さく笑った。


「朱実に初めて会った時のことは？」

佳孝の声が私を現実に引き戻す。私は目を閉じて、耳を聾する雨の音と叩きつけるように降る雨粒を感じとる。私たちは十九歳になっていた。もともと少なかった級友たちの大半は、村を出ていってしまっていた。そんな中、私と佳孝とは祖父や父の後を継いで林業に従事していた。

あの日のことはよく憶えている。枝打ち作業を終えて二人で山道を下っていた。途中で土砂降りの雨に見舞われた。山は煙り、足元はぬかるんだ。差し交わす枝々を突き抜けるように降る重い雨は、たちまち私たちを濡れねずみにした。

唐突に道端の木の枝が大きくしなって、森の中から人が飛び出してきた。派手な大柄のプリントのワンピースを着た女が勢い余って私たちの前で膝をついたのを、二人とも茫然（ぼうぜん）と眺めた。薄手の生地のワンピースは濡れそぼって体にぴったりと貼りついていた。

「町へはどう行けばいいの？」

女の声を雨音から聞き分けるために、佳孝は恐る恐る彼女に近づいた。私は女の飛び出してきた森の中を振り返った。そこに小径（こみち）が通じているのは知っていた。その脇道をたどると月琴湖へ行きつくことも。

女が言う「町」とは村の中心部のことで、国の山村活性化対策なるもののおかげで道はよくなり、公共の施設もいくつかできていた。

朱実という名の女は、新しくできた温泉施設で働き始めた。朱実はおそらく当時三十前後であったろうと思う。突然村に住みつくことになった女のことを、当然のことだが人々は噂し合った。暴力団員の女だった、山の中で男に無理心中を迫られて逃げてきた、夫も子どももある身だったのに覚醒剤に溺（おぼ）れて身を持ち崩した。

芳しくない噂話だけが飛び交ったのは、彼女がどこか退廃的な匂いを放っていたからだろう。そのくせ、憂いを含んだ眼差（まなざ）しやぷっくりと厚い唇、抜けるように白く豊満な体つきは、男の目を惹きつけた。

「なあ、英二。あいつ湖族じゃないかな。人間をたぶらかしに来たんやぞ」

佳孝の言い草に私はプッと噴き出した。

「朱実は絶対誰とも風呂に入らんらしいぜ。背中の鱗を見られんためやろうが」

言いつつ、佳孝も自分の言のばかばかしさにクスクス笑いだす。山仕事で筋骨逞しい体に成長してはいたものの、私も佳孝も田舎のうぶな青年だった。無論、女をまだ知らなかった。

湖族の話をしてくれた祖父は、その前年に亡くなっていた。祖父が使っていた部屋は私の部屋になった。佳孝は、母屋のそばの納屋の二階を器用に改造して自分の部屋にしていた。朱実をものにしたいと目論む男たちは大勢いたと思う。朱実の方も自分がそういう目で見られていることを重々承知していたようだ。だが、誰かと懇ろになったという噂は聞かなかった。彼女は誰にも心を開かなかった。

村で初めて出会ったのが私たちだったからか、子どもっぽすぎて気安かったのか、朱実は私と佳孝には親しく口をきいた。何かに怯えるようにひっそりと暮らしている朱実からの頼まれごとを、私たちは嬉々としてこなした。やがて父のポンコツ車をどちらかが運転して、朱実と麓の町で買い物をしたり映画を見たりするようになった。

「温泉の姉さんにええこと教えてもろたんか」

口さがない村の男たちにからかわれながら、私と佳孝は朱実に夢中になっていった。

朱実は、幼い男心を弄ぶように私と佳孝とを交互に誘った。

ある夏の晩、私の布団の中にするりと朱実が滑り込んできた。開け放った窓から入ってきたらしい。朱実の体に触れるなり、彼女が欲情しているのがわかった。肌はねっとりと汗で湿っており、導かれた先にあった乳房は、猛々しく私の手のひらを押し返した。私は驚きながらも、すぐさま朱実の体を組み敷いた。

ぎこちなさすぎて乱暴になる私の行為に合わせるように、彼女は私の体の下で変幻自在に形を変えた。まるでしなやかな水棲動物のように。彼女の舌が、私の唇を割って入ってきた。舌の動きと熱い息で呼吸ができない。まるで溺れ死ぬ寸前の人間のように私は喘いだ。稚拙な私の愛撫に、朱実も喘いだ。豊饒の肉を、私は夢中で貪った。

彼女の体の中心を突くたびに、生臭さが匂いたった。

「そうじゃないよ、英二」

佳孝は苦悶の表情を浮かべた。

「朱実と寝たのは君じゃない。僕だ」

カン、カン、カン——ふいに耳の奥に階段を上っていく密やかな足音が甦ってきた。

佳孝の部屋へ通じる外階段の響きだ。私は寝入りばなのぼんやりした頭でそれを聞いたのだった。誰かが佳孝の部屋を訪れたのだ、と理解した途端、私はがばっと跳ね起きた。

裸足で母屋を出て、気配を殺しながら外階段を上った。佳孝の部屋は煌々と明かりが点いていた。私は鍵のかかっていない窓を少しだけ開けて目を当てた。

頭の中がカアッと熱くなり、その後すぐに真っ白になった。窓の方へ背を向けて、全裸の朱実が佳孝の上にまたがっていた。朱実は激しく上下動を繰り返しながら身をのけぞらせた。その背中には、びっしりと鱗が生えていた。朱実が身もだえするたびにそれはぞわぞわと蠢いた。

私は目を大きく見開いた。体の脇には鉤爪が立って、空を掻いていた。湖族だ。朱実は湖族だったんだ。部屋の中は、男と女の精が混じり合って醸し出す生臭い匂いに満ちていた。私は黙ってその行為を見つめ続けていた。

「朱実は湖族なんかじゃない」

私の心の中を見透かしたように佳孝が言った。

「朱実の背中には龍の入れ墨が彫ってあったんだ。龍の胴体からは短い足が突き出ていて、その先に長い爪が生えていた。それはちょうど朱実の体の両脇の辺りにあった。あの龍の鱗と鉤爪を見て、君は朱実を湖族だと思い込んでしまったんだ。そして――」

「そして朱実を月琴湖に戻してやったんだ。あの女は湖族だからね」

佳孝は呻き声を上げた。いつもそうだ。彼の話は、私の記憶と最後の部分が嚙みあわない。朱実と寝たのは私か、佳孝か？　朱実は湖族か、そうでなかったのか？　私はたいていこの辺で口をつぐんでしまう。佳孝は語り続ける。

「君はあの晩、こっそりと帰って行く朱実の後をつけた。そして刺し殺した。朱実が僕と寝たからだ。君は――」佳孝の声が震えた。「君はその死体を月琴湖に沈めた。重りをつけて」

私は笑った。

「お前はひどい勘違いをしているよ。あの湖族の女は、もと居た場所に戻っただけだ」

佳孝は激しく肩を震わせ始める。

「許してくれ、英二。あんなことをした僕が悪かった。君の目を盗んで僕は何度も朱実を抱いた。そのうちどうしても抑えきれなくなったんだ。君に僕たちが愛し合っている姿を見せつけたいという衝動を――」

佳孝の頬を大粒の涙が伝う。

「あの日、朱実にわざと足音をたてて外階段を上ってくるように言ったのは僕だ。君を誘い出すために。そして明かりを点けたまま朱実を抱いた」

佳孝のものをくわえ込んだ朱実が貪欲に、淫靡(いんび)に、腰を沈めてそれを自分の奥深い場所に迎え入れる様――あれは本当のことだったのか？　それとも佳孝が私に植え付けようとしている妄想なのか？

「朱実は嫌がっていたよ。僕以外の人間に背中の彫りものを見られたくなくて。でも僕の懇願にとうとう折れた。あいつは暴力団員の愛人で、無理やりあれを彫られたんだ。ただ横暴な男から逃げてきた哀しい女だったのに……」

嘘だ。あいつは湖族だ。

「お前も見たじゃないか。朱実が川を泳いで下っていくところを。あの泳ぎはとても人間のものじゃないよ。それにほら――」

私は勝ち誇ったように言い募る。

「あれは朱実が湖に帰ってから随分経っていただろう。朱実は僕らの前を生きて身をくねらせながら流れにまかせて泳いでいったよ。あの目を見たか？　祖父さんが言ったように両目とも真っ黒い穴になっていたぜ。目が退化してしまったんだ」

そう私が言うと、佳孝は両手で顔を覆った。指の間からすすり泣く声が漏れてきた。

「君が朱実の目をえぐったんだ。山仕事で使う小刀で。君の小刀は朱実の背中に深々と突き刺さっていたよ」

佳孝は顔を上げ、さらに信じ難い話を続ける。佳孝と情を通じた朱実を、私は嫉妬にかられて刺し殺した。自室から持ち出した小刀で。彼女の美しい顔を傷つけるために両目をくりぬきもした。そして夜のうちに死体を月琴湖に投げ込んだ。

翌年の梅雨時、集中豪雨のため月琴湖から流れ出す川の堤を、男たちは警戒していた。湖も溢れそうになり、水門を大きく開いた。その時だった。村の男たちの目の前を朱実の死体が流れていったのだという。

「冷たくて暗い月琴湖の泥の中に埋まっていた朱実の死体は腐敗が進まず、永久死体になっていたんだよ。増水した川を下っていった朱実の体は屍蠟化していてまだ弾力性もあった。全身の脂肪が白く濁った石鹼のようになっていたんだ。まさに祖父さんが話してくれた半透明な人魚みたいだった。それが水に揉まれながら流されていくところは、軽々と泳いでいるように見えた。だから君は――」

「もういいよ」

私は佳孝の言葉を遮った。だが佳孝の言葉は、後から後から溢れだしてくる。

「小刀が証拠となって君は逮捕された。だが君は朱実は湖族だったと言い張った。精神鑑定が行われて不起訴になった。それ以来――」

それ以来、私はこの精神科病院の閉鎖病棟から一歩も出ることができないのだと佳孝は言う。彼の頭髪はすっかり銀色になってしまっている。それを見るにつけ、私たち二人の上を通り過ぎていった年月の長さと無情さを思い知る。

やがて己の罪を償い続ける男は立ち上がって私に別れの挨拶をする。扉の向こうには、私の主治医が立っていて、佳孝が力なく首を左右に振ると、暗い目をして私の方を見た。

重々しい鉄製の扉が閉められて、彼の視線を断つ。外から鍵が締められる音。

やれやれ、佳孝の奇妙な話に付き合うのは骨が折れる。

湖族はいる。今もあの月琴湖の湖底で泳ぎ回っているのだ。光も音もない世界で。おそらくは朱実も——。

送り遍路

チリン、チリンと金剛杖に付いた鈴が鳴っている。

初老の夫婦らしき、二人連れの遍路が通り過ぎていく。街道沿いの家から同年輩くらいの女性が出てきて、二人に缶コーヒーを手渡した。遍路は菅笠を脱いで合掌をした。菅笠に墨で黒々と「同行二人」とあるのは、「常に弘法大師とともに歩いている」という四国遍路の精神を表している。

私は木陰に腰かけてそんな様子を見ていた。四国は優しい人々の国だ。ここに根づいている「接待」という風習は、ただ遍路者を支援するだけではない。その行為によって自分も功徳を積む、あるいは巡礼者に代理参拝を依頼するという意味合いがある。やっぱりここに帰ってきてよかった。疲弊した心も体も癒されるような気がした。

ついこの間まで私は東京で忙しく働いていた。大学卒業後、外食チェーン店で店舗推進を担当し、各地の店舗の起ち上げに関わってきた。立地調査から店舗デザイン、従業員の採用や教育、独自のメニューの開発、開店後のフォローまで一人でこなす仕事だ。

私生活も充実していた。ひと回りも年上のアンティーク家具店主と、もう十数年来、安定した男女関係を続けていた。上原という私の恋人には家庭があったが、私たちは大人の関係を貫いていた。彼の家庭を壊すことを私は望まなかった。

　常に上質のものを身につけて、ウィットに富んだ話し方をする上原に選ばれた私は、妻とはまた違う人生のパートナーを自任していた。私たちはお互いの生活や考え方を尊重したうえで深く理解し合っているのだと。

　経験も人脈も豊富な彼の勧めに従って、経営コンサルタントの事務所に転職した私は、レストランや居酒屋、料亭など、外食産業の経営を見直すアドバイザーとして業績を上げた。収入も四十代後半の同年代サラリーマンより多かったはずだ。

　二年ほど前に上原の妻が癌で亡くなった。その時でさえ、妻の座につこうなどとは露ほども思わなかった。きっとこの穏やかな関係のまま、年をとっていくのだろうと思っていた。それがそっと人生を添わせる私と上原のカタチなのだと。上原の気持ちも同じだという確信があった。

　だが、彼の気持ちには私のそれとは微妙にずれがあった。上原は人の紹介もあって、人生の伴侶を別に選んだのだ。「僕たちの関係は今までと同じだ」と言う男の言葉に、私は絶句した。長い付き合いの私を差し置いて妻の座についた女に、私は激しく嫉妬した。そしてそれ以上に、そんな凡愚な感情に支配される自分にうろたえた。上原にも同じことを言われた。

「君がそんな女だとは思わなかったよ。結婚とか約束とか、そんな陳腐なものに縛られたいのか？」

その言葉の裏に、私は男のずるさを垣間見た。所詮私は、遊び慣れた男の都合のいい不倫相手でしかなかったのだ。たまに会って食事を共にし、ベッドを共にする肌合いのいい女――。最後にホテルで会った時、ことが終わった後に軽い鼾をかいて眠る上原を見下ろした私は、きっと般若のような顔をしていたに違いない。

チリン、チリン

夫婦の遍路は金剛杖をついて街道を歩いていく。私はゆっくりと首を振った。もう忘れよう。終わったことだ。せっかく優しい人々の国、懐かしい故郷の四国に戻って来たのだから。

私は愛媛県にある第五十二番札所、太山寺の参道脇にある古くて大きな家で生まれ育った。遍路宿も営んでいたあの生家のことを思い浮かべる時、私は遠い昔の奇妙な一日のことを思わずにはいられない。

私が小学二年生の時だったと思う。

その日、二歳違いの兄と二人で留守番をしていた。両親も祖父母も年の離れた姉もどこかに出かけていたのだ。天気の悪い日だったのを憶えている。大人数で暮らしている家に兄と二人きりでいるのが不安なのは、天気のせいもあったのかもしれない。家の前は緩い上り坂になっていて、八十八ヶ所参りの人々がひっきりなしに通るのに、その日はなぜか人通りも少なかった。

「坊、おるか？」

広い土間で誰かが呼ばわった。

退屈しきっていた兄は、喜んで飛び出していった。声だけで、それが寺のお堂に住みついている老人だとわかった。片方の足が不自由な老人は、寺男というほどの働きもしていなかった。壊れかけたお堂を住職の情けであてがわれているだけで、いつも酔っぱらっていた。

その日もほろ酔い加減で、我が家の前を通りかかったついでに兄に声をかけたようだ。兄の孝博（たかひろ）を始め、近所の小学生の男の子は、なぜだかこの老人にまとわりつくのだった。彼は面白おかしい話で子どもらを笑わせ、器用に肥後守（ひごのかみ）を操って竹トンボや杉鉄砲など、男の子の喜ぶ玩具を作った。祖母は、「あの男はよもだじゃけん」と兄がお堂へ行くのを嫌った。「よもだ」というのは、伊予（いよ）の言葉で「そらとぼけた話で人を煙に巻いてすましている人」という意味だ。

「坊、ええもんやろか？」

私が土間に出ていった時、老人と兄は街道に面した板間に腰かけていた。老人は上っ張りのポケットから赤ん坊の拳くらいの石を取り出して兄に持たせた。

か？」

「これはな、ほうき星のかけらやが。坊、今地球に近づいてきとるほうき星、知っとるか？」

後ろから見ても、兄が目を輝かせているのがよくわかった。

「これ、なん？」

「知っとる、知っとる」と首を縦に振る兄を見て、私はため息をついた。またくだらない作り話で子どもの気を引こうとしている——同年代の子よりも早熟な思考の持ち主だった私は、すぐに老人の与太話を見抜いた。

その時、フランス人とドイツ人の名前を組み合わせた長たらしい名前の付いた彗星が地球に接近していたことは本当だった。ニュースで何度も話題になっていたので、私にも知識はあった。その彗星が太陽を二周回するごとに（それはだいたい十数年に一度らしいが）、彗星の軌道と地球の軌道とがほぼ完全に交差する。その他いくつかの条件が揃えば、軌道にばら撒かれたチリが、わずかに遅れて通る地球にぶつかって、素晴らしい流星群となるのだという。

老人の話はこうだ。過去に彗星は、ヨーロッパやアメリカに流星雨を降らせた。実際に隕石もいくつか落ちてきて人に拾われた。母彗星と地球に残ったかけらとは、距離が最も近づいた時、ある作用を持ち主に及ぼす。それは「人の念を電気信号に変える」というものらしい。具体的には、このかけらを握ったまま電話をすると、願った相手に、時間や空間を超えてつながるというものだった。

「この前、ほうき星が近づいてきた時、わしの親父はひょんなことからこの隕石を手に入れてな。そんで一週間前の自分に電話をかけたんじゃと」

「自分に？　電話を？　かかったん？」

「かかったわい。ほんでな――」

よもだ老人は声を落とした。私は耳をそばだてた。老人の父親は過去の自分に電話をかけて、地方競馬のレースでの勝ち馬を教えた。そしてまんまと大金を手に入れたのだと言う。

「これは坊にやろ。今日の二時三十一分に一回だけ坊の望む相手に電話できるんやで」

兄はもう、拝まんばかりに有り難がってその隕石とやらを頂戴した。兄は学校の勉強もよくできるのに、なんでこんな話をすぐに信じてしまうのだろう。私はため息をついた。

「ええか。ほうき星とこの石とが呼び合う時には、空気の中に電気が走るんや。こう、ビビッとな」

老人はふらつく足取りで出ていった。兄は得意満面で私の方を振り返った。

「バカじゃないいん、タカちゃんは。そんなん、嘘に決まっとる」

母が用意していってくれた昼ごはんを食べる間も、私は隕石なるものをいじり回す兄を冷めた目で見ていた。からかわれているのにまだ気づかないのだ。困窮の極みにある老人が、父親と同じように大儲けできるチャンスを人に譲るわけがないとなぜ思わないのだろうか。だが、兄は大まじめで言った。

「美幸(みゆき)は知らんやろ。この前、あの彗星が地球に一番近づいた時にはいろんな不思議なことが起こっとるんじゃ」

曰(いわ)く、大きな貨物船が海の上で消える、渡り鳥がいっせいに間違った方向に飛ぶ、海流が逆流する、アメリカ海軍の通信機能が混乱して名もない小さな島に攻撃を仕掛けそうになった……等々。少年向けの科学雑誌から仕入れたらしい話を兄は得意満面で披露した。

これらはすべて彗星の接近によって地球の磁場が狂ったせいで、だから電話が時空を超えてどこかにかかってしまうというのは、あり得る話だというのが彼の持論だった。それを可能にする彗星のかけらを自分は手にしているのだから絶対だと言い張る。私はよく煮えたジャガイモに箸をぐさりと刺して上目づかいに兄を見た。私の下唇がわずかに突き出されているのを見て、兄はむきになった。

「そんならちょっと試してみよか」

茶の間の隅に置いてある黒電話の受話器を取りあげる。

「まだかからんやろ、時間がきとらんのに」

私はつい釣り込まれてそんなことを言った。

「試してみるだけ。この石持っとったら電話がどんなになるか」

兄は受話器を耳に当てて、そこから聞こえてくる音を一心に聴いた。ひんやりと薄暗い家の中で、私も息を詰めた。兄はいったいどこに電話をかけるつもりなのか。

「美幸、聴いてみ」

差し出された受話器と隕石とを私は素直に受け取った。兄の体温の残る、重量のある受話器からは、誰かが遠くでやりとりしている声、調子はずれの音楽らしきもの、耳障りなジジジッという音が漏れ聞こえてきた。ただ電話が混線しているだけだ。そうわかっているのに、なぜだか私の背中を冷たいものが滑り落ちていった。

雨が降り始めていた。湿った風が窓から吹き込んできて、家の中は一層暗くなった。雨脚はしだいに強まった。だから私たちは、家の前でお鈴（りん）を鳴らして光明真言を唱えているお遍路さんがいるのにしばらく気づかなかった。

兄が米櫃（こめびつ）からお椀（わん）ですくった少しばかりの米をお布施（ふせ）として渡した。こうした接待は、「報謝（ほうしゃ）」とも言い、子どもも日常的によくやらされていた。だが遍路は立ち去らなかった。どうやら今夜の宿を頼まれているらしい。兄は今日は人手がないので泊めることはできません、と母に教えられた通りに断った。

「そんなら、雨がやむまでここにおらしてくれませんか」

雨の匂いをまとったお遍路さんが入ってくる気配がした。私は急いで土間へ出ていった。咎（とが）めるように兄を見たが、彼は首をすくめただけだった。

痩せ細った女のお遍路さんだった。金剛杖を皺だらけの手で、すがりつくように握っていた。ひどく年を取ってみえた。私は、この人は一般のお遍路さんだろうか、それともヘンドだろうかと目を凝らした。「ヘンド」というのは物乞いとほとんど同義語であり、職業遍路と言えば聞こえはいいが、遍路道（へんろみち）沿いの接待を当てにして歩く人々のことである。接待する側としては、お遍路さんの格好をしている者を無下に扱うこともできず、いくばくかの金品を与えて村を通過させた。

こうして一生お四国を巡り続ける遍路のことを人は「送り遍路」とも呼んだ。自分たちの地域からさっさと去ってもらう、つまり送り出すという意味からきているのだろう。要するに社会から弾き出された人々を表しているのである。

女遍路の白装束は、くたびれてはいるが、薄汚いということはなかった。顔にも深い皺が刻まれているせいで、萎んだように見える。が、色は白くて唇は年に似合わずふっくらとしていた。首にしゃれた藤色のスカーフを巻いているところなどから、見てくれほどには年寄りではないのかもしれない。

遍路は兄に断って高い上がり口に腰を下ろした。私は湯呑に薄い茶を入れて彼女に差し出した。遍路は何度も礼を言ってそれを受け取った。その時私は、遍路の白装束の裾のあたりに禍々(まがまが)しい赤い染みを見つけた。

「あ、おばちゃん、そこ」考えるより先に声が出た。

女遍路は、ちょっとそこに目を落としてから茶で喉を潤した。

そして「へえ、今、人を殺してきましたけん」とこともなげに言った。私は土間の式台に座った兄の隣に回り込むと、体をぴたりとくっつけた。彼女は落ち着いた所作で湯呑の茶を飲み干した。

「嬢ちゃん、あたしの話、聞いておくれんか?」

なぜだか女遍路は私の目だけを覗き込むようにして、そう問うた。私は身をこわばらせて兄の陰に隠れた。怯えきった二人の子どものことなど気にもとめず、遍路は憑かれたようにしゃべり始めた。


あたしが殺したんは、弟ですがな。ちょうど十歳年下の。さっき山の中で殺して埋めてきたんよ。あの子が生まれる時、母親に言われるまま、取りあげたんもあたしやった。この世に引っ張り出したんも、死なしたんも姉のあたしということになりますなあ。

あたしらはね、阿波(あわ)の国の、ここよりもっと山奥の出です。あたしが嬢ちゃんくらいの時、父親が死んでしもてね。そんで母は暮らしに困って父親の実家に身を寄せたんじゃ。大きな家じゃった。村一番の分限者(ぶげんしゃ)でね。林業やら製材業やらを人を雇ってやっとりましたけん。

村で一軒だけ電話も引いとった。祖母は息子夫婦の結婚には反対やったようで、あたしらが一緒に暮らしだしてもええ顔はせんかった。家の中の日当たりの悪い北側の部屋をあてがわれて、母は奉公人みたいに働かされました。

母の代わりにおカネさんていう下働きのお婆さんがあたしの面倒をみてくれたんよ。話のうまい人でね。いっぱいお話をしてくれましたがな。あの地方に伝わる昔話や民話をね。滑稽な話も、しんみりする話も、それから怖い話も、おカネさんにかかるとありありと目の前に浮かびあがってくるようでしたの。

坊ちゃんや嬢ちゃんは山人（やまんど）てもん、知っとりますか？　山の奥深くにひっそりと棲んどる人らのことです。おカネさんが言うには、それは人の形はしとるけど、人間ではないんですと。猟師が山の中で、血の一滴も残っとらん干からびた獣の死体を見つけたら、「こらあ、山人の仕業じゃな」と言うんやそうです。山人は、たまに人里まで下りて来て、人間の女に子どもを産ませておいて、ある程度育ったらまた山に連れて帰るて話でしたわい。

あたしはおカネさんのそういう話をまともに信じとりました。みんなはそんなん、迷信やと笑っとりましたが。深い山懐で暮らしとったら、そういうこともあるなあて、思うんですが。子どももやったし。そやから、母のところに夜更けに誰かが通って来るようになった時、あたしはてっきりそれが山人やと思うてしもたんです。ぐっすり眠っとるあたしを、母がそっと起こして隣の部屋へ行くよう言うんです。隣は布団部屋で、あたしは寝ぼけたまま、冷たい布団の中に潜り込まされよった。

母が襖（ふすま）を閉める刹那、向こうの襖がすうっと開くのを幼いあたしは何度も見ました。ちいとしたら、母の啜（すす）り泣く声がし始めて、あたしは気が気じゃなかった。おおかた母は山人にひどいことをされとんじゃと思うてな。まだ男と女のすることなんか知らんかった。獣みたいな呻き声もしましたけんね。

ほれから母のお腹が大きぃになりだしたんです。そうなっても時折その誰かはあたしらの部屋へやってきて、母に同じことをしとりました。とうとう誰にも隠せんほどお腹がせり出してきて、祖母は怒り狂いました。母は仕事もできんようになって「ごくつぶし」の「恥知らず」やと。そんでしょうがないけん、みんなが出払った家の中であたしと母とで留守番をしとったんです。

あたしは電話番もできるようになったんよ。布団部屋の前の廊下の突き当たりに電話器が置いてあったもんで。なんせ村に一本だけの電話でしょうが。近所まわりの人宛てにかかってきたら、急いで走って呼びにいったげるんです。電話をかけてくるんは、たいてい急用と決まっとりましたけん。

母が赤ん坊を産んだのも布団部屋の中じゃった。血まみれの赤ん坊を、母の足の間から引っ張り出したんは、たった十歳のあたしでした。ちっぽけな男の子でな。母が男の子を産んだことを知った祖父は、たいそう喜んで、その子を家の跡継ぎにすると決めたんじゃ。

その時になって初めて、あたしは人の噂話から、赤ん坊の父親が祖父じゃと知りましたのや。時折、母の寝床を訪れとったんは、祖父やったと。弟はすくすくと大きくなりました。うっとり見惚れるほどきれいな顔をしとったけど、甘やかされてどうにもならん人間になりました。

あの子は何でも欲しがるんですが。お菓子でもおもちゃでも、車でもお金でも、女でも、何でも。ところが誰もそれをよう断らん。叱りもせん。あの子が欲しいゆうたら何でもやりとうなるんです。そんだけ人を虜にする魅力を持っとったんです。自分でもそれをよう承知しとって、駄々をこねるんやから始末におえません。弟は、純粋で可愛いて、悪がしこうて、邪悪な子ォでした。

祖父が死んだら、受け継いだ財産を湯水のように使いました。すぐに家は没落してしもた。祖母は母を責め、母はそれを苦にして首をくくりました。これも布団部屋でな。それを見つけたんもあたしでした。

あたしと弟は借金から逃れるために村を出たんです。ヘンドになって、人から施しを受けて生きていくしかありませんけんな。もう何度も何度も八十八ヶ所を巡りました。

逆打(さかう)ちしたら、お大師さんに会えると言われてそうもしてみたけんど、お情けはもらえんかった。あたしらには、もうどこにも救われる道はないんです。ようやっとそれに気づいたんです。じゃから弟を殺しました。どしてかと言うと——。

　女遍路の両の目尻がついっと吊り上がった。全身が粟立(あわだ)った。私は叫び出さないように、兄の肩の辺りに口を押しつけた。兄も小さく震えているようだった。

「どしてかと言うと——弟は山人やったからです」

　外で雷が鳴った。ヒッと思わず声が漏れた。

「あれは人間ではありませんでした。母を犯して子を産ましたんは山人やったんです。皆は間違っとる。弟の父親は祖父やなかった」

　この女の作り話だ。そう思おうとした。

「あたし、年、なんぼに見えます？」ふっくらした唇を歪めて女遍路は笑った。「これでもまだ四十一ですけん」

　兄が「えっ!!」とうわずった声を上げた。稲光が走って一瞬だけ暗い家の中が照らしだされた。萎え縮んだような女の顔が白く浮き上がった。疲れ果てた女遍路は、どう見ても六十は過ぎていた。

「弟とあたしには、誰にも言えん秘密があったんよ。あの子の子守をしとったんはあたし。背中にこう背負うてな。ゆすりあげて守をしとった。母はお産が済むとまた働かないかなんだけん。弟は乳離れしたら、口寂しいんか、あたしのうなじに歯を立てて、ちゅうちゅう吸うんですがな。おんなじとこを吸われるもんやから傷になってな。弟が吸うとんがあたしの血やと気づいた時には、あの子はもう血の味を覚えとった」

　女遍路は、首に巻いたスカーフをするりと解いた。首すじには、鋭い歯を何度も何度も立てられたような、古傷があった。兄の肩ごしに、私の目はそこに吸い寄せられた。

「あの子は母をわがまま放題で困らせ、祖父から金をせびり、雇い人からちやほやされ、村の若い衆と結託して悪さを働き、疲れたらあたしのとこへ来てちょっと傷をつけたとこから血を舐めとりました。そりゃあ、あんた飴をしゃぶるみたいに。小さな弟がそうするんは、何か愛おしかった。あたしはされるままになっとりました。弟がだんだん大きくなっても、あたしらの秘密は続きました。あたしはいっぺん嫁にいったんやけど、弟は、嫁入り先にまでやって来るんです。そんで言うんです。『姉ちゃん、ええか？』て。あたしは『ええよ』て首を突き出すんですわ。なんでやろ。そう言わずにおれんかった。人目につかんとこで、二人寝転がって首から血を吸わせてやっとるんを亭主に見られて誤解され、家に戻されました」

　熱を帯びたようにしゃべり続ける女遍路は、迷いなく私だけを見ていた。

「さすがにその時は、これではいかんと思うて、弟にきっぱりとこの悪癖をやめるようにゆうたのです。もうあの子も二十歳を過ぎとりましたけんな。そしたら、あんた、どうなったと思います？」

兄がごくんと唾を吞み込んだ。

「弟が気に入って逢い引きしよった村の若い女の子ォが急に姿を消したんですが。だいぶ経ってから山の中で死んどるのが見つかりました。首を掻き斬られて体の中の血は大方流れ出してしもうとりました。結局誰の仕業かわからんままじゃったけど、あたしも母も、それから祖父も、弟のやったことやと確信しとりました。せやけど、あの子が山人やと気づいたのは、あたしだけやと思います。生き血を飲まんと生きていけん山人やと」

私と兄とは、時折稲光に浮き上がる土間の式台で、身を寄せ合って奇妙奇天烈な話に聞き入っていた。あまりに引き込まれたせいで、怖いという感情もどこかに吹き飛んでしまっていた。

「山人は、何で我が子を連れに来んのやろ、と思うたけど、その頃にはもうおカネさんも死んどったから、誰に訊くこともできなんだ。あたしがほんのちょっとの血を惜しんだせいで人が死ぬんやと思いました。やから、ヘンドになってからもあたしはこの首からちょっとずつ血を舐め取らせてあの子の気をまぎらしとったんです」

それまで私を射すくめるように見詰めていた女は、すっと視線を落として弱々しく首を振った。

「この通り、あたしはあっという間に老けてしもた。男盛りになった弟は、もっとたくさんの瑞々(みずみず)しい血を欲しがるようになりました。あたしはもう疲れてしもた。弟を生かしておくわけにはいきません。あの子はあたし以外の者から血をもらおうとするでしょうな。誰があんた、はい、どうぞてくれるもんかね。いずれ山人の弟は、また人を殺すに違いない。じゃけん、その前にあたしは弟を殺したんですがな」

女は気が抜けたみたいにがくりと前のめりになった。

「弟は生まれてきたらいけんもんでした。あれは山の魔物やったんです。あの子を取りあげた時、殺しとくべきやった。どんなに可愛い子でも、心を鬼にして。ほなら母は死なずにすんだし、あたしももっとましな人生が送れたやろうに」

女は藤色のスカーフを目に当ててひとしきり泣いた。私たちは身じろぎもせず、泣く女遍路を見ていた。

何度目かの稲光が家の中を貫いた時、その光の粒子が空気の中にちりばめられてそこここに留まった。ちりちりと空気が帯電し、私の髪の毛がふわりと持ち上がった。柱時計が「ボーン」と大きく一つ鳴った。その時だった。兄が式台から滑り下りて、女遍路に駆け寄った。ポケットから隕石を取り出して女に握らせると、兄は言った。

「おばちゃん、電話をおかけ。あの時の自分に。赤ん坊を取りあげたばっかりの、子どもの自分に」

私は、はっとして柱時計を見上げた。午後二時三十分。もう後数十秒で彗星は地球に最も近づく。そしてそのかけらを持っている者は、一回だけ時空を超えたところに電話ができる。

兄に促されて、訳もわからずに女は、茶の間の黒電話を取りあげた。そして昔、彼女が住んでいて、今は失われた祖父の家の電話番号を回しだした。私は憑かれたように、柱時計を凝視していた。長針が三十一分を指した時、電話はつながった。

「殺さないかん」茶の間から、押し殺した女の声が聞こえた。低いが決然とした声だった。「あんたのその手で」女は子どもの自分に向かって、噛んでふくめるように言った。「そこに枕があるやろ。それを顔に押しつけたらええのや。すぐに済む」

雷。激しい雨。黒電話にしゃべりかける女。兄の後ろ姿。

その後のことはよく憶えていない。たぶん、雨宿りを終えた女遍路は静かに出ていったのだろう。あの時間、日本の裏側で夜を迎えていた国の観測地点では、華麗な天体ショーが見られたという。それ以来兄と私とは、あの日のことを話題にすることはなかった。力を失った隕石は、しばらく兄の机の上に載っていたようだが、いつの間にかなくなっていた。

女遍路が、それで人生をやり直せたかどうか、私は知らない。

チリン、チリン

鈴の音に、私は我に返った。また一人、歩き遍路が街道を行く。さっきの女性が、道の反対側にいる私に気づく。わざわざ道を渡ってやって来て、缶コーヒーを差し出した。私はそれを素直に頂いた。合掌して礼を言い、缶コーヒーを頭陀袋(ずだぶくろ)にしまう。

「お気をつけての」

女性の言葉に送られて、私は金剛杖をついて歩きだす。前を歩く遍路の白衣(びゃくえ)の背中に「南無大師遍照金剛(なむだいしへんじょうこんごう)」とあるのを、じっと見据えながらゆっくりと歩を進める。いくらも行かないうち、首に掛けた輪袈裟(わげさ)を直そうとして、ブラウスのボタンのそばにぽっちりと黒い染みがあるのを見つけた。今まで何で気がつかなかったのだろう。こんなところが血で汚れているのを。

最後に上原とベッドを共にした時、眠る彼を見下ろしていた私は、体の内側で燃え上がる嫉妬心にじりじりと焼かれて身もだえせんばかりだった。

都合のいい愛人だった私が、おかしな執着心を見せることに、彼が辟易(へきえき)しているのはよくわかっていた。もしかしたら、後腐れなく別れる方法を頭の中で模索しているかもしれないということも。だが私は、この男をもう誰にも渡したくなかった。私だけのものにしておきたかった。その時、サイドテーブルの上の電話が鳴ったのだ。恐る恐る受話器を取りあげた私の耳に、あの声が聞こえてきた。

「殺さないかん」四十年も前に聞いた女遍路の声を私は忘れていなかった。「あんたのその手で」

最後まで聞いた後、私は枕を取りあげて上原の顔に思い切り押しつけた。迷いはなかった。愛しい男は手足をバタバタさせて抵抗した。相手は赤ん坊ではないのだ。簡単に窒息死させられるはずもない。私は電話の横に飾ってあったブロンズの置物で、彼の頭を何度も殴りつけた。

十何年も付き合ってきた恋人を私は殺した。我に返ってシーツの上を見ると、そこには苦悶（くもん）の表情を浮かべた醜い老人の顔があった。乱れた銀髪や生白い腕、貧相な裸の胸を、私は不思議な気分で見下ろしたものだ。これが本当に私が欲しかった男なのだろうか？　後悔も落胆も、哀しみさえも湧いてこなかった。憑き物が落ちたみたいに私は穏やかな心持ちだった。

四十年前の雨降りの日、彗星が地球に最接近した日、女遍路が私の家からかけた電話の相手は、子どもの頃の自分自身ではなかったのだ。あれは過去にはかからなかった。電話は未来にかかってしまった。あの時、私の目だけを覗き込むようにしてしゃべり続けた女が、何もかも見通していたのか、それともただ電話が混線しただけなのか、とにかく、ホテルで眠る恋人の顔を見下ろしていた四十年後の私のところにかかってきた。

ホテルを飛び出した私は、そのまま四国へ渡った。その時から、遍路になって四国霊場を巡礼すると決めていた。第一番札所で身支度を整えた。死に装束といわれる白衣に身を包むとほっとした。その時にも、ホテルから着たままの服に血の染みがあるのに迂闊にも気がつかなかったのだ。

前をゆく遍路がふいに振り返った。菅笠で半分隠れた顔の、ふっくらした唇が遠くで笑う。首に巻いた藤色のスカーフが風になびいている。あの人、まだあの時の姿のまま、お四国を巡っているんだわ。なんと業の深いこと。

罪深い私たちは歩いても歩いても、とうてい補陀落浄土にはたどり着けない。そればかりか、何度も何度も四国八十八ヶ所を回っているうちに、やがて正しい遍路道からはずれてしまう。そしてそっと異界に送り出される。

私たちは送り遍路。永遠に歩き続け、祈り続けるしかない。それでも許されることはないだろう。お四国を巡る遍路道は大きな閉じた円環である。どこにも終わりはない。

果てなき世界の果て

「どうなんだよ、そっちの暮らしは？」

「快適」

「へっ」

瑛士（えいじ）が缶ビールをあおる音が聞こえた。

「こっちに来てもう一年と三か月経つんだ。慣れるに決まってんじゃん」

柊太（しゅうた）は焼酎のソーダ割りをちろりと舐める。

「東京には今度いつ来る？」

「ええと――、次は来月の予定。不定期だけど、数か月に一回は会社でのミーティングがあるからさ。でもこの前は別口で行っただろ？　ほら、二月に。リアル店舗の下見にさ。老舗の和菓子屋の店主にどうしてもって頼まれたんだ」

その時は、瑛士の都合がつかなくて会えなかったのだ。

「お前も地方へ移住したら？　東京なんかにしがみついてることないって。なんならこっちへ来いよ」

「うーん、どうかな。まあ、考えとくよ」

「ちょっと待て」と言って、新しいビールを取りに行った。大学時代の友人である瑛士とのオンライン飲み会は、気分転換にはちょうどいい。

「俺の場合、体張ってなんぼの仕事だもんなあ。そんな田舎じゃあ、働き口、ないだろ？　リモートでできる職探しすんのも億劫だし、引っ越しすんのも面倒くさいし」

瑛士は「へへへ」と笑う。

「いつもそれだ」

瑛士は、スポーツジムでインストラクターをやっている。

柊太は、デジタルマーケティングを手掛ける会社に勤めている。企業や事業主から依頼を受けて、製品やサービスの宣伝を、デジタルテクノロジーを利用して行う。それだけではなく、ウェブサイトへのアクセスの分析や、消費者動向に関するデータ収集、蓄積も重要な仕事だ。要するに、デジタルデータの活用を通じて、多様化する消費者の情報をとらえ、的確なマーケティング情報をクライアントに提供するのだ。

ネット環境があればどこでもやれる仕事だから、毎日出勤する必要も特になく、昨年、東京を離れた。北関東のこの地に決めたのは、東京へのアクセスがいいことと、自然が豊かで生活費があまりかからないことなどが気に入ったからだ。まったく縁のない土地だったが、数ある移住サイトを検索して見つけた。

柊太の会社では、同じタイミングで多くの社員が地方移住を決めた。家族持ちの同僚は、奥さんの実家がある北海道へ行ってしまった。たまにオンラインで話すが、奥さんも機嫌がよく、子どももものびのびしていると言っていた。

「なんであんなごみごみしてるとこで暮らしてたんだろうって、今になって思うよ」

後日送ってきたメールには、家族でキャンプをしている写真が添付してあった。東京にいる時は仕事人間だったのに、変われば変わるものだと思った。子どものことを考えると、移住は正解だったのだろう。

一昨年から昨年にかけてウイルス性の感染症が流行した。今まで人類が遭遇したことのない未知のウイルスが原因だった。アジアから流行が始まり、じわりじわりと他の地域にも広がった。感染率が高く、各国は水際対策に躍起になったが、それをすり抜けて世界中に広がってしまった。日本でも都会を中心に、感染症が蔓延した。幸いにも予防ワクチンが開発されて、だんだん収束に向かっている。東京でも一時猛威を振るっていたのだが、今は感染者数はかなり抑えられているようだ。

この感染症流行をきっかけに世界はすっかり変わってしまった。

ワクチンができるまでの間、感染を防止する一番の手立ては、人と人との接触を減らすことだった。不要不急の外出を避けることが呼びかけられて、一時は街から群衆が消えた。学校ではオンライン授業が行われ、企業でも可能な限りのテレワークに切り換えられた。すると、毎日出社していた生活ががらりと変わった。

柊太のような仕事はテレワークに適しているから、特に何の問題もなかった。北海道に移住した同僚が言ったように、なんで毎日満員電車に乗ってオフィスに通っていたのか不思議だった。

感染症が収束に向かっても、新しい生活スタイルは定着したままだった。会社は、高い家賃を払って都心にオフィスを構える必要性を感じなくなった。それでオフィスを解約し、社員にはそのまま自宅勤務を続けるよう促した。地方へ移住したい者には、会社から補助金が出る制度までできた。

それを利用して、柊太はここへ越して来たというわけだ。

業務は、東京にいた時と何ら変わらない。会議はリモート、クライアントとの打ち合わせもリモートだ。それで何の不都合もない。友人たちともこうしてオンラインでやり取りし、飲み会も外に出る必要がない。

「でもさあ、お前、彼女とはどうなってんの？」

だいぶ酔いが回ってきたらしい瑛士が問うてきた。

「ああ……」

恋人の梨沙子（りさこ）とも、リモートで話すのみだ。東京で知り合って、付き合い始めてもう三年半になる。彼女は友人と会社を起ち上げた。オーガニックな材料で作るレトルト食品を扱う会社だ。有紀（ゆき）という名の友人にアレルギーがあり、体にいい食品を探していて、こういう製品を作って販売することに行きついたらしい。

もともと食に興味のあった梨沙子は、有紀に誘われるがまま、会社まで設立してしまった。発起人の二人の他、女性があと三人加わっただけの小さな会社だが、経営は順調だ。柊太もネット上での宣伝広告や、ネット販売などに関してアドバイスをしたりもした。当時、梨沙子は柊太に大いに感謝したものだ。

その直後の感染症流行を受けて、健康志向が高まり、さらに売り上げを伸ばしている。彼女らはアイデアを出し合い、離乳食や子どものおやつまでオーガニックな製品を取り揃えるようになった。まさに女性目線の柔軟な経営戦略の勝利だった。そして驚いたことに、彼女らは、オーガニックな素材を提供してくれる契約農家のある四国に、会社を移してしまったのだ。

梨沙子も、会社と共に徳島(とくしま)へさっさと移住した。柊太がその計画を聞いたのは、何もかもが決まってしまった後だった。そこに関しては、今も苦々しい思いを持っている。先に柊太が北関東の地に移住していた。梨沙子も賛成してくれたから、そのまま、東京と行き来して、梨沙子とは付き合っていけると思っていたのだ。だからこそ、関東圏からは離れなかった。

そういう思惑を、特に梨沙子には伝えていなかった。生活が落ち着いたら、彼女とここで暮らすのもいいと思っていた。梨沙子も仕事はリモートでこなし、東京へたまに行くくらいの勤務形態にしたらいいと都合よく考えていた。そんな心づもりであったことも、徳島で生き生きと仕事に励んでいる様子の梨沙子には伝えられなかった。

「あいつはさ、今、仕事が面白くて仕方がないんだ」

「結婚しないの？」

瑛士は痛いところを突いてくる。

「お前はどうなんだよ」

「俺？　俺はまだまだ。もうちょっと独身生活を楽しんでから」

「ずいぶんのんびりしてるなあ。いいのかよ。もう三十五歳だろ？　今年」

「それはお前も一緒だろ？　決まった相手がいるんだから、さっさと一緒になれよ」

それから瑛士は、大学時代の友人の名前をいくつか挙げて、誰々は去年結婚した、誰々はもう子どもが三人もいると続けた。しだいに酔いが回り、彼の瞼が重くなってきたところで、お開きにした。

時計を見ると、午後十一時を過ぎていた。

都内だと、まだまだ街は賑やかな時間だ。しかしこの家の周辺は、しんと静まり返っている。梨沙子と暮らすことを想定して、一軒家を借りた。築二十二年の物件だが、リフォームされていて使い勝手はいい。小さな庭もついている。

柊太は掃き出し窓のカーテンを開けた。住宅街の中だが、この時間に外を歩いている人はいない。遠くで電車の通る音がした。最寄りの駅までは歩いて十二分。田舎にしては交通の便もいい。

見上げると、夜空には星が瞬いていた。

翌朝、小鳥の囀(さえず)りで目が覚めた。肌かけ布団を撥(は)ね除(の)けて起き上がった。昨夜はやや飲み過ぎた。だが、頭はすっきりしている。さっと起き上がって洗面所に行った。

まだ鳥の声は聞こえている。こっちに来て、初めてシジュウカラを見た。ツッピー、ツッピーと鳴く鳥の名前がわからなくて、スマホで調べた。名前を聞いたことのある小鳥を実際に目にしたことに感激した。写真を撮って、ラインで梨沙子に送った。するとすぐに返事がきた。梨沙子は、サンコウチョウの写真を送ってきたのだった。オスのサンコウチョウらしい。濡れたような紫黒(しこくしょく)色の体に優雅に伸びた尻尾、嘴(くちばし)と目の周りが鮮やかなコバルトブルーだった。

山歩きを始めて、いろんな鳥の名前を覚えたとそえてあり、四国での生活を満喫している様子が伝わってきた。シジュウカラを見た喜びが、急速に萎んでいった。

顔を洗って歯を磨き、気分を切り替えた。ランニングウェアに着替え、黒のキャップを被った。そのまま玄関から出て走り出す。ジョギングもこっちに来てから始めた習慣だ。スーツを着て電車に乗っての出勤がなくなった分、生活にメリハリがなくなった。気を抜くと、朝もだらだらしてしまうことが多かったのだ。リモートでの会議や打ち合わせがない限り、自分のペースで仕事を進められるという利点はあるものの、生活リズムは乱れがちだった。

それで始めたのが、朝のジョギングだ。

中学、高校とテニス部に所属していたから、もともと体を動かすのは好きだった。やり始めると、これがなければ一日が始まらないという気になってきた。

新緑の季節の今は、特に気持ちがいい。道路脇の植え込みには、低く刈られたツツジがピンク色の花をつけていた。住宅が途切れると畑もあり、農作業をしている人もある。無人販売所には、アスパラガスや春菊の束が置いてあった。都会では感じられない季節を濃厚に感じることができる。

季節や気分によって走るコースはいろいろと変えるが、ゴールは一つに決めている。「市民いこいの森公園」だ。背後に広がる丘陵地も含めた広大な面積を持つ公園で、体育館やプール、スポーツジムなどの運動施設、グラウンド、ゆったりと散策できる遊歩道、子ども用の遊具を備えた園地もある。

入り口を入ったところにある花壇では、バラのつぼみが開き始めていた。バラ園や遊歩道は、終日出入り自由なので、朝露が降りたバラを見て歩いている人もある。柊太はバラ園の中を走り抜けた。空に手を伸ばす少女のブロンズ像がある広場で、屈伸運動を始めた。

よく顔を見る何人かが、同じように運動をしていたり、ベンチでくつろいでいたりした。

六十年配の男が声をかけてきた。

「おはよう。調子、よさそうだね」

「おはようございます」

朝倉（あさくら）という名前の彼も、都会からの移住組だ。朝のルーティーンが同じようで、ここで顔を合わすことが多く、いつの間にか口をきくようになった。リアルで話す数少ない一人だ。彼も体をひねりながら、天気のことや、時事問題などを話題にする。本来おしゃべりな男なのだ。離婚して身軽なので、移住を決心したのだと言っていた。だが、別れた妻や娘とも良好な関係を続けていて、頻繁に行き来しているという。そんなプライベートなことを、訊きもしないのに、柊太に話した。話を合わせているうちに気に入られ、一度一緒に飲みに行かないかと誘われたが、やんわりと断った。ここまで来て、濃い人間関係を持つのは億劫だった。向こうも柊太のそんな気配を感じ取ったのか、それ以降は深入りしてこようとはしない。

毎日会社に出勤していた時は、たまに上司や同僚と飲みに行くことがあった。誘われたらたいていは応じていたが、それは社内でのコミュニケーションを乱したくないという、一種の義務感に似たものだった。行っても、黙って人の話を聞いているだけで、たいして楽しいとも思わなかった。そんなだから、クライアントに気に入られ食事の席を用意されても、柊太にとっては苦痛で仕方がなかった。

今はそういう煩わしいことに付き合う必要がなくなり、せいせいしている。東京を離れた一番のメリットは、それかもしれない。しばらく休憩した後、また走り出す。気温が上がる前に家に戻りたかった。

無人販売所でアスパラガスを一束買った。ポケットから小銭を出して料金箱に入れた。現金を使うのは、こんな時くらいだ。瑞々(みずみず)しいアスパラガスは、さっと茹(ゆ)でて塩とオリーブオイルをかけるとうまい。それくらいの簡単な料理なら、わけなくできる。

家に戻ってシャワーを浴び、コーヒーとクロワッサンの朝食を済ませた。

そして部屋着のままで、パソコンに向かって仕事に没頭した。ある企業に向けてのイベント企画だ。ターゲットにする年齢層や職業、嗜好(しこう)などの提案、イベントの内容、運営、集客方法、リモート参加の募集、参加者に配る販促品と、イベント後の追跡調査のやり方や項目をまとめた。それを企業の販売促進部に送ってしまうと、上司にも報告を上げた。

各種イベントも、感染症流行期には開催が軒並み中止になった。それが再び自由に行えるようになると、柊太の会社にも依頼が増えた。こうした企画を立てる仕事も、自宅の作業でやれるのだから便利だ。もっともクライアントの担当者だって、自宅でラフな格好で企画書を受け取っているに違いない。こんなイベントに実際に足を運ぶ人は、よっぽど奇特な人物だろうな、と自分で企画を立てたくせに考える。実体験の比重が軽くなり、どんどんリアリティが薄れていく気がする。

　集中してやったので、気がつけば午後二時になっていた。

　玄関前で人の気配がした。窓の方をちらりと見ると、宅配便の配達員が帰っていくところだった。注文しておいた荷物が届いたのだ。感染症蔓延(まんえん)以降、こうして玄関前に置き配にしてもらう習慣がついた。人との接触を極力減らすための方策で、大方の人が今もそうしている。配達員とさえ相対するのが面倒な柊太には、ちょうどいい習慣だ。

　玄関を開けて、小さな段ボール箱を家の中に取り込む。数日前に注文したパーカーとスニーカーだった。それをローソファの上に置いて、しばらく眺めた。ネット上で見た時はいいなと思ったのだが、こうして実物を見てみると、そうでもない。ただ梨沙子が好んでいたブランドだったから、つい注文してしまったのだ。これを着て彼女と会うことがあるだろうか。

「ま、いいか」

　声に出して言い、パーカーを丁寧に畳んでチェストにしまった。

欲しいものは何だってこうして買える。注文すればたいてい二、三日のうちには届く。アスパラガスを茹でながら鼻歌を歌った。高知の塩田で作られたミネラルたっぷりの塩も、イタリア産のバージンオリーブオイルも取り寄せられる。

バゲットをパン用のナイフでスライスして、その上にハムとクリームチーズを載せた。アスパラガスの皿とバゲットの皿を持って、デッキに出る。南向きの広いデッキがあるのも、この家を気に入った要因だった。この家を手掛けたリフォーム業者はなかなかセンスがいい。デッキに似合う布張りの寝椅子と小さなテーブルも、ネットで買った。

テーブルの上に皿を置き、ちょっと考えてから、家の中に戻った。冷蔵庫から缶ビールを一本だけ持ってきた。寝椅子に腰かけてプルタブを引く。片方の手でバゲットを取って一口かじった。

「悪くないな」

バゲットの味も、こういった生活スタイルのことも。昼間からビールを飲むなんて、東京であくせく働いている人間からしたら、考えられないことだろう。デッキのそばに植えられたヤマボウシが気持ちのいい木陰を作り、葉擦れの音を響かせていた。

柊太は、副業のことを考えた。最近、副業マッチングサービスというサイトを見つけて、ちょくちょく覗いているのだ。ここに登録しておけば、個人は自分の持っている知識や技術を提供できるし、企業は、特定分野の専門家にアクセスできるという利点がある。

柊太のデータ収集と解析能力を活用できるような、ちょっとした仕事が見つかるかもしれない。彼の会社では、副業を奨励するところまではいっていないが、明確に禁止されているわけではない。実際同僚の中には、片手間で結構収入を得ている奴がいるのだ。企業にとっても、人員を抱えることなく、必要な時だけ能力を拝借できて手軽で経済的なのだ。これから伸びる分野だと思う。

そんなことを考えながら皿の上の料理を食べ、ビールを飲んでうとうとしていると、スマホが鳴った。母からというのは、設定した呼び出し音でわかる。リモートワークになったと伝えてから、平日でも構わず電話をかけてくるのだ。出ようか出まいか考えた挙句、通話ボタンをタップした。

「柊太、あんた元気なの?」

甲高い声が耳に突き刺さる。スマホをちょっと耳から浮かせた。

「うん、元気だよ」

「仕事、忙しいの? ちょっとはこっちに帰って来なさいよ。近くなったんだから」

北陸にある実家には、東京にいるよりは近くはなった。だが、去年の夏に帰ったきりだ。それも一泊しただけだった。弟が結婚して実家のそばに住んでいる。去年子どもが生まれて、両親は初孫に夢中だ。赤ん坊の扱いに慣れていない柊太にとって、実家はどうにも居心地の悪い場所になってしまった。

案の定、母はひとしきり孫の話をした。つかまり立ちしただの、バイバイと手を振っただの、初節句に鯉のぼりを庭に立てたら大喜びしただの、どうでもいい話題だ。適当に相槌を打つ。

「ほんとに可愛いもんよ、小さな子どもって」

「そうだな」

「『そうだな』じゃないわよ」

「え？」

「倫人に先を越されてどうすんのよ。あんた、もう今年、三十五でしょ？」

「三十四だよ。まだ」

「どっちでもおんなじだよ」

母はぴしゃりと言った。

どうやってこの会話を切り上げるべきか。だが昼間のアルコールが効いた頭がよく働かない。

「柊太、付き合ってる子がいるって言ってたじゃない」

「うん」

「その子とどうなってるの？」

「まあ、うまくはいってるよ」

「じゃあ、結婚しなさいよ。そんなとこで一人暮らしして不便でしょ？」

「そうでもない。あっちはあっちで仕事、あるし」

「あんたがそういう煮え切らない態度だから、向こうも決心がつかないのよ。いくつだっけ？　その子」

「ええと――、三十一、かな？」

「いい年じゃない。のんびりしてるわね。結婚したらすぐに子どもができるって思うのは大間違いなんだよ。前田(まえだ)さんとこなんてね――」

それからたっぷり十五分間、よその家の不妊治療の話やら、幼稚園選びの話やらを聞かされた。しまいにやっぱり孫の話をして、気が済んだのかやっと電話を切った。

「いい？　離れていても、電話やネットでつながってるなんて思っちゃだめだよ。ちゃんと会って話さないと伝わらないよ」

最後にそう念を押された。見上げたヤマボウシの枝に、見慣れない小鳥が止まっている。嘴をしきりに枝にこすりつけている。あれは何という鳥だろうとぼんやり考えた。

その日の晩、梨沙子とリモートで話した。

一週間前に話した時より肌の色が濃くなっている気がした。そのことを指摘すると、梨沙子は嬉しそうに笑った。

「お！　よく気がついたね、柊太」

共同経営者の有紀と、太平洋に面した海陽町というところへ、特産品のひじきを仕入れに行ったらしい。その際に地元の生産者と仲良くなり、勧められてサーフィンを体験したのだと言った。

「サーフィンなんか生まれて初めてだったけど、すっごく面白かった。はまりそう」

サーフショップの店長が、手取り足取り教えてくれるのだという。それを聞いて不安になった。

「何だよ、それ。若い奴？」

梨沙子は、手を打って笑った。のけ反らせた首元も小麦色だ。

「もう五十過ぎのおじさんだよ。何？　柊太、妬いてんの？」

続けて、「こっちに来たら一緒にやろうよ」と言う。

「いいよ。別に、サーフィンなんか興味ないし」

「柊太、テニスやってたくせにすっかりインドア派になっちゃったね。パソコンの前だけに座ってたら、体なまっちゃうよ」

「ちゃんと毎朝走ってるよ」

言いながら、それが精いっぱいだと思った。その後は、梨沙子だけがしゃべって、柊太は聞き役に回った。梨沙子たちの会社が、徳島県の地産地消優良賞をもらったこと。そうしたら県外からも引き合いがたくさん来たこと。それと同時に地元の特産品を売り込んでくる人もあり、大忙しになったこと。

「私も有紀も、あっちこっち飛び回ってんの。感染を避けて、東京で自粛生活してた頃が嘘みたい」

梨沙子とは、マッチングアプリで知り合った。まだ感染症が流行る前のことで、柊太は実際に会う時のことを考えて、相手の条件を関東圏に住む人と限定した。紹介されて、オンラインでやり取りした。すぐに意気投合し、会話も弾んだ。明るくて前向きで、それでいて細かいところに気遣いのできる子だった。料理もうまかった。彼女にどんどん惹かれていく自分を意識した。

その気持ちを素直に伝え、梨沙子の方も受け入れてくれた。そういう関係になってから、近い将来、彼女と結婚するんだろうなと思ったし、相手もそのつもりでいると信じていた。

ところがそんな時にウイルス性の感染症が日本に入ってきたのだ。致死率はさほどでもなかったが、とにかく感染力が強かった。罹患すると、回復までに長い時間がかかった。重症化して後遺症に悩む人も出た。発達した高速交通網により、世界規模で広がったウイルスは、あちこちで変異を起こした。治療薬や予防薬の開発が追いつかなかった。

そのため自己防衛的に人との接触を避けて、自宅にこもるしか対策がなかったのだ。

梨沙子とのデートもかなわなくなった。その当時はどこででも起こっていた現象だった。スポーツ施設も閉鎖され、柊太も趣味で続けていたテニスができなくなった。それでも会社の関係者や友人や恋人とは、オンラインで連絡を取り合うことができた。画面を通じてだが、お互いの顔を見ながらしゃべることは可能だった。それが、人との関わり方の新しいスタンダードになってしまった。

二年を経て、人類は手ごわい感染症を克服した。今では病を怖がることなく、誰とでも会うことができる。海外でもどこへでも好きなところへ行けるし、仕事も遊びも以前の通りのスタイルに戻った。

しかし、社会は微妙に変わった。長く続いた巣ごもり生活は、人々を二つの種類に分けてしまった。人と会うことに軽い気疲れを覚えて、出不精になってしまった人種と、閉じこもっていた反動で、より積極的に人と関わっていこうとする行動派の人種とに。

どちらかというと柊太は前者で、梨沙子は典型的な後者だった。

出不精といっても、別に孤独に徹しているわけでも、社会性が失われたわけでもない。ちゃんと働いてもいるし、他人ともうまく付き合っている。ただ、自粛生活で培った静かで平穏な暮らしを愛しているだけだ。自分だけの領域を作り上げ、そこに入ってくる人物を厳選する。計画通りにことを進め、不測の事態でペースを乱されることを嫌う。

柊太はそんな望み通りの生活を、移住先に構築したつもりだった。そこに梨沙子を組み込めば、すべては完璧になると思っていた。しかし、梨沙子の四国移住という予期せぬ出来事が起こった。しかも、梨沙子は向こうでの生活を楽しんでいて、当分帰って来る気配はない。ないどころか、もうあっちに定住してしまうのではないかという馴染み方をしている。

梨沙子の話は、半分も頭に入ってこない。

ふっと母の言葉が浮かんできた。

――ちゃんと会って話さないと伝わらないよ。

「なあ、俺、今度そっちへ行こうかな？」

しゃべり続ける梨沙子の声に被せるようにしてそう言った。

「いいよ！　おいでよ。ほんと、サーフィンしようよ。これからはいい季節だよ」

「そうじゃなくて……」

言い淀む柊太の気配を感じ取ったのか、梨沙子のテンションが下がった。

「真面目に話さないか」

「何を？」おおよその見当はついているはずなのに、梨沙子はしらばっくれる。

「俺たちのこれからのこと」

「これから？」

何もかも柊太に言わせるつもりなのか。いちいち癇に障る。

「俺ら、付き合ってもう三年以上になるよな。前に一緒にオンラインツアーに参加したのは、確か――」

「あー、そういえばもう随分前だね。去年だっけ？」

「去年の七月」

「うん、そうだった。とにかく自粛期間中にオンラインデートが定着したから、しょっちゅう会ってる気分になっちゃうのよね」

「あのさ――」マッチングアプリを介して、初めて顔を合わせた時よりも緊張した。

「もうそろそろカタチを決めたらどうかな？」

「カタチって？」

まるで先が読めないのか、とぼけているのか、梨沙子の返答にイライラした。

「つまり、こういうふうに離れているのは、不自然だと思わないか？」

「そう？　私は別にこのままでいいと思ってる」

「このままで、ずっと？」

「まあ、ずっとかどうかはわかんないけど」

「俺はやっぱ不自然だと思うんだよな。もうお互いいい年だし。こんなふうにだらだらしててもどこにもたどり着けない」

「つまり、一緒に暮らそうって言ってるわけ？　結婚とか、そういうこと？」

さらりと言われて、却って狼狽した。こういうことは、一大決心の下、男の自分が言い出すべきことだと思っていた。

「まあ、そうだけど……」

「柊太さあ、今の仕事気に入ってる？」

急に振られてまたおたおたしてしまう。

「え？　まあな」

「まあな？　そうでもないんだ」

「いや、気に入ってるよ。出社せずにリモートでできる仕事だし」

「仕事、やってる気、する？　つまり達成感とかそういうのだけど」

「何の話だよ」ぶすっとした声を出す。

「生きてるって気分に浸ってるのかなあって思って」

「だから――」

「柊太がそういう気持ちで生きてないなら、一緒には暮らせないよ。だってそういう人のそばにいても楽しくないと思うから」

そんなところを突かれるとは思っていなかった。今の生活は充実していると思っていた。だが、それは自分自身の感想で、梨沙子にとってはそうではないのだ。そこまで思い至らなかった。ここでの穏やかな生活に梨沙子が加わってくれたら、さらに満たされると考えていた。だが、それはすべて自分を真ん中に置いた思い込みだった。

「私はね、こっちで暮らしてて楽しいよ。農家さんや漁師さん、加工業者さんと知り合って、生きた素材からどんないいものが作れるか、ワクワクしながら有紀や皆と議論して。試作品を作ったり、試食したり。そうした活動からまたどんどん人と知り合って、違うアイデアをもらって、また考えて」

ついに柊太は黙り込んでしまった。

「柊太のことは大好きだよ。でも何か違うの。柊太は周囲を整え過ぎてるよ。変化を嫌うっていうか。変化こそ面白いのに。そこに入っていく勇気、今の私にはないな」

「あぁ――」

言いたいことはわかるよ、と言いかけてやめた。わかるけど、それに従いたくはなかった。これ以上しゃべると、気まずくなってしまいそうだった。梨沙子も同じ気持ちだったらしく、この話題は棚上げということにした。もう少し、考えてみようということで落ち着いた。

「誤解しないでね。私は柊太が大好きなんだからね」

「俺もだよ」

答える声は、弱々しかった。

柊太の会社は、江東区東陽にある。

全員が出勤していた時のオフィスは汐留にあった。海が見える高層ビルの一室で、そちらの方が柊太は気に入っていた。一応社員証兼カードキイをタッチして中に入る。随分雰囲気も変わった。熱気も活気もない。統括マネージャーがそれぞれの小部屋で作業をしているのだが、言葉を交わすこともないから、とても静かだ。

会議室でのミーティングも、いつも通り平板に進んでいく。だいたい、こうして集まる必要などたいしてないのだ。各人のすべての業務はここで把握しているし、相談したいことはリモートで話す。クライアントのところに上司や同僚と揃って顔を出すなどという前時代的な業務はほとんどない。よって横のつながりなど、不必要なのだ。実際、柊太が知らない人物も何人か交じっている。自己紹介もないから、誰が誰なのかわからない。

こういうところが梨沙子の言う「生きてるって気分」の欠如なのだろうとぼんやり考えた。そうする間にも、おざなりなミーティングは終わった。最後に社長の訓示の録画を皆で見た。これが主な目的だったのか。こんなものは、それぞれのパソコンにデータで送ってくれればそれで済むのにと思った。

瑛士と約束していた場所へ急いだ。いつまでも東京にはいたくなかった。遅くなっても家に帰りたかった。人混みを歩くのも疲れる。騒音にも辟易する。大型ビジョンに流れる文字もうまく読めない。体がすっかり地方のリズムに馴染んでしまったようだ。

待ち合わせの居酒屋には、先に瑛士が来て待っていた。

「よう」

正面に座りながら、瑛士の憔悴ぶりに目を見張った。

「どうした？　ずいぶん疲れてるみたいだけど」

「まあ、乾杯しようや」

注文した生ビールのジョッキを、軽く合わせた。つまみに頼んだ焼き鳥や揚げ豆腐、刺身の盛り合わせが次々並べられた。瑛士はあまり手を出さない。黙々とジョッキを口に運んでいる。すぐに一杯目が空になった。

「何があった？」

とうとう焦れてそう尋ねた。

二杯目のビールを一口飲んで、瑛士は深々とため息をついた。

「参ったよ」

「何が？」

瑛士は重い口を開いた。スポーツジムに通う人妻と深い関係になったという。

「え？　まずいだろ、それ」

「まずいよ。だけど、向こうも割り切った関係だったんだ。結構長く続いたしな」

耳を傾けながら、よくある話ではあるなと思った。暇を持て余した人妻がスポーツジムに通う。指導してくれるインストラクターに惚(ほ)れる。本気ではない。ただの遊びのつもりで始めた関係だ。だが、深みにはまっていく……。

「で、旦那に知れた」

予想通りのことを、瑛士は口にした。

「どうなった?」

「そりゃあ、怒り狂ったさ」

「旦那が?」

「いや、相手の女が」

「なんで?」

アサリのバター焼きを口に入れると、じゃりっと砂を噛んだ。顔をしかめる。

「俺は旦那に詰め寄られて、すぐに謝ったんだ。そこまで真剣じゃなかった。こうなったからにはきれいに別れますって言った」

「うん、それがいい」

「だろ? そしたら、すんなり引き下がった俺に女が怒り狂った」

「は?」

「旦那と別れてもいいんだと言うんだ。それくらいの覚悟で、俺とそういう関係になったんだからって」

「怖いな」

「怖いよ」

相手の人妻は、四十歳をいくつか過ぎた女らしい。

「こんなに人を好きになったのは、初めてだって」

ビールをぐびりとあおる。気のせいか唇が震えているようだ。

「いい女か？」

冗談で訊いたつもりだったのに、瑛士に真っすぐに見詰められて慄いた。

「いい女さ、そりゃあ。単純で可愛くてゴージャス。夢中になったのは事実だ。だが、冷静に考えると、俺には手に負えない女だったんだ」

「そうだな」

「で、旦那の方が慌てだした。旦那も手放したくなかったんだろうな。それぐらいいい女だったってことだ」

瑛士はふうっと酒臭い息を吐く。

「で？　結局どうなった？」

「結局別れた。旦那が引きずるようにして連れていった」

「よかったじゃん」

「疲れ果てたよ」

ジムにもこのすったもんだが知れて、非常に居づらくなったと瑛士は言った。

笑うべきなのか、それとも慰めるべきなのか、どっちとも判断がつかなかった。黙って冷えた焼き鳥にかぶりついた。

「人と関わるってしんどいな。もう嫌になったよ」

瑛士の肩を落とす芝居がかったしぐさに、ようやく笑えた。

「だから言ったろ？　東京みたいに人の多いとこにしがみついてることないって」

「でもやっぱり東京で、せこせこやってるしか能がないんだよな、俺は」

瑛士はやっと明るい顔になって、三杯目をおかわりした。いつものテンポが戻ってきた。

「ほんと、お前、体を張った仕事してるよな。年上の女にそんなにのめり込むなんて」

からかいの言葉に、瑛士が憤然と応じる。

「それが普通だろ？　男盛りなんだからよ、性欲持て余して当然だ。柊太の方が異常だよ。よく彼女と長い間離れて我慢できるよな。修行僧じゃあるまいし、リモートで話すだけだなんて」

「修行僧？　そこまでじゃないよ」ククククッと笑う。「性欲に素直に従って、ひどいことになるよりはましだ」

「そりゃあ、そうだな。あれ以来、ジム内の女の子にも避けられてるよ。まるで発情期が永遠に続くケモノを見る目線だ」

柊太は腹を抱えて笑ったが、瑛士は肩を落とした。今度の失敗がよっぽどこたえたようだ。

「もう現実逃避したいよ。俺も『ハテセカ』に逃げ込もうかな。今まであんなのバカにしてたけど」

『ハテセカ』とは、『果てなき世界』というゲームアプリだ。数年前に開発されたものだったが、巣ごもり需要でブームに火がついた。人と接触することが極端に少なくなって、人恋しいと感じるようになった人々の間でもてはやされた。

バーチャル世界で、好みの人物を作り上げることができるのだ。実写をもとに作られたリアルなビジュアルと風景がウリだ。その架空の人物と相対して会話することで、あたかも実在するように感じられる。秀逸なのはゲーム内にＡＩが組み込まれていて、勝手に人物の人となりや、周囲の世界を作り上げていくところだ。コンピューターが作り上げた仮想現実が果てしなく構築されていく。

だから自分が作り上げたはずの人物が、思いもかけない変化や成長を遂げていくのだ。相手を取り巻く世界もどんどん広がっていく。向こうは向こうで一つの人生を生きていて、それがこちら側に越境してくるような錯覚に囚われたりもする。その意外性が受けて、外を自由に出歩けるようになった今も、ずっと続けている人も多い。

『ハテセカ』に没頭し過ぎた若者が、リアルな生活に背を向けてしまうと警鐘を鳴らす評論家も出たくらいだ。文字通り、果てなき世界に入り浸ってしまい、厳しい現実に向き合おうとしないのだ。感染症流行によって変わった社会の特徴の一つかもしれない。

「まあ、やめとけ。お前はやっぱり現実世界でのたうち回るのが合ってる」

「なんだそれ」

少しずつ元気が出てきたらしい瑛士を見て、ほっとした。

「やっぱさあ、自分の身の丈に合った女の子と付き合って、平凡な家庭を築きたいよ」

「何だよ、急に」

「いや、今度のことでつくづく思ったんだよ。普通が一番だって。刺激の多い人生なんて疲れるだけだ。人間が触れ合うのは、それ自体が癒しなんだよ。ありきたりだけど、そういうのが大事なんだ。野心とか欲望とかは二の次だ」

「だよなー」

梨沙子のことが頭に浮かんだ。

彼女の肌の温もりや息遣いや匂い。そういうものを想像したことがあった。画面の向こうにいる梨沙子にも、そういうものが備わっていると。東京にいようと徳島にいようと、画面越しの恋人は遠い。

リモートだけの関係には、もう飽きた。架空の設定に合わせて話すのも苦痛極まりない。一時はお互いそれを楽しんでいたけど、もう限界だ。瑛士に触発されたわけではないが、一歩だけでも踏み込んでみよう。

平凡な家庭――瑛士が口にした言葉が、頭の中に留まり続けていた。


「とにかく一緒にいよう」

梨沙子は黙り込んだ。かまわず柊太は続ける。

「好き合ってる二人が離れているのは、おかしいよ」

梨沙子の顔が、ちょっと後ろに退いた。視線が宙をさまよう。何と返そうか、言葉を探しているのだ。

「結婚はどうだっていい。とにかく会って話して、次のステップに進もう。俺は一緒に暮らしたいと思ってる」

真っ向からこう言えば、梨沙子はどう答えるだろう。それをさんざん想像したが、結論は出なかった。人が人を愛しいと思い、その気持ちを伝えることが、こんなに悩ましく苦しいこととは思わなかった。

瑛士が言うように、リアルな世界にもっと向き合っておくべきだった。自分中心の世界をかっちり構築しておけば傷つかないで済むなどと、安易で手前勝手に考え、守りの構えに入っていた。だが、人と人がつながるってそういうものじゃない。今まで丁寧に慎重に作り上げてきたものを壊さないと。

特に、梨沙子のようなしっかりした芯を持つ人間とつながるためには。だからこそ、彼女を選んだのではなかったか。

「柊太……」ちろりと唇を舐めた挙句、梨沙子がようやく口を開いた。「それは無理だよ」

「なんで？」

「だって――」

「俺が徳島に行ってもいいよ。ほんとはここで暮らしたいと思っていたんだけど、でも、俺の仕事はどこででもできるから。実際北海道に移住した奴もいて――」

「柊太」

ひどく落ち着いた声で梨沙子が遮った。低いが、有無を言わせぬ声だった。

「やめてよ。そういうつもりで付き合ったんじゃなかったでしょ？　あなたは自分の生活を守りたいんでしょ？　その一方で単調な生活に彩りが欲しくなった。だから私を選んだのよね？」

今度は柊太が黙り込む番だった。梨沙子は勢いづく。

「会えないってわかっているからこそ、私たちはこうしておしゃべりをする。私も楽しかったわ。徳島ではいろんな人と出会って、新しいことにも挑戦したけど、でも柊太と話すのが癒しだった。あなたのことを大好きなのは、この関係だからこそよ。それを壊してしまうなら、私たちはもうおしまい」

息を呑んだ。まさか梨沙子から別れを切り出されるとは思わなかった。

「君の気持ちはよくわかった」

自分の声がひどく冷たく聞こえた。梨沙子にもそれが伝わったのだろう。頰が引き攣っている。

「ねえ、柊太。ここまでいい関係でいたんだから、これからもこのままでいようよ。究極の遠距離恋愛。世界の端と端とで」

「いや、もうごめんだ。俺はもう耐えられない」

パソコンをシャットダウンし、柊太は立ちあがった。むしゃくしゃした気持ちのまま、家を出た。

日曜日の午後。空は晴れ渡っていて、気持ちのいい風が頰を撫でる。風はそのまま、黄緑色の葉を繁らせた柳の枝を揺らしていった。ベビーカーを押した母親とすれ違う。ベビーカーの中の赤ん坊が笑っている。二本だけ生えた小粒な前歯が、白く光っていた。

平和な光景だ。

怒りにまかせて、柊太はずんずんと歩いていった。あんなふうに梨沙子に拒否されるとは思わなかった。会うことは無理だと、初めからわかっていた。だが、こっちが思い切って提案したのだ。それに沿った会話くらいしてくれてもいいだろう。

だいたい、彼女が徳島に移住した時から気に入らなかった。先に柊太が東京を離れたから、それに合わせて行動を起こしたのだろうか。それにしても四国だなんて、あまりに突飛過ぎる。会いたいと柊太が言い出すことだって、予測できたはずだ。こっちから徳島へ乗り込んでいくとは思わなかったのだろうか。

柳の木の下で、柊太は立ち止まった。

初めてリモートで話した時は、ざっくばらんで面白い子だと思ったのだ。人生に夢と希望を持って突き進んでいくような女性と付き合えば、きっと楽しいだろうなと考えた。しかし、自分で会社を起ち上げたり、遠くへ移住して仕事や生活を満喫するようになるとは予想外だった。まるで自分が置いてきぼりにされた気分だった。意外性が面白いのだとわかってはいるが、気に入らなかった。

だからこっちも、意外なことを提案したのだ。一緒に暮らそうと。徳島へ行ってもいいと。これにＡＩがどう対応するか見物だったが、梨沙子の反応はさらに気持ちを逆撫でするものだった。リモートだけの関係を美化し、挙句の果てに別れを口にするとは。柊太に対して、言って聞かせるように説いたその口調もまったく気に入らない。

これは一回リセットして、初めから設定をやり直した方がよさそうだ。長く続けてきたゲームだったが、年を経るうちに変化してきた恋人のつくりが意に染まなくなった。

　長年相対してきた梨沙子という架空の恋人に未練はあるが、新しい恋人を一から作り上げよう。年齢設定はもうちょっと若くてもいい。十九歳かそこら。今度はどんな意外な成長を遂げるだろうか。そこまで考えると、柊太はようやく気持ちが落ち着いてきて、ゆっくり歩を進めた。垂れた柳の細い枝がさっと肩に触れ、束の間、清々しい緑の匂いに包まれた。その匂いを、胸いっぱいに吸い込んだ。

　すると先程からの刺々しい気持ちが収まってくるのを感じた。

　究極の遠距離恋愛――うまいことを言うなとニヤリとした。

　柊太が没頭していたのは、『果てなき世界』だった。東京にいる時、自由気ままに女性と付き合う瑛士を横目で見つつも、そういった浮ついた関係に浸れない自分を感じていた。それまでに何度か女性と付き合ったことはあったが、気まぐれで時に感情的になる女性には辟易した。自分の生活を他者に掻き回されるのも我慢ならなかった。

　そこで手にしたのが『果てなき世界』だった。

　ゲームの中でなら、女性と穏やかな関係を結べると思ったのだ。仕事で忙しく、長い時間をゲームに費やすということができなかった柊太には、少しばかりの条件を設定して、あとはＡＩまかせにしておけば、自ずと世界を広げていってくれる相手の様子が見えて楽しかった。育成ゲームとは違い、自分が何もかもに関わらないこその驚きや喜びがあった。思いがけず起こる問題や変化に対処するのもリアリティがあって面白かった。そうやって三年半もの間、『果てなき世界』で生きる梨沙子と付き合ってきたのだった。

　梨沙子という恋人が実在するという仮定で営む生活には張り合いがあった。他人との接触が絶えた自粛生活の期間中は特に。彼女との会話が、味気ない生活を支えてくれた。だが、ＡＩはどんどん梨沙子を変えていった。もともと利発で活発だった彼女は、積極的に人生に向き合うようになった。柊太の知らない向こうの世界では、梨沙子の交友関係は広がり、行動範囲も広がった。

　そこはまったく柊太の想像の域を超えていたし、ついていけなかった。肌を焦がしてサーフィンをやるような女性は、まったく彼の好みではなかった。だが、このゲーム自体は気に入っている。今回はうまくいかなかったが、次はどんなふうな広がりを見せてくれるだろうか。

　早くも若くて世間ずれしていない女性を思い浮かべて、柊太は浮き立った。今回の失敗を参考にして、あまり相手に期待せず依存せず、見守るつもりでいこう。ゆったりと構えて向こうの世界を受け入れよう。ＡＩの介入とその意向も余裕を持って許すのだ。想定外の世界もいいではないか。向こうでは、そういう世界が限りなく広がっているのだから。

「何せ『果てなき世界』だからな。際限がない」

つい独りごちた。

「『果てなき世界』にも果てがあるのよ」

どこかで声がした。それは空から降ってきたみたいに響き渡った。柊太はキョロキョロと辺りを見回した。それらしき人はどこにもいない。

晴れ渡った空はどこまでも青く――。

と、浮かんだ雲が歪（いびつ）に曲がった。青い空がべろりと剝がれる。

緞帳（どんちょう）が下りるように、さっと暗闇に包まれた。ブラックアウトだ。そう思った途端に、柊太の意識は途切れた。


「『果てなき世界』にも果てがあるのよ」

梨沙子は画面の中の柊太に向かって言った。彼は驚いたように顔を上げたが、すぐに画像が真っ暗になって消えた。

「何？」

背中合わせに座っていた有紀が振り返った。

「ゲームオーバーってこと」

「ありゃ」

有紀は回転椅子をくるりと回して、梨沙子の方に向いた。

彼女の前のパソコンの画面には、今開発中の鳴門金時芋を使った芋プリンの画像が表示されていた。製品は出来上がったのだが、プリンの容器で迷っているのだ。有紀は可愛らしい壜詰めにしたいのだが、それだと価格が合わない。割れ物は発送にも気を遣う。悩むところだ。

「『果てなき世界』、とうとう終わりにしたの？」

「そうなの」

会社の事務所でも、片方は仕事に没頭し、片方はゲームに没頭する。この緩さが有紀と梨沙子の会社の特徴だ。徳島に会社を移転した後は、さらに拍車がかかった。しかし、こうしたゆとりを求めて地方へ移ったということもあり、誰も気にしていない。

今も、少し離れたデスクで顔を上げた経理担当の涼子が、クスッと笑った。元銀行員の彼女を引き抜いてきたのは有紀だ。彼女も迷うことなく、徳島までついてきてくれた。

「長い付き合いだったのにねえ、柊太君とは」

有紀は、ブルーライトをカットする眼鏡を外して眉間を揉んだ。

「うん、なかなかいい人だったんだけどね。話も合うし、ガツガツしてないし」

また向こうで涼子が笑い声を上げた。

「でも最近、一緒に住もうとか、結婚しようとか言い出して」

「へえ！」

「できるわけないじゃん。向こうはバーチャルの世界に住んでいて、こっちはリアルなんだから」

「そこがいいんでしょ？　『果てなき世界』って。まるで実在してるみたいな会話を楽しめて。私はよくわかんないけど」

「ＡＩがどんどん向こうの世界を広げてくれるんですよね」

涼子が口を挟む。

「何？　涼子ちゃんも飼ってるの？　ゲームの中に恋人を」

「内緒です」

涼子は、すっとディスプレイの後ろに顔を引っ込めた。

「何でそんなこと言い出したのかねえ。梨沙子はそういうこと、嫌うってわかってないのかねえ。ＡＩも学習しないね」

「いや、その意表を突いたことをするのが『果てなき世界』のＡＩなんだって」

「ふうん」

「まあ、どっちにしてももう柊太には飽きてたから、今度はもっと社交的でアクティブな男子を作り上げるわ。といっても育てていくのは私じゃないから、またどうなるかわかんないけど」

って」

「もうそういう恋愛ごっこはいい加減にしたら？　現実世界で相手を見つけなよ。ほら、この前、海陽町で知り合った将一朗君はどうなの？　向こうは絶対梨沙子に気がある

有紀は椅子の背にもたれかかって、脚を組んだ。

「ねえ、梨沙子」

「あー」

梨沙子は天井を睨んだ。

「あの人、夢はプロサーファーなんだって。波に乗ってふらふらしてる感じだね」

「いいじゃない。ひじき加工場の跡取り息子でしょ？　サーファーの夢がダメになっても、堅実な生活が送れるよ」

「ま、考えておきましょう」

「でも『ハテセカ』はやるんだ」

また涼子が口を挟んだ。

「そうよ！　これだけはやめらんない」

梨沙子はパソコンの画面を覗き込んだ。柊太という名前は自分がつけて気に入ってたんだけどな、と思う。そう思うとちょっとせつなくなった。

柊太と東京で度々デートした架空の思い出に浸る。あれは本当に楽しかった。だけど、

いきなり彼が北関東に一軒家を借りて移り住むとは思っていなかった。自分自身も有紀と相談してオーガニックな素材の豊富な四国に移住したのだったが。あれが微妙にこのバーチャルな恋愛に影を落としたなあ、と思う。

なら、現実の恋愛はもっと難しいだろう。当分、こっちでいいや、と『果てなき世界』のトップページを開いた。

満月の街

沙耶子(さやこ)の姿に気がついた時の和馬(かずま)の顔——その表情の変化を、沙耶子の方もじっと眺めていた。

驚きはほんのわずかで、それはすぐに諦めの表情にとって代わられた。しいていうなら、恐れていたことが起こってしまったという驚懼(きょうく)や苦々しさよりも、どうせ受け入れねばならない巡り合わせなら、早い方がよかったとでも言いたげな想いが垣間見えた瞬間だった。足を止めることなく、惰性で二歩、三歩と沙耶子の方へ寄って来た時には、ほっとしたような表情さえ浮かべている——と思ったのは、沙耶子の独りよがりだろうか。

沙耶子は、そのまますっと和馬に身を寄せ、慣れたしぐさで軽く腕を絡ませた。そのまま並んで歩き始める。馴染みの和馬愛用の男性用コロンの匂いが、夕闇にふわりと香った。

何にも変わっちゃいないわ、この人。

沙耶子は思った。本気で私から逃げようとしたんじゃないわね。見つけて欲しくて、こうやって自分の足跡を、そこここに残して行ったみたい。森の中に連れて行かれたへンゼルとグレーテルが、パン屑を道の上に撒いて目印を残して行ったように――。

　これは業なのよ。

　もう決して私たちは、離れられない。それから、いつも思うことを最後に思った。

　私は、そんなに悪い女じゃない。

　和馬と沙耶子は、寄り添いながらも無言のまま歩いた。まだ不案内な街の中を、ひたすらに歩き、夜の帳が下りるのを待った。そして、唐突に現れたラブホテルの中に入った。

　部屋に入ってからも、二人はたいして口をきかなかった。口をきく必要もなかった。シャワーを浴びるのは沙耶子だけ。和馬がベッドに腰掛けて、きっかり一本煙草を吸うと、部屋の明かりを消す。沙耶子がベッドに入ると、和馬もすぐに隣に横たわるが、しばらくは二人して、ぼんやりと天井を見上げている。沙耶子が唇を和馬の首筋に当て、冷たい舌を耳の下まで這わせると、それが合図のように、和馬が沙耶子に覆いかぶさってくる。

　もう、若い時のように、お互いの体を貪るということはない。まるで厳かな儀式のようだわ、と沙耶子は思う。昔のように、和馬の妻よりも彼を自分に夢中にさせようとも思わない。そんなことはもうどうでもいい。セックスすら、二人をつなぐためのツールの一つに過ぎないと思った。沙耶子の肉の中に押し入ってきた和馬の律動に、沙耶子は湿った息を吐いたが、やはりそれは悦(よろこ)びからは程遠く、安堵に近い吐息だった。

和馬が突然、沙耶子の前から姿を消したのは、四か月前だった。会社を辞め、賃借りのマンションも引き払っていた。不思議と狼狽することはなかった。何の根拠もなく、必ず和馬は見つかると確信していた。

愛人関係になって七年。三十四歳の沙耶子も、これをきりに新しい人生に踏み出してもよかったし、実際、いい機会だった。たぶん、和馬もそれを望んでいたのだろう。

それなのに、沙耶子のしたことは、自分も仕事を辞めることだった。外資系の商社の総合職で、待遇面も収入面も恵まれていたけれど、惜しげもなく、それを捨てた。そして、和馬を捜し出すことに没頭した。和馬の元の職場の同僚や、知人たちの口は堅かった。回りくどい手を使って和馬の実家の住所を突き止め、彼の年老いた母親に生保のセールスレディを装って近づいた。生命保険の解約手続きに不備があったからという口実で、母親から和馬の現住所を聞きだすのは、比較的容易だった。

和馬は、こうして沙耶子が後を追いかけて来るのを予想しており、見つけられることがわかっていたのではないかと思った。用意周到に身を隠すというよりは、なんとなく投げやりで杜撰(ずさん)だった。

沙耶子は迷うことなく、和馬の住む山陰(さんいん)地方の街に移り住んだ。以前、東京で暮らしていたマンションとは大違いの、古びた木造アパートに居を構えた。そして、家の近くのスーパーマーケットでレジ打ちのパートを見つけた。そうやって生活の基盤を整えながら、和馬の生活を観察した。

和馬の生活も、また大きく変化していた。IT関連の企業に勤めていた時のスマートなスーツ姿ではなく、作業服を着て、測量事務所に勤めていた。日本海を望む坂の途中にある一戸建ての借家から、判で押したように同じ時刻に出て行く。感情をあまり顔に出すことのない妻の久枝(ひさえ)が、見送りに出て来ることもある。

二人はたいして言葉を交わすこともなく、家の前で別れる。久枝は、和馬が坂道を下って行くのを見送ることなく、家の中に入る。家に入る前に、必ず大きなため息をつく。この一年で、驚くほど老け込んだ久枝の丸まった背中は、そうやって暗い家の中に吸い込まれて行くのだった。

和馬が何の縁(ゆかり)もない土地にこうしてやって来たのは、一つの瀬踏(せぶ)みだった、と思う。一応、沙耶子の前から姿を消してみる。それでも沙耶子が行き先を突き止めて、追いかけて来るのなら、もう諦めてこの宿運に抗(あらが)うのはやめようという、和馬の運試しだったのだ。もしかしたら、暗黙のうちに、この不毛のゲームには久枝も加わっていたのかもしれない。

暗闇の中で、沙耶子は耳を澄ます。音は沙耶子の体の内側から聞こえてくる。

さらさらさら……砂が崩れていく音がする。

ゆっくりと首を回らせて和馬の方を見る。和馬は、安らかな寝息をたてている。

この街でまた出会ってから、和馬は以前の通り、沙耶子の部屋へ定期的に通って来るようになった。

何も変わらない——東京にいた時と。お互いの生活のレベルが下がっただけだ。自分の意思に関わりなく、どうしても沙耶子とは別れられないのだと悟った和馬は、ようやく納得し、安寧を手に入れたのだ。

七年前の和馬との出会いは、ありきたりなものだった。沙耶子の勤め先のソフトウェアの開発を請け負ったのが、和馬の会社だった。沙耶子より五つ年上の和馬は、知り合った時から家庭を持っていた。大学時代の同級生だった妻の久枝との間に、絵里香という名の一人娘がいた。

何度か飲み会を一緒にした後、二人だけで会った。積極的に連絡をとってきたのは和馬の方だったが、特に下心があるようには見えなかった。博聞で話術に長けた和馬と一緒にいると楽しかった。

男女の仲になるまでに、結構な時間がかかったが、沙耶子はその間の過程も充分に楽しんだ。最後には、体を重ねないのは不自然と思えるほどの実りの多い期間だったと思う。しかし、当然のことだが、お互いの肉を分かち合う前と後では、状況はまったく違った。和馬は、もはや沙耶子の気を惹くような会話をすることはあまりなく、会う目的は、ただ沙耶子の体だけなのではないかと思える時もあった。つまらない、ただの男に見えた。だが、和馬以上に自分はつまらない女になったのだ、と沙耶子は思った。

家庭を持つ男を、一分一秒でも自分のところにつなぎとめたいと願う、どこにでもいる俗っぽい女。不思議なことに、妻の久枝より、幼い娘、絵里香にジェラシーを感じるのだった。たぶん、付き合い始めた最初の頃から、和馬が絵里香の話ばかりしていたからだろう。彼は、娘の話題なら沙耶子の前でいくらしても差し支えないと踏んでいたのかもしれない。自分の血を半分分け与えた娘という名の女に、和馬は心を奪われていた。

沙耶子のそんな気持ちが伝わったのか、やがて和馬は絵里香のことに触れることがなくなった。沙耶子の部屋を訪れる時には、極力、家庭の匂いをさせないように心を砕いているようだった。

珍しく休日の夕方、ふらりと沙耶子の許へやって来た和馬は、暮色が濃くなっていく部屋の中で沙耶子を抱いた。最初は、沙耶子の方が神経質に避妊にこだわっていた。だが、いつまでも律儀にその行為をする和馬を、沙耶子は憎んだ。決して絵里香以外の子を（特に沙耶子との間の子を）欲しないという無言のアピールのように思えた。

ベッドから下り、身づくろいをした沙耶子が、床に乱雑に脱ぎ散らかされた和馬の衣類を拾い集めていた時だった。ロールアップになったシャツの両袖の襞の間から、ザーッと砂粒がこぼれた。

「あっ！」

小さく呟いて、沙耶子は自分の足元に落ちた白い砂を見下ろした。和馬はそんな沙耶子に気づきもしないで、ベッドの上に半身を起こし、煙草をくゆらせていた。和馬は、ここへ来る前に、絵里香と砂遊びをしていたのだ。その事実が、沙耶子を打ちのめした。沙耶子は、和馬の服を全部ベランダへ持って行って、バサバサと振った。ポケットの中から、ズボンの折り返しから、いくらでも砂がこぼれ出た。必要以上に力をこめて服をはたく沙耶子に、「どうした？」と和馬が呑気に声をかけた。

振り返れなかった。きっと自分は夜叉のような顔をしているに違いない、とわかっていたから。

スーパーでの勤めの帰り道、沙耶子は商店街のショーウィンドーに映った自分の姿にはっとした。脂気のないパサパサとした髪を無造作に髪ゴムで一つにくくり、おざなりな化粧をして、スーパーの買い物袋を提げた沙耶子自身も、みすぼらしく老け込んで見えた。少女時代に送った貧しい生活が嫌で、上を目指して生きてきたはずだったのに。

親しい友人も作らず、女の子らしい遊びもせず、ひたすらに勉強した。ただただ苦しく、惨めな生活から抜け出したくて奨学金をもらって大学へ進学した。就職した都銀でしばらく働き、金を貯めてキャリアアップのため、アメリカのコミュニティ・カレッジで学んだ。もし和馬に出会わなかったら、あの時の努力に見合う恩恵を今も享受していたはずだ。

これは業なのだ。

沙耶子の足元に、ひとひらの桜の花びらが落ちてきた。見渡すと、近くの小学校の校庭に、立派な桜の木が何本も立っているのが見えた。学校の塀の内側に沿って、見事な桜が十数本も植えられており、塀の外の小道は、ピンク色のトンネルの中を歩くような具合になっていた。沙耶子は、その小学校の校門まで歩いて行って、その校名を読んだ。

『四野辺(よつのへ)小学校』

この風変わりな小学校の名前を見た時、この街が、かつて住んだことのある街だと思い至った。和馬を追ってここへ越して来た時から、何となく既視感を覚えていた。事業に失敗した父は、債権者から逃れるため、全国を転々としていて、それについて沙耶子も何度も転校させられた。今となっては、いちいち住んだ場所を思い出せないくらいだ。

けれども、この四野辺小学校の名前は憶えていた。確か入学したのがこの小学校だった。それで印象が深かったのだ。それでも三年生になるかならないかのうちに、ここを去ってしまった。よりによって和馬が選んだ街が、沙耶子が絵里香と同じ年代を過ごした所だったなんて。

やはり業なのだ。

風に吹き寄せられるように、川を流されていくように、この世は見えない大きな力によって動かされている。だから、それに抗うなんて無駄なことなのだ。降りしきる桜吹雪の下で、沙耶子は、ぶるっと身を震わせた。

一年前の桜の季節、東京の私立小学校に通っていた絵里香は二年生になった。

日曜日の午後遅くに、沙耶子は近くのコンビニから帰って来た。体がだるかった。商社の新年度の始まりはいつも仕事が忙しく、体調を崩す。その時は、風邪をひいたのか微熱もあった。何をする気も起こらず、家でぐずぐずしていたのだが、翌日から始まるハードな一週間に備えて何も食べないというわけにもいかず、買い物に出たのだ。マンションの部屋に帰って来て、羽織っていたカーディガンを脱いだ時、ハラハラと花びらが何枚か床に落ちた。花びらは髪の毛にも付いていた。コンビニのそばの公園で、満開を過ぎた桜がさかんに花を散らしていたのだった。沙耶子は、いらいらと頭や体の花びらをはたき落とした。なぜだか桜の花は嫌いだった。「嫌い」というよりは、「怖い」に近い感情だった。

そして、ダイニングテーブルの上に置いたコンビニ弁当を見た。自分がひどく惨めでちっぽけに見えた。あちこちの土地を渡り歩き、びくびくしながら暮らしていた子ども時代と何ら変わっていない気がした。あれほどがむしゃらに、あそこから抜け出そうと励んできたというのに。

沙耶子は、すがりつくように携帯電話を手にしていた。

「今は無理だよ」

電話の向こうの和馬は、声をひそめて言った。

「明日の夜、寄るよ」

「今でなきゃだめなの」

沙耶子は、頑なに言った。

「今すぐ来て。会いたい」

「だめだ。今から絵里香を、スイミング・スクールに連れて行かなきゃならないんだ」

とうとう和馬はそう言った。その言葉が、ますます沙耶子をいきり立たせた。

「今すぐ来てくれないなら——死ぬわ」

くだらない愛人の常套句(じょうとうく)だ。こんなことを口にする女にだけはなりたくなかったのに。電話の向こうで、和馬がため息をつくのがわかった。

四十分後に、和馬は沙耶子のマンションへやって来た。玄関ドアが閉まるなり、沙耶子は和馬に抱きついた。たたらを踏む和馬の唇に、熱を持った唇を押し当てる。絡み合う舌も熱い。

桜のせいだわ――桜は私を狂わせる。

二人は服を脱ぐ手間も惜しんで、玄関口のフローリングの上で交わった。下着をむしり取られただけの姿で片方の足を高く押し上げられ、そこに舌を入れられて沙耶子は笛のような細い声を上げた。瞼の裏で、桜の花びらが舞っていた。

玄関の床で、ベッドの上で、何度も和馬と沙耶子は交わった。

その頃、一人でスイミング・スクールに向かった絵里香は、交差点で右折して来た大型トラックに轢かれて死んだ。


山陰地方のこの街が、かつて暮らしたことのある土地だとわかってから、沙耶子は暇があると、街の中をぶらついた。幼いころの記憶は頼りなく、二十五年という年月を経た街の変遷とで、見覚えのある風景は少なかった。自分が住んでいた場所すらどこだったのか、捜し当てることはできなかった。それでも小学校、中学校、港、バス停、郵便局、交番、商店街などの位置は変わっておらず、それらを目印にして、あちこち歩き回って有り余る時間を潰した。

また和馬との仲が復活したからといって、もう以前のように情熱的に彼に執着するということはなかった。和馬と会って、たまに肌を合わせるという行為は、睡眠や仕事、街の散策と同じくらいの重さしかなかった。

　絵里香を亡くして以来、和馬の心は死んでしまっていた。あの時、彼を無理に呼び出した沙耶子を責めるということもなかった。そんなことをするエネルギーを、もう自分のどこにも見出せないのだった。心は死んでいるのに、生きている体を持て余しているといった風情だった。

　二人は、死んだ魚のような冷たい体を重ねたが、それはお互いの冷たさを思い知るだけの行為だった。セックスをする前に、ベッドの中で横たわり、天井を見上げる和馬の頭の中に去来するものは何なのだろう。きっと彼の魂は、沙耶子の手の到底届かない高みにあるのだ。だから、その魂を引き戻すために、沙耶子は首筋に舌を這わせる。あなたがそうやって自分を罰し続ける間、私はこうやってそばにいてあげる。どんなに時が過ぎても、どこからも赦しは来ないだろうけど——。そう、耳に囁いているつもりなのだけれど、その声は、もちろん和馬には届いていない。

　その頃から、沙耶子の中で、砂の音が聞こえ始めた。

　さらさらさらさら……こうやって、私は姿をなくしていくんだ——砂山が崩れていくみたいに。

　去年の冬の初め、ふいに和馬が姿を消したのは、久枝のためだったのかもしれない。

絵里香の死後、夫婦の間でどんなやりとりがあったのかは知らないし、興味もなかった。ただ、あまりに一人娘の思い出の多すぎる東京を離れたかったというだけだったのではないか。和馬は姿を消し、沙耶子はまた彼を見つけたというわけだ。この街に来てからは、沙耶子が和馬を呼び出すということはもうなく、彼が来れば、それをただ受け入れた。体の中の砂は、相変わらず崩れ続けていたけれど……。

街の中を歩き回るにつれ、少しずつ、ここで過ごした幼い頃の記憶が戻って来た。子どもの視点で見ていた海に面した街は、商店街を中心として、どこまでも広がっているような気がしていたのに、今は随分ちっぽけに感じる。自分が大人になったせいなのか、それとも街自体が寂れてしまったせいなのか。

ここの中学校には通うことがなかったのに、周辺の風景に馴染みがあるのは、この近くに住んでいたからなのかもしれない。中学校の前には、文房具と駄菓子を商う小さな店がまだあった。店のたたずまいに覚えがあった。中学校の隣には、立派なマンションが建っていたが、ここにはセメント工場があったはずだ。あの時ももう廃工場になっていたけれど。

小さな公園があった。遊具は新しくなっていたが、ここで遊んだ記憶はおぼろげながらあった。さらに歩くと、ごちゃごちゃと小さな家が並んだ住宅街に入った。こんもりとした神社の森のそばに、マッチ箱のようにちまちまとした同じ造りの木造平屋建ての借家が三軒、並んでいた。コンクリート瓦はずれ、壁のモルタルは落ちていた。三軒とも人が住んでいる様子はなく、もう取り壊しが決まっているのか、三軒を囲むように黄色と黒のロープが張られていて、「立ち入り禁止」の札が掛かっていた。

沙耶子は、その前で足を止めた。

この街にいた時、ここに唯一仲のよかった友だちが住んでいたということをふいに思い出したのだ。あの当時から、もうこの借家はボロボロだった。自分の家は忘れてしまったのに、ここのことをよく憶えているのは、よっぽどその子と仲がよかったからだろう。

えっちゃん――。

そうだ。その子のことは、えっちゃんと呼んでいた。エツコなのか、エミなのか、本当の名前はもう憶えていない。呼び名を思い出すと同時に、彼女にまつわるいろいろなことが、どっと思い出された。小柄で色の白い、おとなしい子だった。

小学校にあがった時、他の同級生が、まっさらなランドセルを背負っていたのに、えっちゃんと沙耶子だけが、誰かから譲ってもらったぺしゃんこの赤いランドセルを背負っていたのだった。えっちゃんは、ここの借家で、目の不自由な母親と二人で暮らしていた。えっちゃんは、母親の代わりに買い物に行ったり、洗濯物を干したり取り入れたり、ということをしていた。

「あそこは、生活保護を受けているんだよ」

沙耶子の母は、そう沙耶子に言った。借金取りに追われて逃げ回っている自分たちの方が、生活保護を受けている母子家庭より、上等なんだとでもいう口ぶりだった。しかし、そんな大人の事情は、子どもの世界には何ら影響を及ぼすことはなかった。えっちゃんの母親は、白い杖をついて歩いていた。沙耶子が道の向こうからやって来て、すれ違おうとすると、「サヤちゃんだね？」と声をかけてくる。

「おばちゃん、何でわかるの？」

目が見えないのに、という言葉は、すんでのところで呑み込んだ。

「足音でわかるのよ」

えっちゃんの母親は、そう言ってにっこりと笑った。彼女は、えっちゃんと同じように色白で、整った顔立ちをしていた。身のこなしやもの言いに、品のよさも感じられた。朝早くから夜遅くまで働き詰めで疲れ果て、口を開けば困窮した生活や、事業に失敗した夫への恨み言をくどくどと並べ立てる沙耶子の母とは大違いだった。

誰もいない家へ帰るのが嫌で、えっちゃんの家に寄って宿題をし、そのまま近くの公園で遊んだものだった。

「もうすぐ、お父さんが迎えに来てくれるの」

時々、えっちゃんはそう言った。

そのことを家に帰って母に言うと、母は、ふん、と鼻で笑った。

「あの子のお母さんは男の人に養われていたのよ。つまり愛人ってこと。目が悪くなって旦那に捨てられたんだって。その旦那が何で迎えに来てくれたりするんだい」

沙耶子が、帰って来た父に「愛人って何?」と尋ねると、父は、「子どもにつまらんこと言うな」と母を怒鳴った。

母が言い返して、いつものように、口汚い罵り合いが始まった。

沙耶子は、踵を返してロープに囲まれた借家の前を離れた。

「だけど――」

瘦せこけた犬が、目の前を横切るのを見ながら沙耶子は呟いた。

「だけど、えっちゃんはいなくなっちゃったんだ」


えっちゃんは、ふいにいなくなった。

その日もえっちゃんと遊んで家に帰っていた沙耶子のところにも、問い合わせがきた。

その日は特に母親の帰りが遅く、待ちくたびれた沙耶子は、布団の中にもぐり込んで、うとうとと眠ってしまっていた。そこを母親に叩き起こされた。

そうだ。あれも春のことだった。三年生になっていたのか、なる前の春休みのことだったのか定かではない。ただ母に引きずられるように、えっちゃんの家へ連れて行かれる途中で、桜の花を見た記憶がある。えっちゃんの家の前には、大勢の人が集まっていた。警察官や消防団の人、学校の先生や近所の人たち。えっちゃんの母親は、半狂乱になっていた。見えない目から、あとからあとから涙がこぼれていた。

大人たちの前で、つっかえながら沙耶子は、えっちゃんと公園で別れた時のことをしゃべった。あやしい人を見なかったかと問われ、急いで首を振った。

「でも奥さん、えっちゃん、旦那さんに連れて行かれたんじゃないの？」

沙耶子の母が言った。

「うちの子に時々、言ってたそうですよ、えっちゃん。そんなことを」

旦那が何で迎えに来てくれたりするんだ、と以前は言っていたくせに、母は沙耶子に向かって「そうだろ？」とそのえっちゃんの言葉を皆の前で言うように促した。仕方なく、沙耶子は、おずおずと説明した。

「それはないと思います」

えっちゃんの母は、きっぱりと否定した。

「でも……」きれいな顔が歪んだ。

「あの子は父親の顔を知りません。知らない人が父親だと名乗ったら、ついて行ったかもしれません」

その考えにすがりつきたいというふうに、えっちゃんの母親は言った。

大勢の人が、何日もかけて街中を捜索したのに、えっちゃんは見つからなかったから、本当に知らない人をお父さんだと思い込んでついて行ったのかもしれない。沙耶子は、その後の顚末を知らない。沙耶子たち一家もその後、バタバタとまた引っ越しをしてしまったからだ。債権者に居所を突き止められたか、突き止められそうになったか、いつも沙耶子はそういうふうに唐突に学校を替わらされた。

どっちにしても嫌な思い出だ。

どうしてよりによって、こんな思い出の残る街に、和馬は越して来たのだろう。街を歩き回りながら、沙耶子は思った。再会した当初は、抗えない星回りに従うように、あるいは自分を罰する修行僧のように、沙耶子の許を頻繁に訪れていた和馬は、だんだん沙耶子から足が遠のいた。もしかしたら、このまま別れてしまうのかもしれない、と沙耶子は思った。別れようときっちりと話し合うこともなく、会わなくなって、それでも同じ街に住み続けるのだ。

私たちの別れ方としては、それがふさわしいのかもしれないわ。この奇妙な記憶の残った街で——。

ある日、何気なく通りかかった街角で、沙耶子はまた見覚えのある風景を見つけた。

古色蒼然とした二つのビルが並んでいる場所だ。もう潰れてしまったらしい蕎麦屋の看板が一階に掛かっていて、その看板にも見覚えがあった。もう一つのビルは、賃貸しの集合住宅になっているのだが、もうあまり入居者はいないように見えた。沙耶子は一度通り過ぎて、また戻って来た。それから二つのビルの隙間に顔を近づけてまじまじと見た。

「あれ?」

思わず声が漏れた。このビルとビルの間を子どもの頃、えっちゃんと二人で通って、行き来していた気がするのだ。なのに、今見ると、たとえ小さな子どもでも通り抜けられないくらい狭い。思い違いだろうか。もう一度、蕎麦屋の看板を見上げ、ぐるりと裏に回ってみたりした。間違いない。このビルの向こうに、えっちゃんの家や小学校や中学校やセメント工場があったのだ。この近道をよく通ったはずなのに。沙耶子は、首を傾げながら、その場を立ち去った。

その頃、沙耶子はスーパーのレジ打ちのパートを辞め、港のフェリー乗り場で切符を売るというパートに替わった。そのことは、和馬には告げなかった。和馬は、忘れた頃にぽつんぽつんと沙耶子の許を訪れた。二人の会話は極端に少なくなっていた。沙耶子と和馬は、儀式のようなセックスをし、沙耶子は自分の中の砂の音に耳を傾けた。

港での切符販売の仕事は、時間が変則的だった。早朝や夜遅くの勤務があった。沙耶子は、中古の自転車を買ってアパートと港との間を行き来した。その通勤の途上に、あの二つのビルがあった。

　夜遅く、勤務が終わった晩、そのビルの前を通った。習慣的にちらりとそのビルの隙間を見て、沙耶子は急ブレーキをかけた。そしてそろりと自転車から降りた。蕎麦屋の錆(さ)びたシャッターに自転車をたてかける。そして、二つのビルの間を覗き込んだ。

　隙間が広がっていた。

　今の沙耶子でも、らくらく通り抜けられそうなほどに。沙耶子はあ然として、しばらくその隙間の前に立ちすくんでいた。そして唾をごくりと呑み込むと、その隙間に足を踏み入れた。

　満月の晩だった。広がった隙間の中にも、天から月の光が届いていた。足元はコンクリート張りで、その割れ目から短い雑草が生えているのもよく見えた。灰色のビルの側壁に、ひび割れが黒々と走っていた。奥まった場所に落書きを見つけた。

　チューリップの花、縄跳びをする女の子、子犬や小鳥。少女っぽい図柄が、月の光に照らし出されていた。最後の方の絵の中に、文字が交ざっていた。幼い字で「さやこ」「えつこ」と書かれてある文字を読んで、沙耶子は息を呑んだ。視線は、その文字の上に張り付いたままだ。それから、その文字を指でなぞってみた。チョークの粉が指についた。新しい粉だ。二十五年以上前に書かれたものとは、とても思えない。

沙耶子は、恐る恐る歩を進めていった。ビルとビルの間から出ると、そこには満月に照らし出された街が広がっていた。

まず気がついたのは、そこにあるはずのコンビニがなかったことだ。十階建てのマンションも、しゃれた住宅街もない。月極駐車場もない。あるのは、高い煙突のある銭湯、豆腐屋、家族経営でやっているような小さなスーパーマーケット。平屋建ての木造住宅の間には、畑もあった。

そこは、沙耶子とえっちゃんが走り回っていた頃の、懐かしい街だった。

夜の十一時過ぎ、煌々と輝く明かりが家の中から道にこぼれ落ちているにもかかわらず、どんなに歩き回っても、誰にも会わなかった。豆腐屋の前には、夕方に撒いたらしい打ち水の跡があったし、窓から覗いたどこかの家の中には、食べ散らかしたまま、後片付けの済まない食器が載ったダイニングテーブルがあった。それなのに、人の気配はどこにもなかった。

沙耶子は、迷いこんだ過去の街を歩き回った。えっちゃんの家にも電灯が点いていた。囲んでいたロープはなく、どの借家の前にも、植木鉢や三輪車や竹箒などがごちゃごちゃと並べられていた。沙耶子は、えっちゃんの家の玄関をガラガラと開いた。下駄箱の上に、大小の木彫りの達磨が置いてあるのにも見覚えがあった。

「えっちゃん」

沙耶子は呼び掛けた。返事はない。

「おばちゃん」

沙耶子は、小学生に戻ったような気がした。靴を脱いで上がり込む。砂壁に、えっちゃんが図工の時間に描いた絵が、画鋲（がびょう）で留めてあった。いくつもない部屋を全部見てみたが、えっちゃんも彼女の母親もどこにもいなかった。

熱に浮かされたように沙耶子は、街の中をさ迷った。そして疲れ果てて、またあのビルとビルの間を通ってそこを出た。

翌日、その道を通った時には、ビルの間はまた閉じていた。


毎日毎日、沙耶子はそのビルの前を通った。それは昼だったり夜だったりしたが、ビルとビルの間に、人が通れるほどの空間はなかった。

再びそれを見つけたのは、また満月の晩だった。ビルとビルの間が開いて、あの過去の街へ行けるのは、満月の晩だけという法則を、沙耶子は知った。

明るい月の光の下、薄ねず色の影を引きながら、沙耶子は無人の街の中を探索した。これが自分の前に現れる不思議を考えることはもうやめてしまった。

どこもかしこも、はちみつ色の満月の光に照り輝いていた。

ある家の玄関先には、飼い犬がつまらなそうな顔をして寝そべっていたし、中学校のグラウンドには照明灯がともっていた。さっきまで誰かが蹴っていたようなサッカーボールがいくつも転がっていたのに、やはり人は一人もいなかった。中学校の隣には、照明灯と満月に照らし出されたセメント工場が出現していた。構内には、大きな砂の山があって、その頂上から廃れた工場に向かって長いベルトコンベアが伸びていた。

沙耶子は、「立ち入り禁止」という札の掛かった門扉を開けて敷地内へ入って行った。廃工場の中には明かりはなく、足元も暗かった。工場の中はガランとしており、沙耶子は難なく進んでベルトコンベアに上る螺旋（らせん）階段の下に立った。何度かここへ来たことがあるという気がした。えっちゃんと、この中で遊んでいたのかもしれない。

螺旋階段は、錆びついていて朽ちて穴が開き、溶接がとれた部分があるのか、ギシギシときしんだ。てっぺんまで来ると、月の光が届いてベルトコンベアがはっきりと見えた。沙耶子は、ベルトコンベアの上に足を乗せた。階段と違って、ベルトコンベアはしっかりとしていた。

沙耶子はゆっくりとその上を歩いた。ベルトコンベアは、工場の建物から飛び出して、ゆるく傾斜しながら砂山のてっぺんに向かっていた。宙に浮かんだベルトコンベアは、かなりの高さがあったが、怖いとは思わなかった。どうしても先まで行かなければならないと気が急（せ）いた。

ベルトコンベアの先まで来て、沙耶子は下を見下ろした。砂山の向こうには、砂をすくってベルトコンベアの上に載せるバケットが、錆びたままぶら下がり、砂山の上に黒い影を落としていた。砂山のてっぺんは、クレーターのようにへこんでいた。そのアリ地獄のようなへこみを、沙耶子はじっと見下ろした。

その時、一番深い部分で何かがひらひらと動いたような気がした。沙耶子は、腰をかがめて目を凝らした。それが、小さな子どもの手のひらだとわかった時、沙耶子の体中の血が凍りついた。身をのけぞらせた彼女の動きに合わせて、ベルトコンベアがギ、ギィーと鳴って、ガクンと一段、落ちた。

急に、ベルトコンベアが頼りなくゆらゆら揺れた。沙耶子は、ベルトコンベアに四つん這いになって、すがりついた。それが落ちてしまわないうちに大急ぎで、かがんだ姿勢のまま工場に向かって這い戻った。螺旋階段を駆け下りる。心臓が早鐘を打っていた。それから工場の中を駆け抜け、満月の街を走った。人影のない静まり返った大通りを、小学校の脇を、沙耶子は走った。

ビルとビルの隙間をすり抜けて、今度は自転車を漕いだ。自分の部屋に帰り着く頃には、息は上がり、気持ちの悪い汗で下着が体に貼り付いていた。震える手で鍵を閉めると、吐き気が込み上げてきた。沙耶子はトイレに駆け込んで吐いた。何も吐くものがなくなって、空えずきをすると、苦しくて涙がポロポロこぼれた。口を手で覆い、泣きながら、沙耶子は震え続けた。寒気が体中を包み込んで、とても立ち上がれなかった。

ベルトコンベアの先端で、二十五年前の記憶が、堰を切ったように甦ってきたのだ。それは怒濤のように湧き上がり、沙耶子を包み込んだ。

えっちゃんは、あそこから落ちたのだ。砂山の上のアリ地獄の中に。あの頃、立ち入り禁止の廃工場の中へ入って遊ぶようになっていた沙耶子とえっちゃんは、ベルトコンベアの上を歩いていた。えっちゃんが先に立っていた。砂山の頂上を覗き込んでいる時、壊れたベルトコンベアが、ガクンと揺れた。その揺れに足を取られて、えっちゃんは、あの砂のくぼみに落ちたのだ。

あっと思った時には、もう足から砂の中に沈んでいた。えっちゃんは、ベルトコンベアの端にすがりついている沙耶子の方を見上げた。その時には胸まで砂に埋まっていた。あの時、沙耶子に何ができただろう。自分も落ちないようにしがみついているのがやっとだったのだ。

えっちゃんも自分の身に何が起きたのか、起こりつつあるのか、正確に把握していたとは思えない。沙耶子を見上げた時には、照れ笑いすら浮かべていた。ギィーッと不気味な音を立てるベルトコンベアの根元の方に一度目をやってから、もう一度砂山を見下ろすと、そこにはもう、えっちゃんの姿はなかった。ひらひらと揺れているえっちゃんの手のひらが、砂の中に消えてしまうと、辺りは静まり返った。

「えっちゃん！」

　ようやくその時になって、沙耶子はえっちゃんの名を呼んだ。上から入って下から出てくる――ふいにそんな滑稽な思いが頭に浮かんだ。ベルトコンベアの上を大急ぎで戻り、螺旋階段を下りた。工場の中を抜けて砂山の下にたどり着いた。えっちゃんの姿はどこにもなかったけれど、沙耶子はしばらくそこで待っていたような気がする。

　それからじりじりと後ずさり、一気に駆け出した。すぐそばにえっちゃんの家があったのに、とにかく自分の家に戻らないと、という思いに支配されて走った。途中、小学校の長い塀の横を通った。塀の中から桜の枝が伸びてきている。ピンクの色のトンネルの下を走った。あとからあとから桜の花びらが落ちてきた。降り注ぐ花びらで、前が見えないほどだった。

　怖かった。あのピンクの洪水と、後ろに残してきたえっちゃんとが結びつく。ひらひらと落ちてくる花びら。ひらひらと揺れるえっちゃんの手のひら。怖くて怖くて、一刻も早くそこから離れてしまいたかった。なのに、桜のトンネルからは、なかなか抜け出せなかった。降ってくる桜の花びらの中に、沙耶子は怖い記憶を深く埋めて捨て去った。

　あの時も、家に帰って吐いた。トイレで吐いた後には、意識が朦朧（もうろう）とし、何で自分が吐いたのかわからなくなっていた。そのまま敷きっぱなしになっている布団の中にもぐり込んで、ひたすら眠ったのだった。あの時からだ――トイレの床にしゃがみこんだまま、沙耶子は思った。

さらさらさらさら……私の中の砂の音は、大昔から始まっていたんだ。


それ以来、満月の街に行くのはやめた。

港へ行く道も変えて、あのビルの前を通らないようにした。あのセメント工場が取り壊された時、どうしてえっちゃんの死体が見つからなかったのだろう。ふとそんなことを思ったが、すぐにその思いを振り払った。それなら、なぜ二十五年前の街が今頃現れたのか、そういうことまで考えなければならなくなる。

季節は巡り、沙耶子は淡々と日々を過ごした。その年が暮れ、新しい年が明けた。

何日か続けて訪ねて来ることもあった。和馬は、一か月来ないこともあれば、
ある日の夕暮れ時、アパートの部屋の扉が、控えめにノックされた。和馬でないのはわかった。沙耶子は、深く考えることもなくドアを開けた。和馬の妻の久枝が立っていた。沙耶子と久枝とは、無表情のまましばらく黙って向かい合っていた。

「夫と別れてください」

久枝は言った。

「私たち、また東京へ戻ることにしたんです」

沙耶子は、何も答えなかった。

「もう追いかけて来ないでください」

書いてきた文章を読み上げるように、何の感情も込めずに久枝は続けた。

本当に、絵に描いたような状況だわ、と沙耶子は思った。正妻が夫の愛人に告げる言葉としては、これ以上ないくらい典型的だ。この人は、ようやく自分のすべきことに気がついたのだ。もっと早くに私のところに来て、こう言うべきだったのだ。

久枝は、念を押すように沙耶子をじっと見やってから去って行った。

さらさらさらさら……また砂が流れ出した。

そしたら――沙耶子は体の中身が流れ出していくのを感じながら思った。

そしたら、私も愛人として自分のやるべきことをやらなくちゃ。


次の満月の晩、珍しく沙耶子の方から和馬を呼び出した。和馬は、素直に呼び出しに応じた。久枝が沙耶子を訪ねたことを知っているのかどうかはわからなかった。が、そんなことはもうどうでもよかった。

沙耶子と和馬は、日がとっぷり暮れた時間に、商店街のはずれで待ち合わせをした。再会した時と同じように、二人は寄り添って歩いた。

これは業なのよ。

沙耶子は、心の中で呟いた。

あの二つ並んだビルの前まで来た。隙間は開いていた。和馬の腕をそっと引いて、ビルとビルの間をすり抜けようとする沙耶子に、「どうして?」とも「どこへ行くんだ?」とも言わずに和馬はおとなしく導かれた。

人気のない満月の街に出ても、和馬は特に疑問を口にすることはなかった。美しい満月を見上げ、恍惚の表情を浮かべていた。二人は、ゆっくりと昭和の街を歩いた。セメント工場の鉄扉は、この前、沙耶子が逃げ出した時に押し開けたまま、大きく開いていた。沙耶子に腕を取られて、和馬は螺旋階段を上がった。ベルトコンベアの根元に立つと、その先にあるものを見やって、

「やあ、砂の山だな」

と和馬はにっこり笑った。そして、沙耶子が促すこともなく、たったっとベルトコンベアのゴムベルトの上を歩いて行った。少し間をおいて沙耶子もその後を追った。先端まで達した和馬が、月の光を全身に浴びて沙耶子の方を振り返った。また笑っている。この上ない優しい微笑みだった。沙耶子が和馬のところまで行くと、今度は砂山の上のクレーターを見下ろしていた。

「さよなら、和馬」

沙耶子は、和馬の背中をそっと押した。和馬は砂山の上に足から落ちた。沙耶子の方を見上げた和馬は、心底ほっとしたような表情を浮かべていた。

和馬の体が砂に呑まれていくのを、沙耶子はじっと眺めていた。和馬の頭が、砂の中に消えた時、沙耶子はそっと呟いた。

「私は、そんなに悪い女じゃないわ」

沙耶子は、もう走らなかった。ゆっくりと満月の街を歩いた。どこもかしこも静まり返っていた。

二つのビルの前に来た時、沙耶子は後ろを振り返った。もうここへ来ることは二度とないだろう。満月に照らし出された街のたたずまいを心に刻み付けた。

その時――。

ビルとビルの隙間の暗がりから、コツ、コツ、コツという固い音が響いてきた。沙耶子は、はっと身を硬くした。この街で聞く初めての音――ビルとビルの間を、誰かがやって来る。

最初に現れたのは、白い杖だった。それからワンピースの上に地味なカーディガンを羽織った中年女性の姿が見えた。彼女は、白い杖で、自分の前を小刻みに探りながら、ビルの間から出て来た。目を凝らさなくても、それが誰だかわかった。沙耶子は小さく呻いて数歩、後退した。えっちゃんの母親は、耳ざとくその気配を感じて、沙耶子に近寄って来た。

「サヤちゃんだね？」

沙耶子は言葉もない。えっちゃんの母親は、沙耶子の方に、ぐいっと顔を突き出すと、閉じていた両目を開けた。白く濁った目が焦点を結べず、ぐりぐりと動いた。

「悦子はどこ？」

沙耶子は、こらえきれずに「ヒィッ！」という細い叫びを上げた。

「悦子が父親に連れて行かれたんじゃないかって、サヤちゃん、言ったじゃない」

膝がガクガク震えて、とても立っていられない。道の上にうずくまってしまった沙耶子に向かって、えっちゃんの母は、言い募る。

「誰に連れて行かれたの？　サヤちゃん、ねえ、見たんでしょ？　あんた」

「知りません、知りません……」

沙耶子は、子どものように首を振った。

街の方から、子どもの笑い声が聞こえてきた。沙耶子は、ぎょっとして振り返った。えっちゃんの母親も、見えない目をそちらの方へ向けた。

道の向こうから、男と女の子が、手をつないでやって来るのが見えた。近づくにつれ、それが和馬とえっちゃんだとわかった。何か楽しそうに話しながら、つないだ手を、ぶらんぶらんと揺らして歩いて来る。沙耶子たちのそばで、二人は立ち止まった。二人とも砂だらけだった。今、あの砂山のアリ地獄から抜け出して来たように。それに気づくと、沙耶子の喉がヒュッと鳴った。

「サヤちゃん！」

嬉しそうに、えっちゃんが声をかけてきた。

「お父さんが迎えに来てくれたのよ！　言ってたでしょ？　いつかお父さんが来てくれるって」

「いいえ、その人は、お父さんじゃないわ！　悦子」

えっちゃんの母は大声で言った。

「違うよ、お母さん。この人、お父さんだよ」

えっちゃんは、ケラケラと笑い声を上げた。

「知らない人だよ、悦子。お父さんじゃない」

えっちゃんの母は、杖を放り出して、えっちゃんをつかまえようと宙を両手でまさぐった。が、うまく二人の方向をとらえられず、間違った方へ、歩を進めた。

「この子は僕の子どもですよ」

和馬は、えっちゃんの体についた砂をはたいてやりながら、落ち着いた声で言った。

えっちゃんの体から、たくさんの砂が落ちて、沙耶子の体にもパラパラとかかった。

「悦子、悦子」

えっちゃんの母は、娘を取り戻そうと必死だ。

和馬は、今度は自分の体の砂をはたいた。髪の毛から、ロールアップのシャツの両袖から、ズボンの折り返しから、大量の砂が流れるように落ちてきて、堆く積もった。

「僕の娘ですよ」

ややむっとしたように、和馬は繰り返す。そうしながらも、和馬の体からはどんどん砂が落ちてきて、沙耶子の足を埋めた。

「さっきまで砂遊びをしていたんだ」

えっちゃんが、「ねっ」というように、和馬に笑いかけた。

「嘘よ。返してください。私の子どもを――」

えっちゃんの母親の声は、悲鳴に近い。

それには答えず、和馬はえっちゃんに手を差し出した。

「さあ、行こう。絵里香、えっちゃん」

そうだ。和馬は絵里香のことを、えっちゃんと呼んでいた。

そう思った時、沙耶子はまた自分の体の中の砂の音を聞いた。流砂だ。私は、こうして崩れていくんだ。和馬の体から落ちた砂の中で、沙耶子の足が形をなくしていくのが見えた。

さらさらさらさら……

膝から腰にかけて、自分の体が砂になって崩れていくのを、沙耶子は声もなく見つめていた。

えっちゃんは、和馬の手の中に自分の手を滑り込ませた。二人はまた笑いながら、道を曲がって遠ざかった。月が、そのかりそめの親子を照らしていた。えっちゃんの母は、泣きながらその場にうずくまった。

その泣き声を聴きながら、沙耶子は満月の下で、砂になっていった。

母の自画像

廊下の照明が落とされた。

午後九時半。消灯の時間だ。面会時間は七時に終わっているので、廊下は静まり返っている。時折、ナースコールに呼ばれた看護師の足音がする。どこかの病室のドアが開け閉めされる音がして、密やかな声が響いてくることもある。が、それもすぐに消え、静寂に包まれるのだ。

病人にとっては長い夜の始まりだ。

「明かり、点けようか？」

ベッドの枕元灯のスイッチに手を伸ばした克也（かつや）に、父はゆっくりと首を振った。

「いい。あれは眩し過ぎる」

「うん」

克也は個室の中の自分のベッドに腰を下ろした。昼間はソファになる簡易ベッドだ。ドアの上部のすりガラスから漏れてくるほのかな廊下の照明。それとバイタルデータを表示するモニターの青白い光。それで部屋の中の様子は充分わかる。枕に頭を乗せた、父の痩せこけた顔も。ベッドヘッドに取り付けられた「消化器科　布施登志夫（ふせとしお）」という父の名前もはっきり読めた。

八十九歳の父は、末期の直腸癌だ。あと数か月との余命宣告も受けてだいぶ経った。この入院が最後になるだろうことは、克也だけでなく、本人もよくわかっている。

父の病状が悪化していき、もう手の施しようがないと言われてから、克也は、定年退職を一年早めて会社を辞めた。父は「そこまでしなくていい」と強固に反対したが、それには耳を貸さなかった。仕事には何の未練もなかった。

母、佳那江（かなえ）は十三年前、七十一歳で脳出血により、あっけなく亡くなっていた。

「とうとうお前は独り身のままだったな」

特に咎める口調でもなく、父が呟いた。六十を目前にした息子の結婚など、とうに諦めていると思っていた。だが、こうして病院に付き添うようになってから、父は何回かそのことを口にした。それで、父はまだ引っ掛かりを覚えていたのだなと気がついた。

もし克也が結婚していたら、病人の世話は妻が引き受け、彼は仕事を辞めないですんだと思っているのか。それだけでなく、孫やひ孫の顔も見ることができただろうに。一人息子の克也が独身を通したおかげで、父の人生も期待通りとはいかなかったのだ。そのことを、克也自身は今さら悔いることはないけれど、親には不孝をしたと思わぬでもない。

その埋め合わせというわけでもないが、今こうして死に瀕（ひん）した父に付き添っている。

母亡き後、男二人で暮らしてきて、持つことのなかった濃密な時間を過ごしているというわけだ。

「まあね。申し訳なかったよな」

そう言うと、父は歯の抜けた口をわずかに開いて笑った。

「申し訳ないとは思っているわけだ」

こんなことでもなければ、お互い率直な思いを口にすることもなかっただろう。克也は仕事を辞めてよかったと改めて思った。

「さあ、わしが死んだらお前は一人だ」

そんなことも気軽に口にする父は、既に己の死を受け入れているのだ。

「まあ、そうだな」

まさかこんな年になった息子のことが気になって、死んでも死にきれないということもないだろう。こっちももう人生のたそがれ時だとは思ったが、克也は曖昧に微笑んだきりだ。

「あっちへ行って、お前が結婚もせずに定年を迎えたと佳那江に言ったら、あれはどう言うだろうな」

「『そう。まあそれもいいわね』って言うさ」

それだけは即座に答えた。また父は口を開いて笑い顔を作った。その挙句、どこかが痛んだのか、顔を少しだけしかめた。痛みはモルヒネで取ってもらっているはずだが、充分効いていないのかもしれない。我慢強い父は、言葉に出さない。

「そうだな。あいつならそう言うだろう」

母が亡くなった時、克也はもう四十代半ばだった。それまでに母に結婚を催促されたことはなかった。親戚筋のお節介な女性たちにあれこれ世話を焼かれても、母は黙って聞いた挙句、やんわりと拒んでいた。克也の思い通りにさせてくれていた。

母は一般常識や世間体などには縛られない人だった。強く自己主張するということはなかったが、芯のある人という印象だ。他人の言葉に左右されることはなかった。そういうところが、親戚の中では一風変わった人物ととらえられていたかもしれない。

「佳那江さんがそんなだから、かっちゃん、いつまでも独りでいるのよ」

そんなふうに苦言を呈していた叔母連中ももう大方死んでしまった。

「結婚もいいもんなんだがな」

呟くように言った父の言葉には重みがあった。それきり目を閉じてしまったので、眠ったのかと思っていたら、しばらくしてぽつりと言った。

「だいぶ前、母さんが一週間いなくなった時があったろう？　憶えているか？」

「いつのこと？」

「佳那江が五十七歳の時だったから、かれこれ二十七年前になるか……」

「それじゃあ、俺が三十二歳の時だな。その頃は名古屋にいたんだ」

頭の中を整理しながら答えた。克也の勤務先は、建築資材の販売をする会社で、営業職の克也は、あちこちの支社を転々としていた。三十代前半は、名古屋支社に赴任していた。会社では中堅と言われる年代に差しかかり、工務店や建築現場に忙しく出入りしていた頃だった。営業成績もよかったから、得意先や同僚との飲み会も多かった。

「お前に電話したろう？　母さんの行き先に心当たりはないかって」

「ああ……」

そういえばそんなことがあった。いつになく取り乱した態の父から電話があったのだった。

「母さんがいなくなった」開口一番、父は言った。

「何だって？」

克也はそう問い返した気がする。父が仕事中に電話をかけてくることは、それまでにないことだった。まだ携帯電話が普及していなかった頃だ。克也は会社の自席で父から話を聞いたのだった。

昼間のその時間、父も仕事をしていたはずだ。司法書士をしていた彼は、自分の事務所をかまえて働いていた。それに普段、沈着冷静な父がそんなに慌てふためくことなどない。それでことの重大性に思い至ったのだった。専業主婦の母の行方が知れないなんて普通じゃない。事件か事故に巻き込まれたのかもしれないと。しだいに記憶がはっきりしてきた。

しかしそうじゃなかった。母はちゃんと書き置きを残していったのだ。一週間だけ留守にしますとだけの短い書き置きを。それだけでは納得できるはずもない。だから父は、克也に母親の行き先に心当たりはないかと問うてきたのだった。

「でも、母さんは戻って来たんだったろ？」

「そうさ。きっちり一週間後にな」

何事もなかったように——。父からまた電話でそう連絡を受けた。

確か知り合いが亡くなって、急いで駆けつけたかなんかだった。それにしても随分強引で乱暴なやり方だなとは思った。せめて夫にはちゃんと行き先を告げて行くべきだろうと。

しかし、その後も忙しさに取り紛れ、東京の実家に帰ることはなかった。夫婦の間でどのように折り合いをつけたのか知らないが、その年の暮れに帰った時には、二人とも普段と変わりなかった。二人の口から、その時の事情が語られることもなかった。だから克也の方からわざわざその話題を持ち出すこともしなかった。

父が騒ぐほど、たいしたことではなかったのだろうと勝手に結論づけた。そしてすっかり忘れてしまっていた。今、父がその時のことを持ち出す意図もわからなかった。

「あれはな――」父は痰の絡んだ咳をした。「あれは、母さんの昔の恋人が亡くなったんだった」

「え？　そうなんだ」

母親に結婚前に恋人がいたことなど、聞いたことがなかった。今さら聞いても動揺することもない。もう過去のことだ。母は死んだし、父もそう長く生きられないのだ。

「で、母さんは葬式に参列してきたってわけ？」

「いや、葬式はもう終わっていたそうだ」

じゃあ、何で一週間もの時間が必要だったんだろう。死んだ元恋人を偲んでいたのか。それほど大事な人だったのか。そんなことを思ったが、口に出さずにいた。

父も黙ってしまった。だが目を閉じることはせず、天井をじっと見上げていた。

「その恋人っていうのは、生島由人っていうんだ。父さんも知ってた人なんだ」

「へえ」そうとしか答えられなかった。両親は恋愛結婚だとは聞いていたが、詳しい出会いなどは知らなかった。

「彼も美大生でね」

それで合点がいった。母、佳那江も美大に通っていたのだ。母の年齢にしては珍しい経歴だ。油絵学科だったとは聞いたけれど、母が絵を描いているところなど、見たことがなかった。

しかし、母の一種透徹したものの見方とか、孤高の魂が内在しているようなたたずまいとかは、もしかしたら美術を学んでいたところから来ているのではないかと思ったことはある。

「わしは、生島から母さんを奪って結婚したんだ」

物思いにふけっていたせいで、父の言葉を聞き逃すところだった。

「ほんとに？」一拍置いて間の抜けたことを言った。

「そうさ」父は特に気負う様子もなく、答えた。「父さんは、母さんと出会うより前に生島と知り合ったんだ」

窓の外で救急車のサイレンの音がした。サイレンは、前の道路を遠ざかっていった。今日はこの病院は救急当番ではないようだ。

消灯時間が過ぎても、父は眠ろうとはしなかった。

眠れないことは度々あって、そんな晩は輾転反側（てんてんはんそく）してため息をつき、付き添っている克也も安眠を妨げられた。だが、今日は体の具合がいいようだ。長くしゃべっても疲れるようでもない。克也は黙って父の話に耳を傾けた。

「わしはその頃、大きな司法書士事務所で雇われて働いていたんだ。駆け出しだったから、とにかく早く仕事を覚えたくて、へとへとになるまで働いたね。働いたし、よく飲んだ。若かったんだな」

事務所の所長が社交的で陽気な人だったから、所員をよく飲みに連れて行ってくれたらしい。特によく働く父は、お気に入りだったようだ。

「それで、夜の街にもまずまず詳しくなった。所長が連れて行ってくれる店だけじゃなく、自分の好みの店も見つけた」

父が一人で行くのは、女性が接客することもなく、静かに飲める店だった。

「『パープル』って名前だったな。薄暗くて客があんまり入ってなくて、ファドっていうポルトガルの悲しげな民族歌謡がずっと流れているようなとこでな」

所長らと賑やかに飲んだ後、ふらりとそこに立ち寄って水割りを一杯か二杯飲んで帰るのが、父の習慣になっていた。マスターはあまり商売気がなく、客の相手もろくにしない素っ気ない中年男性だった。飲み物だけ作って出すと、後はカウンターの中で気だるげに煙草をくゆらせていた。そこが気に入って落ち着けたのだと父は言った。

「客もたいして入らないのに、アルバイトのバーテンダーを雇っていて——」

それが近くの美大に通う生島だった。どうやら大学には真面目に通っていないらしく、何年か留年を繰り返しているようだった。生島も口数が多いわけではなかったが、年齢が近いこともあって、カウンター席に座った父といつの間にか話をするようになった。

「面白い奴でな。浮世離れしているというか、地に足がついていないというか。夢みたいなことばかり言ってたな。本気でそんなことを思ってるのかどうかはわからなかったが」

　自分には絵の才能がない、と生島は言った。うまいのは模写だ。だから、それを生かして贋作作家になってひと儲けするんだと言ったり、親戚に跡継ぎのない大きな寺があるから、食いはぐれたら僧になる修行をして、そこを継げばいい。ペテン師と宗教家は紙一重だとうそぶいたりした。

　高度経済成長期、誰もががむしゃらに働いていた時代だった。働いて金を稼いで、今までより少しでもいい生活をすることこそが、人生の目標のように思われていた。

「東京タワーができたり、東京でオリンピックが開かれることが決まったり、戦後の復興から抜け出して、日本には明るい未来が用意されていると皆信じてたな。だけど安保闘争が始まる前夜でもあった。とにかく世の中、希望と不穏さが入り混じってざわついていた」

　奇妙な熱に浮かされたような世間のあり様に疲れ、それでも押し流されるように働きづめだった父は、「パープル」で生島の与太話を聞くことが、癒しになっていた。生島は冷徹な視線で世の中を見ていた。盛り上がりつつあった学生運動などにも無関心だった。儲け話をするくせに金にも無頓着で、常に着るもの、食べるものに不自由していたが、そんなことはどこ吹く風だった。

驚いたことにそんな滅茶苦茶な生島には、恋人がいた。

「それが母さん？」

つい声が出た。父は、いかにも嬉しそうに頷いた。

自分の両親の出会いに、こんなワクワクする物語が隠されていたとは。もう誰も傷つけない、たわいのない話だ。それを息子にする父も楽しんでいるようだ。体の痛みも、死への恐怖も束の間忘れて。

「佳那江は時折、『パープル』にやって来た。来ても、生島とたいして話をするでもない。ただぼんやりカウンター席に座ってトリスのソーダ割りをちびちび舐めているか、あるいはテーブル席でカード占いをしているかだった」

美大生どうしのカップルは、平凡なサラリーマンである父には理解不能だったようだ。

「佳那江が来ると、生島も気詰まりな様子で黙り込むから、わしは初め佳那江が来るのがうっとうしいと思っていた。彼女が来ない方が、生島は生き生きして見えた。いったいこの二人はどういう関係なのだろうと考えた。考えたが、わからなかった」

それでも生島と母が少しずつ話すことや、マスターがたまに挟む言葉で、二人の関係がおぼろげながらわかった。生島は留年を繰り返すうちに、大学三年の母と同学年になってしまったようだ。

「次の課題を出さないと、生島君はまた留年するわよ」

そんなふうに母は忠告した。生島は「ふん」と鼻で笑っただけだった。

「もう大学なんぞやめてしまえ。うちで雇ってやるから」

マスターが言うと、母は血相を変えた。

「だめよ。生島君から油絵を取ったら何も残らないんだから」そして頭を抱えた。「どうしてあれだけの絵を描ける人が、こんなところでくすぶっているのかわからない」

店をそんなふうに貶(けな)されたマスターは、気を悪くしたようでもなく、首をすくめた。

どうやら母は、生島その人ではなく、彼の絵画に惚れているようだった。生島がどれほどの才能の持ち主なのかは知らないが、画業に勤(いそ)しむことなく、自堕落で投げやりな生活を送っているのが、母は歯がゆくてしかたがないようだったと父は言った。

「そんな母さんとどうやって親しくなったんだい？」

克也が問いかけると、父は「まあ、待て待て」と息子を制した。

喉が渇いたというので、吸い飲みで白湯(さゆ)を飲ませた。父の衰えた喉が上下して、ゆっくりと白湯を飲み下す様を、克也は眺めた。

「ある晩、生島が休んでいるのにそれを知らず、佳那江が『パープル』に来たことがあった。その頃、生島は『パープル』でのアルバイトにも熱を入れなくなっていた。あいつが来なくても、マスターもそうは困らなかっただろうよ。なにせ流行(はや)っていない店だったから」

生島は、大学だけでなく、人生そのものからもドロップアウトしてしまいそうだった。

「生島君、今度はいつ来るの？」

母の問いに、マスターは「さあ」と首を傾げた。怠慢な生島を雇っているだけあって、「パープル」も緩い店だった。高いスツールに腰を下ろした途端、母はポロポロと涙を流したそうだ。マスターが父に目配せした。自分にはお手上げだから、何とかしろとの合図だ。

その日の客は、カウンター席に座った四人きりだった。仕方なく父は、母の隣に席を移した。マスターは黙ってトリスのソーダ割りを母の前に置いた。置いた後は、すっと離れて二人連れの客の相手をし始めた。

「バカだわ、あの人」母は、グラスの中の氷を睨みつけるようにして言った。

「自分の才能をみすみす捨てるようなことをして」

「あいつ、そんなにいい絵を描くの？」

絵画のことなど、一つも知らない父は、間の抜けたことしか言えなかった。

「ええ」と顔を上げた母に真っすぐに見詰められた父は怯んだ。

「誰にも描けないものをね」

それまでに、生島を挟んで母とも口をきくようになってはいたが、二人だけで話すのは初めてだった。母は、熱に浮かされたように、生島の絵の素晴らしさを語った。どうやら彼が描くのは抽象画のようだった。

「魂を揺さぶられるような絵」そんなふうに母は表現した。

「それなのに、彼はそれを『どこにでもある絵』だと言うの。ほんとはそんなことを思っていない。もっともっと究めようとして、迷い込んでしまったのよ、あの人」

自分の求める理想が高すぎて、自分を痛めつけるような描き方をしていた時期があり、それでも思うような絵ができないので、すっかり腐ってしまったようだ。「パープル」に入り浸り、挙句の果てにバイトを始めて絵筆を投げ出してしまったという。

芸術のことは、まったく理解できない父には、難しい話だった。ただ、恋人のことで苦悩する母には興味を持った。なぜこの人は、そんなに生島に肩入れするのだろう。才能はあるかもしれないが、破滅的で厭世的で放埓で、父のような他人から見れば面白い奴と映るかもしれないが、深入りしたいとは到底思えない男だった。

才能に目を奪われ、この人はあいつに魅力を感じている。世間一般から見れば、ただ自儘な男に振り回されているだけなのに。閉店まで語り合い、いつの間にか、生島の絵を見に、彼らが通っている美大へ行く約束をしていた。

父と母は、大学の校門で待ち合わせをした。父は初めて美大というところに足を踏み入れた。日曜日だったから、学生はあまり居なかった。テレピン油と絵具の匂い。イーゼルと石膏像。薄暗い廊下を、母に案内されて歩いていく若い父の姿が浮かんできて、克也は微笑んだ。のびやかな筋肉に包まれた肉体を持ち、明るい声を発し、精いっぱいのおしゃれをしている父を。

今、モニターの青白い光に照らし出された父は、ベッドの上に起き上がることさえままならないのだ。父の上に降り積もった年月は、肉体を衰えさせ、気持ちを萎えさせている。これが人間の自然ななりゆきというものではあるが、残酷とも言えるあり様だ。

「で、彼の絵を見たんだ」克也は込み上げてくるものを抑えつけて尋ねた。

「ああ、見たさ」

「どうだった？」

「わからんね。まったくわからん絵だった」

克也はぷっと噴き出した。父も笑った。笑ったように見えた。開いた口の奥から細く長い息が吐き出された。

「時空が歪んでいるような、じっと見ていると眩暈を起こしそうな絵だった」

その絵は「ユートピア」というタイトルだと母は説明した。ユートピアという名の島なんだと。

「あいつの心象風景なんだろ？」と父が断じると、母は寂しそうに微笑んで、「本当にあるのよ」と答えた。

その後、父は言ったそうだ。

「君はどんな絵を描くんだ？　それを見せてくれないか」

母は一瞬戸惑ったようだったが、教室の壁に立てかけられたキャンバスを繰って、自分の油絵を取り出してきた。

「いい絵だったよ。素直で明るくて、母さんらしい絵だった」

「俺は見たことがないな。母さんが描いた絵を。一枚も」

「うん。そうだろうな。佳那江は自分の絵はたいしたことがないと思っていたからな。結婚する時、全部処分してしまったんだ」

それ以来、父と母は二人きりで会うようになった。母は生島との恋愛に疲れ果てていた。二人で会うようになってから、父は「パープル」にあまり足が向かなくなった。どんどん母に惹かれていったのだ。母の方も、父と会って話すことに安らぎを感じるようになっていた。

生島は、まったく大学に来なくなったのだと母は言った。ただ惰性で「パープル」のバイトだけは続けているようだった。母は生島に別れを切り出した。正直に父と付き合っていること、いずれは結婚したいということを告げたらしい。物事に固執することのない生島は、あっさりそれを受け入れると思っていた。まとわりつく母を、うとましがっているふしもあったから。

だが違った。彼は別れないと言い張った。父も加わって話し合いが行われた。しまいには、「パープル」のマスターにまで加勢を頼んだ。マスターは、「生島のような男をいつまでも追いかけているより、布施さんみたいなまっとうな稼ぎ人（そうマスターは言ったそうだ）と一緒になった方がいい」というしごくまともな考えの持ち主だった。

「まったくあいつは駄々っ子みたいだったよ」

「そうか。でも丸く収まったんだろ？ 母さんは父さんと結婚したわけだから」

「まあな。結局生島も折れたんだ」

後で聞いたら、母は自画像を描いて生島に渡したのだそうだ。それが、生島が出した条件だった。

「それじゃあ、俺はこれと暮らすよ」

風呂敷に包まれたキャンバスを抱えた生島は、上機嫌でそう言った。あまりにもあっさりと心変わりした彼にほっとすると同時に、据わりの悪い思いも抱いたのだと父は言った。

「だけど、あいつの言いそうなことだとも思った。油絵の女と暮らすなんて」

きっとあれは振られた男の捨てゼリフを、彼なりの虚勢の張り方で言い表したのだろうと父は理解した。生島は大学もやめ、ふっつりと姿を消した。

父と母は結婚した。

しばらく父は沈黙した。母と出会った時のことに思いを馳せているようにも、ただ疲れて息を整えているようにも見えた。

「じゃあ、続きはまた明日にでも――」

「いや」父はきっぱりと息子の言葉を遮った。「肝心なことをしゃべってないよ。生島が死んで、母さんがあそこを訪ねて行った時のこと」

「あそこ？　生島が住んでいたところ？」

「そうだ。生島が作り上げた、奴の理想郷だ」

一週間の失踪の後、戻ってきた母は、かつて彼に渡した自画像を持って帰った。そして父に生島が死んだことを告げた。大学時代の友人を通じて、母は生島が住んでいるところを把握していた。だが、連絡を取り合うことは一切なかった。

生島が死んだ知らせも、友人からもたらされた。

「死んだ後に例の自画像を取り戻しに行ったんだな、母さんは。だけど何だって一週間もかかったんだって、わしは尋ねた」

当然のことだ。妻が昔の恋人のところに黙って行ったということを知って、愉快に思う男はいないだろう。たとえ相手が死んだ後だとしても。だが、父はいかにも楽しそうにそういうことを口にした。生き生きしていた頃の母が、今、目の前に立っているようだった。

「佳那江は言ったんだ。『あっちの世界を始末しに行って来たのよ』って」

「あっちの世界？」

訳がわからなかった。

「佳那江は淡々と説明したよ。生島が作り出した理想郷のことを。聞いていて、わしも思い出した。『パープル』であいつが語ったことを」

それは「人生の選択」の話だった。人は生きていく上で、あらゆる選択をしている。小さなことから重大なことまで、知らず知らずのうちに人は一つを選び取っている。

「どこの学校へ行くか。どこへ就職するか。誰と付き合うか。何を買うか。今日何を着ていくか。何を食べるか。交差点に立った時、右に行くか左に行くか。毎日ありとあらゆる選択肢があって、ありとあらゆるものを自分で選び取っている」

興味深い話だった。父はグラスを手の中で弄びながら、生島の話を聞いていた。

「でも、君はこうは思わないか？ 選び取らなかったもう一方の世界のことを」

面食らった父は首を傾げた。生島は、そうやって人を煙に巻いて喜ぶ癖があった。

「選ばなかった世界もちゃんと存在していて、粛々と営まれているとしたら？」

生島は、言葉もない父にふっと笑ってみせた。

「人は時に愚かな選択をするもんだよ。自分が選んだくせに、たいてい後悔するんだ。そして思う。あの時、あっちを選んでいたらきっとうまくいっていただろうって」

「そうかな」

「そうさ！」

カウンターの奥の棚にもたれかかって、生島は父を見下ろした。

「たとえば、今夜、君がこの店に来たのも一つの選択だ。真っすぐ家に帰ってもよかったのに。真っすぐ家に帰っていた君が経験できないことが今から起こるかもしれない」

「その時、店のドアが勢いよく開いたんだ」

枕に埋もれるようにして、父は幸せそうに微笑んだ。

「ドアを開けたのは、佳那江だった。わしが初めて母さんに会ったのは、その時だった」

「じゃあさ、その晩の父さんの選択は正しかったわけだ。そうでなければ、今、俺はここにいなかった」

克也は、人生において為される数限りない選択のことを考えた。取るに足らないことのように見える選択が、人の人生を大きく変えてしまうことはある。

「生島は、選び取らなかったもう一方の世界が理想郷だと言った」

「へそ曲がりな奴だな」

「まったくだ」

廊下を数人の看護師が足早に通る音がした。誰かが遠くのドアを開けて看護師を呼んでいる。入院患者の容態が急変したのだろうか。父と克也は、しばらく廊下の音に耳を澄ました。だが、廊下はそれきり静寂に包まれた。

「だけどな――」父が口を開いた。夜になってから、こんなにしゃべるのは初めてだ。父は息子に何を伝えようとしているのだろう。

「奴は母さんの自画像と一緒にそっちの世界で生きていたんだ。つまり――」

落ちくぼんだ目がぐるりと回って、克也を見上げた。背筋にひんやりとしたものを感じた。

「母さんが選び取らなかった方の世界で」

克也はごくりと唾を呑み込んだ。こんな状況で聞かなかったら、きっと笑い飛ばしてしまうような話だ。だが、なぜだか克也は、生島が作り上げた世界が羨ましいと思った。選ばれなかった男が住みついた理想郷が。

「奴が死んで、何もかもがお終いになった。母さんは、その後始末をして、自画像を持ち帰った」

「もう一つの世界を？」ついそう尋ねてしまった。父は真面目な顔で頷いた。

「だが、母さんは言ってたなあ。まだあそこには残像が漂っているかもしれないって」

廊下の先がまた慌ただしくなり、それきり、父は口をつぐんだ。しばらくして、寝息が聞こえてきた。克也も簡易ベッドに横になった。だが眠れなかった。

選び取らなかったもう一つの世界のことを考えていた。

父は、それから一か月後に亡くなった。苦しむこともなく、眠るように息を引き取った。満ち足りた顔だ、と克也は思った。母との出会い、その後の一週間だけの失踪の事情、母の奇妙な元恋人のことを息子に話せたことで安心したのかもしれない。

通夜も葬儀も滞りなく終わり、克也は一人、父と暮らしていた家に戻った。

父が建てた家は、築三十数年を経ており、古びているし、たいして広くもない。住み慣れた家も父がいなくなると、寒々しく殺風景に見えた。克也は二階の納戸の引き戸を開けた。もう何年もここには足を踏み入れたことがない。母が死んでからは、整理する者もいなくて、手付かずのままだ。埃を被った不用品が雑然と詰め込まれている。

克也が納戸に来たのは、父が、ここに母の自画像があると教えてくれたからだ。生前、母はそんなことは一言も言わなかった。かつて画学生だったことさえ、匂わせるような素振りも見せなかった。

壊れた家電製品や丸められたカーペット、衣装ケース、父の仕事上の書類などを掻き分けて、壁際に立てかけられたキャンバスを見つけたのは、一時間も収納品と格闘した後だった。デパートの包装紙でくるみ、十字に紐がかけてあった。そのキャンバスを、明るい廊下の窓のそばに持っていって、包装紙を解いた。

若い母が、真っすぐに克也を見詰めてきた。すっと伸びた鼻筋や切れ長な目、アンバランスなほど細い首などは、克也が憶えている晩年の母と同じだった。だがくっと食いしばった唇は、若いがゆえの向こう見ずさや、頑なさを表しているようでもある。

この母が、「パープル」のドアを開けて、父の前に姿を現した時のことを想像した。スツールに座って振り向いた父や、カウンターの向こうで斜にかまえた生島を。店に流れていたというファドまで耳の奥で響いた。

若い母は、それから人生の重大な選択をするのだった。ポルトガル民族歌謡のファドという言葉には、「運命」とか「宿命」という意味があるのだと、唐突に思い出した。

母の自画像は、素朴な木製の額に入っていた。これは生島が自分でこしらえたものかもしれない。克也は自画像を裏返した。額の裏は、素っ気ない合板だ。何も書かれてはいなかった。枠には埃が溜まっている。額をそっと外してみた。埃が床にこぼれた。裏板を外すと、小さな紙切れが一枚、はらりと舞い落ちた。

拾い上げると、母の字で、ある住所が書かれてあった。瀬戸内海(せとないかい)に浮かぶ島の所番地のようだ。克也は黄ばんだ紙を、じっと見詰めて立っていた。

ユートピアという名の島——。母が「本当にあるのよ」と言った場所。

母に選ばれなかった彼は、母の自画像とそこで自分好みの世界を作り上げて暮らしていたのだ。その場所を見てみたいと、克也は思った。

西へ向かう新幹線の中で、克也は少しだけ後悔した。死ぬ前に父が語った話に感化されて、母の人生をたどってみようなどと、酔狂な思いにとらわれたことを。だが、今の克也には、それをばかばかしいと笑って引き留める人物もいない。よく考えもせず、気ままな旅に出てしまった。

車窓からの景色をぼんやりと見ているうちに、これは、本当は自分の人生をなぞる旅ではないか、そんなふうに思い始めた。自分にも選ばなかった別の人生があったのだろうか。ほんのちょっとした行き違いが、大きく人生を狂わせることはある。

あれも選択の一つだったとしたら？

克也にも、大学時代から付き合っていた恋人がいた。砂川美郷（すながわみさと）という名前だった。克也が所属していたバスケット部のマネージャーをしていた。彼より一つ年下だった。活発な女の子で、付き合い始めたのは、美郷からの告白がきっかけだった。

美郷との付き合いは楽しかった。中学からずっとバスケットをやってきて、スポーツ一辺倒だった克也の世界を広げてくれた。彼女と映画もよく見に行ったし、あちこち食べ歩きもした。本もたくさん読んでいて、面白かった本を貸してくれた。読後は感想を言い合った。

音楽も好きで、いろんなジャンルのものを聴いていた。美郷から教わった歌手やバンドも多い。彼女は六月に北海道の富良野で、二年に一度行われる野外音楽フェスに行きたがっていた。ロックからジャズ、ポップス、クラシックまで、美郷の好きなアーティストが顔を揃えるのだと言っていた。

「すごくいい雰囲気のフェスなの」と、行ったこともないのに熱っぽく語っていた。

「家族連れで来る人も多いんだよ。好きな場所にシートを敷いて音楽を聴くの。赤ん坊をあやしながら聴くお母さんや、長年通ってきている地元の夫婦とかもいる。初めて会った人ともすぐに打ち解けて二十四時間、どっぷり音楽に浸るんだって。いいでしょ」

『ふらのドリームナイト・フェス』というイベントのビデオテープは、何度も見せられた。観客は、フェスのロゴマークの入ったTシャツを着込み、タオルを振って熱狂していた。本当に家族で来ている人たちも見えた。

「ね？　私、これに子どもを連れて行くのが夢なんだ」

克也が建築資材を扱う会社に入って二年目、美郷が卒業してすぐの時、妊娠していることが判明した。まだ彼女は就職したばかりだった。それでも二人とも迷うことはなかった。音楽フェスに家族で行こうと約束したくらいだから、当然結婚するつもりだったのだ。少しそれが早まっただけだと思えた。美郷も子どもができたことを喜んでいた。

「男の子よ。きっと」まだぺたんこのお腹をさすりながら、幸せそうに言った。

「名前ももう考えた」

「何？　俺の意見も聞かずに？」

「うん。喬彦にする」

それは美郷が熱狂的なファンであるロックバンドのボーカルの名前と同じだった。

「いいでしょ。もう決めたんだから。次、女の子だったら克也が名前考えていいよ」

「じゃあ、まあ、暫定ということで」

「だめ。絶対喬彦」そんな幸せな会話をしていた。

結婚するに当たり、急いで両方の親に報告をし、準備を始めなければならない。だがその時、克也は仕事に忙殺されていた。新しい建材を売り込むプロジェクトが立ち上がり、そのチームに組み込まれたのだ。それでも何とか時間を作って、美郷と会うことにした。これからの段取りを話し合うつもりだった。

会社を出ようとした時、ある工務店から電話が入った。克也が新規開拓したところで、新しい建材の見本を取り寄せたいとのことだった。今、工場を建てようとしている施主と話をしていて、相手が興味を持ったからという説明をされた。気のいい工務店主は、「明日の朝でもいいよ。施主さんにはまた機会を作ってもらうから」と言った。

ちらりと見上げた壁の時計は、美郷との約束の時間までわずかだということを指し示していた。

「いえ、これからすぐにお持ちします」克也は瞬時に決断した。

工務店は近くだった。美郷には、一時間ほど待ってもらえばいいだろうと踏んだ。新しい建材は、壁にも利用できる部材だから、これが決まれば大きな取引になると思った。待ち合わせ場所だった喫茶店に電話を入れて美郷を呼び出してもらった。

「いいよ。じゃあ、レストランの近くまで行ってる。新生堂書店で立ち読みでもしてるよ」

そう美郷は答えたのだった。

克也は建材の見本を持って工務店に急いだ。施主も交えて簡単に説明をした。相手の感触はよかった。工務店と打ち合わせた後、見積書を作成して持っていくということで、話はついた。

レストランの予約時間までまだゆとりがあった。きっと美郷は書店で立ち読みをしているだろうと思いながら、タクシーを飛ばした。だが、克也の予想はすべてはずれた。美郷は本屋に行くまでの横断歩道で、赤信号を無視して突っ込んで来た車に轢かれた。目撃者の話では、十数メートルも撥ね飛ばされたとのことだった。

美郷は病院に運ばれて救命措置を受けたが、助からなかった。彼女に対面できたのは、病院の霊安室だった。頭部は包帯でぐるぐる巻きにされていたが、顔はきれいだった。克也は呆然と立ちすくむだけだった。

あまりのことに、涙も出なかった。駆け付けてきた美郷の両親が泣き崩れても、ただじっと見ていることしかできなかった。まるで現実味がなかった。感情が鈍麻してしまい、夢を見ているような気がしていた。しまいに、美郷の父親から「大丈夫か？」と心配される始末だった。

もちろん、美郷の葬儀には出た。だがその辺の記憶は曖昧だ。とにかく目の前にあるものを、機械的に片付けていくのが精いっぱいだった。仕事が忙しいのは有難かった。自分を痛めつけるような勢いで仕事に没頭した。ふと手を止めると、あらゆる思いが押し寄せてきて、潰されそうになるのだった。

あの時、工務店の依頼を断って、翌朝見本を届けることになぜしなかったのか。美郷に連絡を取った時、あのまま喫茶店で待つようにとどうして言わなかったのか。あるいは、その日はもう会うのをやめてもよかった。

生まれてこなかった子は、男の子だったのか、女の子だったのか。彼女が身ごもっていたことは、彼女の両親も知らなかった。まだ美郷は告げていなかったようだ。死んでからそういうことを聞いても辛いだけだろうと、克也も言うことはなかった。美郷のお腹の中で育っていた小さな命のことは。

そんなだから、自分の親にも何も話していない。あの当時、憔悴しきっていた息子は、仕事が忙しすぎて参っているのだろうくらいにしか感じていなかったと思う。

克也はその後、結婚することはなかった。どうしてもそんな気になれなかった。

司法書士としてばりばり仕事をしていた父が、克也の身の上に起こったことを知ることはなかったはずだ。母が死んで、男二人暮らしになっても、そういう話題が出ることもなかった。

だが、父が亡くなる前に語ったことが頭から離れなかった。もうすっかり吹っ切れていると思っていた美郷との悲しい別れが蘇ってきた。後悔、悲傷、痛哭。あの時の感情が、ギザギザした切り口を持って胸に突き刺さる。

あの時、俺は選択をしたのだ。美郷との約束を後回しにして、仕事を優先させるという選択を。窓の外に現れた海の景色に目をやって、克也は考えた。それが人生を大きく変える選択だとは思いもせずに。

——知らず知らずのうちに人は一つを選び取っている。

——生島は、選び取らなかったもう一方の世界が理想郷だと言った。

暗い病室で語られた父の言葉が、浮かんでは消えていった。

母と結婚できなかった生島が、母の自画像と暮らした場所を見てみたいと思った。そこにあったもう一つの世界、彼が作り上げた理想郷を。

バカげていると思った。だがバカげたことをしてみたかった。

岡山で在来線に乗り換えた。降りた小さな駅で訊くと、島とは橋でつながっているという。駅員の指し示すバス停でバスを待った。海が近いので、潮の香りがする。イソヒヨドリがさかんに囀っていた。

　乗客が二人しか乗っていないバスが来た。乗っていくらも経たないうちに、運転手に促されて降りた。海の向こうに島が見えた。立派な橋がかかっていて、歩道を歩いて渡っていく人があった。歩いても二十分というところだろう。

　克也はぶらぶらと島まで歩いた。橋詰めに食料品や生活用品を売っている店があったので、住所を書いた紙を示して場所を尋ねた。腰の曲がった老婆は、店の奥に声をかけた。出て来た中年の女性が、店の前まで出て丁寧に教えてくれた。その一軒家は小高い山の中腹にあるようだった。

「玉井さんて人が建てた家でね。でも古くなったから取り壊すって言ってたと思うよ。かれこれ六十年くらい経ってるんじゃないの？　もう工事が始まってるんじゃないかねえ」

　海沿いに堤防が巡らされていて、堤防に沿って行くと、山の方に上る道がある。お地蔵さんが立っているからすぐにわかるはずだと女性は言った。礼を言って歩き始めた。瀬戸内の海は穏やかに凪いでいる。黒くて丸い浮きが等間隔で並んでいるから、何かの養殖をしているのかもしれない。平和な風景だった。こんなところで生島は、どんなふうな暮らしをしていたのだろう。好きな女が描いた自画像を壁に飾って、時折それを眺めて満足していたのだろうか。

道なりに行くと、右手に地蔵が見えてきた。車一台がやっと通れるくらいの幅の脇道も見えた。克也は分かれ道の前で立ち止まった。ここまで来て、気持ちが萎えた。生島が暮らした家を見て、どうしようというのだろう。取り壊される寸前だというから、人は住んでいないに違いない。そんな廃屋の前で悄然と立ちすくむ自分が、ひどく滑稽に思えた。感傷に突き動かされて、こんなところまで来てしまったことを悔いた。

地蔵の前の堤防に、男の子が座って釣り糸を垂れていた。

どうにも気持ちが奮い立たず、男の子に近寄っていった。

「何が釣れるんだい？」

男の子は、ちらりと克也の方を見て、また海と向き合った。真剣な目をして浮きを凝視している。小学一年生くらいか。

「ゼンゴ」ぼそりと男の子は答えた。

ゼンゴとは、小さめのアジのことだと男の子は説明した。彼のそばにプラスチックのバケツが置いてあって、中で一匹だけ小アジが泳いでいた。克也は堤防に寄りかかって海を見ていた。男の子の浮きは、ぴくりとも動かない。

「潮が悪いのかな」

山道を上がっていく決心がつかなくて、男の子に話しかけた。その子は釣り竿を上げて、仕掛けを確かめた。釣り糸の先の小さなカゴに、ピンク色のオキアミがぎっしり入っていた。それを餌に、魚を寄せるようだ。男の子は、堤防の上に置いたビニール袋の中から小さな柄杓のようなものを取り出して、海に向かってオキアミを撒いた。すると魚影が濃くなった。すかさず釣り針を投げ入れる。

「へえ」

　釣りなどしたことのない克也は興味深くそれを見た。やがて男の子はゼンゴを一匹釣り上げた。克也は感心して釣り針から魚を外す男の子を見た。彼はいくぶん得意そうにゼンゴをバケツに放り込んだ。

「うまいもんだな」

　克也の声に、男の子は、やっとまともに顔を向けてくれた。黒いキャップのひさしを持って、ちょっと横向きにした。キャップの前には、両翼を広げたハクトウワシがプリントされていた。

「おじさん、どこから来たの?」

　少しだけ、通りがかりの男に興味を持ったのか、彼の方から尋ねてきた。

「東京から」

「ふうん」

「釣り、面白い?」

「まあまあ」

その言い方がおかしくて笑った。

「おじさんは何しに来たの？」

「うん？　ちょっと人を訪ねて来たんだ」

「誰？」

「いや、その人は今はもう住んでいないみたいなんだ」

「変なの。住んでいない人を訪ねて来るなんて」

「そうだな」

男の子は、また釣り竿を振った。海の水は澄んでいて、釣り糸の周りをぐるぐる回る魚が見えた。しばらくの間、そこに立って見ていたが、もうゼンゴは食いつかなかった。

「じゃあ、もう行くよ」堤防から一歩退いた。

「うん」

男の子は浮きを見たまま顔を上げなかった。

ここでぐずぐずしていても仕方がない。ようやく気持ちが山道の方に向いた。地蔵の横を通り抜けて、緩い坂を上がった。振り向くと、さっきの男の子が背中を丸めた格好で堤防に座っているのが見えた。道が曲がったので、海自体が見えなくなった。道の下に数軒家が建っているのが見えた。下から軽トラックが上がって来た。克也は道の脇によけて、トラックをやり過ごした。

十数分後に、開けた場所に出た。そこに平屋の家が建っていた。前庭に、さっきの軽トラックが停まっていた。荷台の横に「横手土建」とネームが入っていた。案外広い前庭からは、海がきれいに見渡せた。渡って来た橋は見えないから、家は本土に背を向けて、海に面して建てられているのだとわかった。沖を漁船が波を蹴立てて通っていった。

振り向いて家を見た。島の家にしてはモダンな造りだった。板壁は、かつては白いペンキで塗られていたとわかる。今は風雨にさらされてすっかり剝げ落ちてしまっているが。窓枠も木製だ。一つの窓には、オーニングが設えられていたらしい。畳まれている布地は朽ちてしまい、腕木も錆びて動きそうにない。いかにも生島が住みそうな家だと、会ったこともないのに、そんなことを思った。

玄関ドアが開いて、老人が現れた。真っ白い髪の老人は、前庭に克也が立っているのを認めて、ぎょっとしたようだ。ドアノブに手を置いたまま、立ち止まってしまった。その後ろから、作業服を着た男が出てきて、これも立ち止まる。

「どちらさん？」

気を取り直した老人が問いかけてきた。長い間空き家だったような家を訪ねて来た男を不審がっている声だ。

「あの、ここに以前住んでいた人と知り合いで、それで――」

言い訳めいたことしか言えなかった。

「そりゃあ、あんた、随分前のことだろうな。ここ、もう八年ほどは人に貸してないから。いや、借り手がつかなかったんだけど」

どうやらこの老人が、大家の玉井という人のようだと克也は見当をつけた。作業服の初老の男は、さっき軽トラで上がって来た業者だろう。この家を壊す仕事を請け負ったのだ。

「気に入って長く借りてくれた人もいたんだけど」玉井がそう言い、はっとしたように目を見開いた。「もしかしてあんたが訪ねて来た人って生島さん？」

「そうです」

「ああ、あの人ね。ここ、気に入って三十年ほども住んでくれたよ」

「でも、あの人はもうだいぶ前に亡くなっただろ？」

横手土建も口を挟む。こんな島に移住して来て、長く住んでいた人物が珍しかったのだろう。彼の記憶にも残っているようだ。父の話では、偏屈な変わり者のような印象だったが、田舎では地域社会に溶け込んで暮らしていたということか。

「亡くなったことは知っています。僕の母が、生島さんと知り合いで」

「そうかい」

あんたは何をしにここに来たんだと二人の顔に書いてあった。なにせ生島が死んでもう二十七年も経っているのだ。

「油絵を――」

「は？」

「母は生島さんに油絵を貸していて――」あれは貸したというのだろうか。自分の説明はいかにも取って付けた印象を与えるだろう。汗が噴き出してきた。

「母の自画像なんです。それ、どんなところに飾られていたのかなあと思って。もう母も亡くなりましたから」

　玉井と横手は、そっと顔を見合わせた。訳のわからない男が、おかしなことを言ってきたなというふうに目で会話している。急いでスマホを取り出した。

「ご覧になったこと、ありませんかね。こんな絵なんですけど」

　二人の前に、自画像を写した写真を差し出した。玉井は胸ポケットから老眼鏡を取り出してかけた。克也の手からスマホを受け取って、じっと見入っている。しばらくして、玉井の顔にぱあっと笑みが広がった。

「なんだ。これ、生島さんの奥さんじゃないか」

「えっ！」今度は克也の方が声を上げた。

「な？　そうだろ？　生島さんの奥さんだよな」

「うん、そうだな。確かに」横手も頷いた。

「生島さんはちょっと取っつきにくい感じだったけど、奥さんは明るい人だったから島の人にもすぐに馴染んだんだ」

「うん、そうだな。気のいい人だったな。よく二人で島内を散歩してたよな。あれ？その人がお母さんてことは、あんたは生島さんの息子さんてこと？」

克也は話の展開についていけず、黙り込んでしまった。返されたスマホをポケットにしまう。

「あ、そうだよ。息子さんが一人生まれたよな。彼、島を出ても時々訪ねて来てたじゃないか。ああ、それが君か。なんだよ。回りくどいことを言うからわからなかった」

「そうだ、そうだ。優秀な息子で、高校からはよそに行っちゃったんだった。そう聞いたがな」横手も話を合わせる。

この二人は何を勘違いしているのだろうか。きっと別の人物と生島を取り違えているのだ。長い間にこの家に住んだ借家人は何人もいるだろうから。

理想郷――。生島が母の自画像を携えて移り住んだ先の島。

しかし克也の頭の中で、父から聞いた話の断片がぐるぐると回っている。「パープル」の薄暗い店の中。カウンターの向こうに立つバーテンダー。その恋人。二人が交わす風変わりな会話。カウンター席に座っているのは、父ではなく、自分のような気がしてきた。

会ったこともない生島が夢想の中で立ち上がる。痩せていて背が高く、やや猫背で、奥まった瞳だけが熱を帯びて光っている。傲慢さと脆さがない交ぜになった瞳だ。

――選ばなかった世界もちゃんと存在していて、粛々と営まれているとしたら？

今、彼に耳のそばで囁かれた気がして、克也は首をすくめた。

――あっちの世界を始末しに行って来たのよ。

母は知っていた。自分が選び取らなかった方の世界がここにあり、生島とともに年を経ていたということを。だから、彼が死んだと知った時、すべてを回収しに来る必要があったのだ。自画像を描くことによって、自分が創造に加担したもう一つの世界を。

「あんた、懐かしくてここに来たのか。そんなら初めからそう言ってくれよ。こんがらかっちゃったよ」満面の笑みをたたえた玉井が言う。「結婚したんだろ？　あんた」

「うん。奥さんを連れて来てたよな」

「子どもさんも生まれたんだろ？」

「生島さんが亡くなって奥さんもいなくなったから、その後のことがわからなくなったけど、皆元気かい？」

二人の会話は続いている。面食らった克也は立ちつくすのみだ。

矢継ぎ早に彼らの口から出る家族の様子は、若かった自分が望んだ未来だったような気がする。

「かわいい男の子だったじゃないか。小学校に上がる前から、よく生島さんと海で釣りをしてたな。無口だけど、孫はかわいがってたんだ。あの人」

「釣りにはまって、しょっちゅうこっちに来てただろ？　あの子」

「憶えてる、憶えてる。この下の堤防で一人でも釣ってたよな。遠くからでもわかったよ。いつもお気に入りの野球帽を被ってた」

「野球帽じゃないよ、あれは何かのイベントに行った時にママに買ってもらったんだと言ってた。ほら、黒いキャップ。鷲（わし）の絵が描いてある——」

克也はぐっと両の拳を握りしめた。

「何て言う名前だっけ？　よくあんたの奥さんが名前を呼んでたから、憶えてたんだけど」

問いかけるような視線を送られて、克也の握り締めた拳が汗で濡れた。

「あ、そうそう。俺も聞いたよ。堤防で釣りをしている男の子を、お母さんが呼びに来て——」

横手が額に手を当てて考え込んでいる。その名前は、もうわかっている気がした。

「そうだ！　お母さんは呼んでたんだった。タカヒコって」

横手が手を打った。そうだろ？　合ってるだろ？　というふうに克也を見やる。

だが、克也は答えなかった。くるりと踵を返すと走り出した。坂道を下る直前、呆気（あっけ）に取られた態でぽかんと口を開けた玉井と横手の姿が目に入った。下り坂でつんのめった。足がもつれそうになる。心臓が胸腔の中で飛び跳ね、脈動が耳を聾した。

こっちの世界では、生島は母と結婚し、息子が生まれた。そしてその息子も成長して伴侶を得た。それは美郷なんだ。克也がいた世界では、美郷は子を宿したまま死んでしまったが、こっちでは違う。

あの時、美郷のお腹の中にいたのは男の子だった。その子は成長してこの島で時々釣りをしていた。そんな平凡な暮らしが、生島が作り上げた理想郷では営まれていた。自画像から抜け出した母とともに。そして生島が死んだ時に、本当の母は自画像を取り戻し、こっちの世界を始末した。生島が望んだ人生を。

母が一週間の失踪をしたのは、二十七年前。克也が三十二歳の時だった。美郷のお腹の中にいた子が生まれていれば、七歳になっていたはずだ。

あの子――さっき堤防で釣りをしていた男の子。ハクトウワシの絵が入った黒いキャップを被っていた子。あれがその子だった。美郷が喬彦と名付けた子。

――まだあそこには残像が漂っているかもしれない。

母は謎の言葉を父に残した。あの子は残像なんだ。俺がここに来たことを知って、束の間、母が見せてくれた残像――。

いや、見せたのは美郷か。

坂道を下りきった。地蔵が道端に立っていた。だが、堤防には誰もいなかった。地蔵のそばで一度立ち止まり、克也は息を整えつつ周囲を見渡した。どこにも人影はなかった。

ただ堤防の上に、さっきの子が被っていたキャップがぽつんと置いてあった。ゆっくりと近づいてみる。キャップのひさしの部分に、丸い石が置いてあった。風で飛んでいかないように。克也が戻って来るのを、ちゃんとわかっていたというふうだった。

克也は石をどけて、そのキャップを手に取った。

どうしてさっき気づかなかったのだろう。ハクトウワシをモチーフにした図柄は、美郷が行きたがっていた『ふらのドリームナイト・フェス』のロゴマークだった。かつて何度も彼女と見た映像で目にしていたのに。家族で行こうと美郷は言っていた。

そのマークを手で撫でた。

「ママと音楽フェスへ行ったのか？」

もう見えない息子の残像に向かって話しかけた。

顔を上げて海へ視線を移した。水平線が空と交わるところがかすんで見えた。はるか遠くを行く貨物船が玩具のようだ。遠すぎて水平線から少し浮き上がり、揺らいで見える。

母はどちらを選んだのだろう。本当は、母は生島とここで暮らす方を選んだのではないか。二十四歳の時、身ごもった恋人を交通事故で喪（うしな）ってしまう、自分が生きてきた世界の方が選ばれなかったもう一方ではないのか。

こっちでは、俺は美郷と喬彦と生きていて……。

克也は堤防に沿って歩きだした。どこかで釣り糸を垂れている男の子を見つけるために。

解説

吉田悠軌

　私が宇佐美まことさんの作品に初めて触れたのは、デビュー作「るんびにの子供」だった。

　同作が『幽』怪談文学賞を受賞後、本誌『幽』に掲載されたものをいちはやく読んだことを覚えている。確か二〇〇六年の冬で、それは私が「実話怪談」を始めて一年ほど経過した頃でもあった。不思議な体験談を収集して発表するという奇妙な活動に、そろそろ本腰を入れようかと思っていた、そんなタイミングだったと記憶している。

「新人らしからぬ」という宇佐美さんへの賞賛は、おそらく当時から各方面であがっていたはずだ。生活風景や心情・行動にまつわる描写の繊細なリアリティ。最適なポイントで予想外の展開へとなだれこむ構成力。その後の宇佐美作品にも共通する確かな完成度は、まだ若輩で小説にとんと疎い私にも、じゅうぶん感じ取ることができた。

　しかし怪談業に携わりだした私にとって、どうしても小説的作法より着目してしまうポイントがあった。はたしてこの作者は、どのようにして怪談を語っているのか、どのような怪異へのアプローチをしているのか。ご本人にとって嬉しいのか不本意なことかはともかく、私はあくまで「怪談」として宇佐美作品を読んでいたのだ。

そんな私にとってひときわ印象的だったのは、怪異の周りに漂う濃密な湿気だ。

怪談で語られる怪異とはなにか。それは我々のいるこちら側の世界と、あちら側の世界との幽かなひと触れである。ふだんは隔てられている別々の世界が、ふとした裂け目から顔を覗かせ、ふいに接触してしまうその瞬間である。

おそらく宇佐美さんにとって、こちら側とあちら側との境界は「水」に象徴されているのだろう。

宇佐美作品では多くの場合、怪異は水の向こうからやってくる。濡れそぼったなにかが近づくにつれ、我々の周りの湿気はどんどん強まっていく。

もしくは我々のほうが、あちら側に引き寄せられることもある。水辺へと歩を進め、水面に顔を覗かせようとするうち、身にまとう湿気は濃度を増していく。

ただし怪談で語ることができるのは、そこまでだ。あくまでこちら側に軸足を置き、あちら側との接近を感じ続けている、そのあいだだけ。

どぷり、と水の中に落ちてしまったら、その先はもう語れない。はるか向こうの世界を物語ることは、文芸のうちでも別ジャンルの役割であって、怪談の範疇ではない。そして宇佐美作品で丹念に描かれるのも、水の気配とそこから漂う湿気なのだ。

これとよく似た湿りけに、どこかで触れたような気がする。

よくよく思い出してみれば、『源氏物語』「夕顔」の帖だった。

道ならぬ恋と悩みつつも、ついに光源氏と結ばれた夕顔。しかし彼女はその夜、枕元に現れた物の怪を怖れるあまり、命を落としてしまう。物の怪の正体はおそらく光のもう一人の愛人、六条御息所の生き霊なのだろう。彼女は光に愛憎の言葉をぶつけ、光はそれに慄き、またその様子を傍らで感じた夕顔は恐怖によって悶死する。登場人物たちの交錯する感情がついに怪異として発現し、惨事が起こるのだ。

このエピソードの舞台となった河原院は、鴨川沿いに実在する廃屋さながらの屋敷だったという。『源氏物語』内の描写でも、袖まで濡らす霧、生い茂る雑草と木々、水草に覆われた池……といった低湿地に特有のじめついた空気が伝わってくる。これはまさしく宇佐美作品とも通じる描写ではないだろうか。いやもちろん紫式部も宇佐美さんも、私のいうような狭義の「怪談」として、作品を執筆した意識はないかもしれない。

しかし『夢伝い』各作品もまた、一級のホラー小説であるとともに、怪談として読むことが可能なのだ。それは宇佐美さんが小説家としてだけでなく、怪談の語り手としての才能をも持っているからだろう。

表題作「夢伝い」にしてからが、境界を行き来することについての物語だ。夢を伝うものがやってくるのは、冬の日本海の潮風が吹きすさぶ街であり、その越境は海に落ちることによって終わる。そして現実世界へ放たれたのは、わずかな量の海水のみ。ベッドに残された小さな潮だまりこそが、あちらとこちらの結節点を表している。

「母の自画像」で主人公が向かうもうひとつの世界とは、瀬戸内海の小さな島だった。ここでは堤防から海に垂らされた釣り糸が、ふたつの隔てられた領域を繋いでいる。もちろんそれは直径1mmにも満たない糸の、あまりにもか細いリンクに過ぎないのだが。

「送り遍路」で異界の接近を報せるのは、女遍路の口から語られる陰惨な血のイメージと、家の外で降り注いでいる豪雨の音。いずれも流れる水の量はおびただしいが、それが直接に描写されることはない。あくまで女遍路の記憶の声や、屋外から響く音といった、間接的な気配のうちにとどまっている。

「卵胎生」「湖族」の女たちは海や湖をくぐりぬけてやってくる。そして我々のそばに、濡れた足跡や生臭さという水の気配を残していく。ただし彼女たちがこの世界にいるためには、常にぬめった湿りけを帯びていなければならない。それはまた性愛のイメージとして男を惑わし、さながら昔話の異類婚姻譚のごとき展開へと流れていく。だが異類の交合は成就するケースのほうが少ない。たいていが悲劇的な結末を迎え、女たちも水の世界へ帰っていくことになるだろう。

　あちら側への境界は、我々の奥底にもある。「エアープランツ」が吸い取るのは、人間の心の中の水分だ。それが霧状になって体外に抜けていけば、激しい渇きに喘ぐしかない。しかし欲求のための欲求を喚起し、本来は生じないはずの渇望を錯覚させるのは、なにもこのエアープランツに限ったものではない。現代社会ではそのような吸引装置が、あちこちにシステムとして組み込まれているではないか。

「沈下橋渡ろ」はタイトルどおり、向こう側の世界へと渡りきる瞬間を描いている。「橋」は境界の象徴であり、だからこそ怪異が起こりやすい空間なのだといった言説は、もはや常識に近いだろう。しかし本作においては、ただの橋ではなく、増水時に水没する沈下橋でなくてはならなかった。この主人公は水辺に近づくどころか、もはや両足までをも水に沈んだ橋に浸からせ、ざぶりざぶりと進んでいく。その歩みにつれて水面はやがて腰へ胸へと達し、ついに頭の先まで沈みかかったところで物語は終わる。その様子はスリリングであると同時に、すべて定められた運命だったのかという諦念も漂わせる。相反する要素が巧みに融合した一篇だ。

「水族」もまた、ほとんど水に沈んでしまったものの視点から描かれている。かろうじて水底まで達してはいないのだが、主人公が見ている風景は、もはや水面の下から覗いたこちら側の世界。その体はほとんど水中に沈んでいるので、こちら側の音声はよく聞こえない。まるでプールの中にゆっくり沈み込んでいる時のような、静謐な作品である。またその静けさと矛盾めいてしまうが、水中世界とこちら側とを繋ぐ手がかりが「音」

であるというのも、非常に面白い。

　こうした静けさは「愛と見分けがつかない」のラストにも通じる。幾人もの登場人物たちが、自らの言い分を声高に主張するインタビュー形式の構造。耳を塞ぎたくなるほどの多声のざわめきの中で、最後にぽつりと投げられた一言だけが核心をえぐる。ただし本作については直接的な「水」のイメージは提示されていない。強いていうなら、ラストの決定的な声が発せられたのが山中の暗く湿ったトンネルの中だった、という程度だ。

　もちろん宇佐美作品の本質を（怪談的側面に限るとはいえ）「水」というワン・モチーフで語り尽くせるはずもない。「果てなき世界の果て」「満月の街」については、むしろ湿りけからほど遠い、乾ききった情景が特徴の作品だとすらいえる。からっ風が山から吹き下りてきそうな北関東の街で、主人公がひたすら続けるドライなリモート通話。あるいは満月の時にだけ現れる無機質な空間と、砂がさらさら流れていくイメージとの度重なる変奏。

　ただ両作には注目すべき共通点がある。これら乾いた世界の向こう側に、海の存在が暗示されていることだ。

「果てなき世界の果て」では、徳島に移住してしまった恋人が、漁師との仕事やサーフィンを楽しむ様子を伝えてくる。「満月の街」に海はいっさい出てこないが、そこが山陰地方の港町だとは言及されている。この二作では、主人公がさまよう乾いた街と、その向こうの海の街とがうっすら対比されているのだ。それはおそらく二作とも、完全なる異界が描かれているからではないだろうか。

——具体的な詳細は本編を読んでもらうとして——「果てなき世界の果て」「満月の街」のあちら側は、ほとんど現実から断絶された異空間である。そうなるともう、宇佐美作品における境界としての「水」すら出てこない。あちら側の世界はからからに乾燥しきっており、だからこそむしろ、海が広がる世界とかけ離れていることが暗に提示される。

これほどの断絶を見せつけられると、むしろこちら側とあちら側とが境界を接する状況こそが、世界の健全なありようではないかとすら思えてしまう。確かに、水の向こうから正体不明の湿ったものがやってくるのは怖ろしい。しかしその恐怖は、蠱惑や驚異や郷愁など複雑玄妙な味わいを含んでいるではないか。水の中からやってきたものと出遭うことは、ふとした拍子に水辺へ誘われてしまうのは、それほど悪いことなのだろうか？

どこにもあちら側への境界が通じていない、こちら側だけの世界など無味乾燥なだけではないか。宇佐美さんの小説／怪談から湧き出る水に浸っていると、ついついそんな気持ちになってしまう。

（よしだ・ゆうき　作家）

本書は、二〇二二年五月、集英社より刊行されました。

【初出】小説すばる

「夢伝い」二〇二〇年九月号
「水族」二〇二〇年四月号
「エアープランツ」二〇〇九年一一月号　ホラー・ミステリー・アンソロジー『魍魎回廊』（朝日文庫）に収録
「沈下橋渡ろ」二〇二一年八月号
「愛と見分けがつかない」二〇二一年三月号
「卵胎生」二〇二一年一一月号
「湖族」二〇一〇年二月号
「送り遍路」二〇一二年八月号
「果てなき世界の果て」二〇二一年六月号
「満月の街」二〇〇八年七月号
「母の自画像」二〇二〇年一二月号

集英社文庫　目録（日本文学）

集英社文庫　目録（日本文学）

宇野千代　私の幸福論
宇野千代　幸福は幸福を呼ぶ
宇野千代　私の長生き料理
宇野千代　私 何だか 死なないような気がするんですよ
宇野千代　薄墨の桜
冲方丁　もらい泣き
冲方丁　サタデーエッセー 冲方丁の読むラジオ
冲方丁　アクティベイター
海猫沢めろん　ニコニコ時給800円
梅原猛　神々の流竄
梅原猛　飛鳥とは何か
梅原猛　日常の思想
梅原猛　聖徳太子1・2・3・4
梅原猛　日本の深層 縄文・蝦夷文化を探る
宇山佳佑　ガールズ・ステップ
宇山佳佑　桜のような僕の恋人

宇山佳佑　今夜、ロマンス劇場で
宇山佳佑　この恋は世界でいちばん美しい雨
宇山佳佑　恋に焦がれたブルー
江川晴　企業病棟
江國香織　都の子
江國香織　なつのひかり
江國香織　いくつもの週末
江國香織　薔薇の木 枇杷の木 檸檬の木
江國香織　ホテル カクタス
江國香織　モンテロッソのピンクの壁
江國香織　泳ぐのに、安全でも適切でもありません
江國香織　とるにたらないものもの
江國香織　日のあたる白い壁
江國香織　すきまのおともだちたち
江國香織　左岸(上)(下)
江國香織　抱擁、あるいはライスには塩を(上)(下)

江國香織・訳　パールストリートのクレイジー女たち
江國香織　彼女たちの場合は(上)(下)
江角マキコ　もう迷わない生活
江戸川乱歩　明智小五郎事件簿Ⅰ～Ⅻ
江戸川乱歩　明智小五郎事件簿 戦後編 Ⅰ～Ⅳ
NHKスペシャル取材班　激走！日本アルプス大縦断 密着トランスジャパンアルプスレース富山～静岡415km
江原啓之　子どもが危ない！ スピリチュアル・カウンセラーからの警鐘
江原啓之　いのちが危ない！ スピリチュアル・カウンセラーからの提言
M　L change the WorLd
ロバート・D・エルドリッヂ　トモダチ作戦 気仙沼大島と米軍海兵隊の奇跡の"絆"
遠藤彩見　みんなで一人旅
遠藤彩見　虹を待つ 駆け込み寺の女たち
遠藤周作　勇気ある言葉
遠藤周作　父親
遠藤周作　ぐうたら社会学
遠藤周作　愛情セミナー

集英社文庫

夢伝い（ゆめづた）

2025年4月25日　第1刷　　定価はカバーに表示してあります。

著　者　宇佐美（うさみ）まこと
発行者　樋口尚也
発行所　株式会社　集英社
東京都千代田区一ツ橋2-5-10　〒101-8050
電話　【編集部】03-3230-6095
【読者係】03-3230-6080
【販売部】03-3230-6393（書店専用）
印　刷　TOPPANクロレ株式会社
製　本　加藤製本株式会社

フォーマットデザイン　アリヤマデザインストア　　マークデザイン　居山浩二

ISBN978-4-08-744763-7 C0193